U0080483

N2

合格全攻略！
新日檢
6回全真模擬試題

6回聽解
MP3

讀解・聽力・言語知識【文字・語彙・文法】

山田社日檢題庫小組・吉松由美・田中陽子・西村惠子　合著

摸透出題法則〉全科備戰〉掌握節奏感〉理出解題思路〉合格證照〉

● 配合最新出題趨勢，模考內容全面換新！
● 百萬考生見證，權威題庫，就是這麼威！
● 出題日本老師通通在日本，持續追蹤考題，精準摸清考點！
● 輕鬆取得加薪證照，搶百萬年薪！

STS

配合最新出題趨勢，模考內容全面換新！

百萬考生見證，權威題庫，就是這麼威！
出題的日本老師通通在日本，
持續追蹤日檢出題內容，重新分析出題重點，精準摸清試題方向！
輕鬆取得加薪證照，搶百萬年薪！

　　您是否做完模考後，都是感覺良好，但最後分數總是沒有想像的好呢？做模擬試題的關鍵，不是在於您做了多少回，而在，您是不是能把每一回都「做懂，做透，做爛」！

　　一本好的模擬試題，就是能讓您得到考試的節奏感，練出考試的好手感，並擁有一套自己的解題思路和技巧，對於千變萬化的題型，都能心中有數！

新日檢萬變，高分不變：

　　為掌握最新出題趨勢，本書的出題日本老師，通通在日本長年持續追蹤新日檢出題內容，徹底分析了歷年的新舊日檢考題，完美地剖析新日檢的出題心理。發現，日檢考題有逐漸變難的傾向，所以我們將新日檢模擬試題內容全面換新，製作了擬真度100％的模擬試題。讓考生迅速熟悉考試內容，完全掌握必考重點，贏得高分！

摸透出題法則，搶分關鍵：

　　摸透出題法則的模擬考題，才是搶分關鍵。例如：「日語漢字的發音難點、把老外考得七葷八素的漢字筆畫，都是熱門考點；如何根據句意確定詞，根據詞意確定字；如何正確把握詞義，如近義詞的區別，多義詞的辨識；能否辨別句間邏輯關係，相互呼應的關係；如何掌握固定搭配、約定成俗的慣用型，就能加快答題速度，提高準確度；閱讀部分，品質和速度同時決定了最終的得分，如何在大腦裡建立好文章的框架」。只有徹底解析出題心理，合格證書才能輕鬆到手！

決勝日檢，全科備戰：

新日檢的成績，只要一科沒有到達低標，就無法拿到合格證書！而「聽解」測驗，經常為取得證書的絆腳石。

本書不僅擁有 6 回合大量的模擬聽解試題，更依照 JLPT 官方公佈的正式考試規格，請專業日籍老師錄製符合 N2 程度的標準東京腔光碟。透過模擬考的練習，把這 6 回「聽懂，聽透，聽爛」，來鍛鍊出「日語敏銳耳」！讓您題目一聽完，就知道答案是哪一個了。

掌握考試的節奏感，輕鬆取得加薪證照：

為了讓您有真實的應考體驗，本書完整輯錄「6 大回合超擬真模擬試題」，完全複製了整個新日檢的考試配分及題型。請您一口氣做完一回，不要做一半就做別的事。考試時要如臨考場：「審題要仔細，題意要弄清，遇到攔路虎，不妨繞道行；細中求速度，快中不忘穩；不要急著交頭卷，檢查要認真。」

這樣能夠體會真實考試中可能遇到的心理和生理問題，並調整好生物鐘，使自己的興奮點和考試時間同步，培養出良好的答題節奏感，從而更好的面對考試，輕鬆取得加薪證照。

找出一套解題思路和技巧，贏得高分：

為了幫您贏得高分，《合格全攻略！新日檢 6 回全真模擬試題 N2》分析並深度研究了舊制及新制的日檢考題，不管日檢考試變得多刁鑽，掌握了原理原則，就掌握了一切！

確實做完這 6 回真題，然後認真分析，拾漏補缺，記錄難點，來回修改，進行分類，將重點的內容重點複習，也就是做懂，做透，做爛這 6 回。這樣，您必定對解題思路和技巧都能爛熟於心。而且，把真題的題型做透，其實考題就那幾種，掌握了就一切搞定了。

相信自己，絕對合格：

有了良好的準備，最後，就剩下考試當天的心理調整了。不只要相信自己的實力，更要相信自己的運氣，心裡默唸「這個難度我一定沒問題」，您就「絕對合格」啦！

目録もくじ

一、什麼是新日本語能力試驗呢

1. 新制「日語能力測驗」

從2010年起實施的新制「日語能力測驗」（以下簡稱為新制測驗）。

1－1　實施對象與目的

　　新制測驗與舊制測驗相同，原則上，實施對象為非以日語作為母語者。其目的在於，為廣泛階層的學習與使用日語者舉行測驗，以及認證其日語能力。

1－2　改制的重點

改制的重點有以下四項：

1　測驗解決各種問題所需的語言溝通能力

　　新制測驗重視的是結合日語的相關知識，以及實際活用的日語能力。因此，擬針對以下兩項舉行測驗：一是文字、語彙、文法這三項語言知識；二是活用這些語言知識解決各種溝通問題的能力。

2　由四個級數增為五個級數

　　新制測驗由舊制測驗的四個級數（1級、2級、3級、4級），增加為五個級數（N1、N2、N3、N4、N5）。新制測驗與舊制測驗的級數對照，如下所示。最大的不同是在舊制測驗的2級與3級之間，新增了N3級數。

N1	難易度比舊制測驗的1級稍難。合格基準與舊制測驗幾乎相同。
N2	難易度與舊制測驗的2級幾乎相同。
N3	難易度介於舊制測驗的2級與3級之間。（新增）
N4	難易度與舊制測驗的3級幾乎相同。
N5	難易度與舊制測驗的4級幾乎相同。

＊「N」代表「Nihongo（日語）」以及「New（新的）」。

3　施行「得分等化」

由於在不同時期實施的測驗，其試題均不相同，無論如何慎重出題，每次測驗的難易度總會有或多或少的差異。因此在新制測驗中，導入「等化」的計分方式後，便能將不同時期的測驗分數，於共同量尺上相互比較。因此，無論是在什麼時候接受測驗，只要是相同級數的測驗，其得分均可予以比較。目前全球幾種主要的語言測驗，均廣泛採用這種「得分等化」的計分方式。

4　提供「日本語能力試驗Can-do 自我評量表」（簡稱JPT Can-do）

為了瞭解通過各級數測驗者的實際日語能力，新制測驗經過調查後，提供「日本語能力試驗Can-do 自我評量表」。該表列載通過測驗認證者的實際日語能力範例。希望通過測驗認證者本人以及其他人，皆可藉由該表格，更加具體明瞭測驗成績代表的意義。

1－3　所謂「解決各種問題所需的語言溝通能力」

我們在生活中會面對各式各樣的「問題」。例如，「看著地圖前往目的地」或是「讀著說明書使用電器用品」等等。種種問題有時需要語言的協助，有時候不需要。

為了順利完成需要語言協助的問題，我們必須具備「語言知識」，例如文字、發音、語彙的相關知識、組合語詞成為文章段落的文法知識、判斷串連文句的順序以便清楚說明的知識等等。此外，亦必須能配合當前的問題，擁有實際運用自己所具備的語言知識的能力。

舉個例子，我們來想一想關於「聽了氣象預報以後，得知東京明天的天氣」這個課題。想要「知道東京明天的天氣」，必須具備以下的知識：「晴れ（晴天）、くもり（陰天）、雨（雨天）」等代表天氣的語彙；「東京は明日は晴れでしょう（東京明日應是晴天）」的文句結構；還有，也要知道氣象預報的播報順序等。除此以外，尚須能從播報的各地氣象中，分辨出哪一則是東京的天氣。

如上所述的「運用包含文字、語彙、文法的語言知識做語言溝通，進而具備解決各種問題所需的語言溝通能力」，在新制測驗中稱

新制日檢的目的，是要把所學的單字、文法、句型…都加以活用喔。

喔～原來如此，學日語，就是要活用在生活上嘛！

為「解決各種問題所需的語言溝通能力」。

新制測驗將「解決各種問題所需的語言溝通能力」分成以下「語言知識」、「讀解」、「聽解」等三個項目做測驗。

Q&A

Q：新制日檢級數前的「N」是指什麼？

A：「N」指的是「New（新的）」跟「Nihongo（日語）」兩層意思。

語言知識	各種問題所需之日語的文字、語彙、文法的相關知識。
讀　解	運用語言知識以理解文字內容，具備解決各種問題所需的能力。
聽　解	運用語言知識以理解口語內容，具備解決各種問題所需的能力。

作答方式與舊制測驗相同，將多重選項的答案劃記於答案卡上。此外，並沒有直接測驗口語或書寫能力的科目。

2. 認證基準

新制測驗共分為N1、N2、N3、N4、N5五個級數。最容易的級數為N5，最困難的級數為N1。

與舊制測驗最大的不同，在於由四個級數增加為五個級數。以往有許多通過3級認證者常抱怨「遲遲無法取得2級認證」。為因應這種情況，於舊制測驗的2級與3級之間，新增了N3級數。

新制測驗級數的認證基準，如表1的「讀」與「聽」的語言動作所示。該表雖未明載，但應試者也必須具備為表現各語言動作所需的語言知識。

N4與N5主要是測驗應試者在教室習得的基礎日語的理解程度；N1與N2是測驗應試者於現實生活的廣泛情境下，對日語理解程度；至於新增的N3，則是介於N1與N2，以及N4與N5之間的「過渡」級數。關於各級數的「讀」與「聽」的具體題材（內容），請參照表1。

■ 表1 新「日語能力測驗」認證基準

Q&A

Q：以前是4個級數，現在呢？

A：新制日檢改分為N1-N5。N3是新增的，程度介於舊制的2、3級之間。過去有許多考生反應，舊制2、3級層度落差太大，所以在這兩個級數之間，多設了一個N3的級數，您就想成是，準2級就行啦！

級數	認證基準 各級數的認證基準，如以下【讀】與【聽】的語言動作所示。各級數亦必須具備為表現各語言動作所需的語言知識。
N1	能理解在廣泛情境下所使用的日語 【讀】・可閱讀話題廣泛的報紙社論與評論等論述性較複雜及較抽象的文章，且能理解其文章結構與內容。 ・可閱讀各種話題內容較具深度的讀物，且能理解其脈絡及詳細的表達意涵。 【聽】・在廣泛情境下，可聽懂常速且連貫的對話、新聞報導及講課，且能充分理解話題走向、內容、人物關係、以及說話內容的論述結構等，並確實掌握其大意。
N2	除日常生活所使用的日語之外，也能大致理解較廣泛情境下的日語 【讀】・可看懂報紙與雜誌所刊載的各類報導、解說、簡易評論等主旨明確的文章。 ・可閱讀一般話題的讀物，並能理解其脈絡及表達意涵。 【聽】・除日常生活情境外，在大部分的情境下，可聽懂接近常速且連貫的對話與新聞報導，亦能理解其話題走向、內容、以及人物關係，並可掌握其大意。
N3	能大致理解日常生活所使用的日語 【讀】・可看懂與日常生活相關的具體內容的文章。 ・可由報紙標題等，掌握概要的資訊。 ・於日常生活情境下接觸難度稍高的文章，經換個方式敘述，即可理解其大意。 【聽】・在日常生活情境下，面對稍微接近常速且連貫的對話，經彙整談話的具體內容與人物關係等資訊後，即可大致理解。

困難 ＊ ↑

＊容易↓	N4	能理解基礎日語 【讀】・可看懂以基本語彙及漢字描述的貼近日常生活相關話題的文章。 【聽】・可大致聽懂速度較慢的日常會話。
	N5	能大致理解基礎日語 【讀】・可看懂以平假名、片假名或一般日常生活使用的基本漢字所書寫的固定詞句、短文、以及文章。 【聽】・在課堂上或周遭等日常生活中常接觸的情境下，如為速度較慢的簡短對話，可從中聽取必要資訊。

＊N1最難，N5最簡單。

3. 測驗科目

新制測驗的測驗科目與測驗時間如表2所示。

■ 表2 測驗科目與測驗時間 ＊①

級數	測驗科目 （測驗時間）			
N1	語言知識（文字、語彙、文法）、讀解 （110分）		聽解 （60分）	→ 測驗科目為「語言知識（文字、語彙、文法）、讀解」；以及「聽解」共2科目。
N2	語言知識（文字、語彙、文法）、讀解 （105分）		聽解 （50分）	→
N3	語言知識（文字、語彙） （30分）	語言知識（文法）、讀解 （70分）	聽解 （40分）	→ 測驗科目為「語言知識（文字、語彙）」；「語言知識（文法）、讀解」；以及「聽解」共3科目。
N4	語言知識（文字、語彙） （30分）	語言知識（文法）、讀解 （60分）	聽解 （35分）	→
N5	語言知識（文字、語彙） （25分）	語言知識（文法）、讀解 （50分）	聽解 （30分）	→

　　N1與N2的測驗科目為「語言知識（文字、語彙、文法）、讀解」以及「聽解」共2科目；N3、N4、N5的測驗科目為「語言知識（文字、語彙）」、「語言知識（文法）、讀解」、「聽解」共3科目。

　　由於N3、N4、N5的試題中，包含較少的漢字、語彙、以及文法項目，因此當與N1、N2測驗相同的「語言知識（文字、語彙、文法）、讀解」科目時，有時會使某幾道試題成為其他題目的提示。為避免這個情況，因此將「語言知識（文字、語彙、文法）、讀解」，分成「語言知識（文字、語彙）」和「語言知識（文法）、讀解」施測。

＊①：聽解因測驗試題的錄音長度不同，致使測驗時間會有些許差異。

4. 測驗成績

4－1　量尺得分

　　舊制測驗的得分，答對的題數以「原始得分」呈現；相對的，新制測驗的得分以「量尺得分」呈現。

　　「量尺得分」是經過「等化」轉換後所得的分數。以下，本手冊將新制測驗的「量尺得分」，簡稱為「得分」。

4－2　測驗成績的呈現

　　新制測驗的測驗成績，如表3的計分科目所示。N1、N2、N3的計分科目分為「語言知識（文字、語彙、文法）」、「讀解」、以及「聽解」3項；N4、N5的計分科目分為「語言知識（文字、語彙、文法）、讀解」以及「聽解」2項。

　　會將N4、N5的「語言知識（文字、語彙、文法）」和「讀解」合併成一項，是因為在學習日語的基礎階段，「語言知識」與「讀解」方面的重疊性高，所以將「語言知識」與「讀解」合併計分，比較符合學習者於該階段的日語能力特徵。

■ 表3　各級數的計分科目及得分範圍

級數	計分科目	得分範圍
N1	語言知識（文字、語彙、文法）	0～60
	讀解	0～60
	聽解	0～60
	總分	0～180

N2	語言知識（文字、語彙、文法）	0～60
	讀解	0～60
	聽解	0～60
	總分	0～180
N3	語言知識（文字、語彙、文法）	0～60
	讀解	0～60
	聽解	0～60
	總分	0～180
N4	語言知識（文字、語彙、文法）、讀解	0～120
	聽解	0～60
	總分	0～180
N5	語言知識（文字、語彙、文法）、讀解	0～120
	聽解	0～60
	總分	0～180

　　各級數的得分範圍，如表3所示。N1、N2、N3的「語言知識（文字、語彙、文法）」、「讀解」、「聽解」的得分範圍各為0～60分，三項合計的總分範圍是0～180分。「語言知識（文字、語彙、文法）」、「讀解」、「聽解」各占總分的比例是1：1：1。

　　N4、N5的「語言知識（文字、語彙、文法）、讀解」的得分範圍為0～120分，「聽解」的得分範圍為0～60分，二項合計的總分範圍是0～180分。「語言知識（文字、語彙、文法）、讀解」與「聽解」各占總分的比例是2：1。還有，「語言知識（文字、語彙、文法）、讀解」的得分，不能拆解成「語言知識（文字、語彙、文法）」與「讀解」二項。

　　除此之外，在所有的級數中，「聽解」均占總分的三分之一，較舊制測驗的四分之一為高。

4－3　合格基準

　　舊制測驗是以總分作為合格基準；相對的，新制測驗是以總分與分項成績的門檻二者作為合格基準。所謂的門檻，是指各分項成績至少必須高於該分數。假如有一科分項成績未達門檻，無論總分有多高，都不合格。

5. N2 題型分析

測驗科目 （測驗時間）			試題內容		
			題型	小題 題數 ＊	分析
語言知識、讀解 （105分）	文字、語彙	1	漢字讀音 ◇	5	測驗漢字語彙的讀音。
		2	假名漢字寫法 ◇	5	測驗平假名語彙的漢字寫法。
		3	複合語彙 ◇	5	測驗關於衍生語彙及複合語彙的知識。
		4	選擇文脈語彙 ○	7	測驗根據文脈選擇適切語彙。
		5	替換類義詞 ○	5	測驗根據試題的語彙或說法，選擇類義詞或類義說法。
		6	語彙用法 ○	5	測驗試題的語彙在文句裡的用法。
	文法	7	文句的文法1 （文法形式判斷）○	12	測驗辨別哪種文法形式符合文句內容。
		8	文句的文法2 （文句組構）◆	5	測驗是否能夠組織文法正確且文義通順的句子。
		9	文章段落的文法 ◆	5	測驗辨別該文句有無符合文脈。
	讀解＊	10	理解內容 （短文）○	5	於讀完包含生活與工作之各種題材的說明文或指示文等，約200字左右的文章段落之後，測驗是否能夠理解其內容。
		11	理解內容 （中文）○	9	於讀完包含內容較為平易的評論、解說、散文等，約500字左右的文章段落之後，測驗是否能夠理解其因果關係或理由、概要或作者的想法等等。

聽力變得好重要喔！

沒錯，以前比重只佔整體的1/4，現在新制高達1/3喔。

		12	綜合理解	◆	2	於讀完幾段文章（合計600字左右）之後，測驗是否能夠將之綜合比較並且理解其內容。
語言知識、讀解（105分）	讀解*	13	理解想法（長文）	◇	3	於讀完論理展開較為明快的評論等，約900字左右的文章段落之後，測驗是否能夠掌握全文欲表達的想法或意見。
		14	釐整資訊	◆	2	測驗是否能夠從廣告、傳單、提供訊息的各類雜誌、商業文書等資訊題材（700字左右）中，找出所需的訊息。
聽解（50分）		1	課題理解	◇	5	於聽取完整的會話段落之後，測驗是否能夠理解其內容（於聽完解決問題所需的具體訊息之後，測驗是否能夠理解應當採取的下一個適切步驟）。
		2	要點理解	◇	6	於聽取完整的會話段落之後，測驗是否能理解其內容（依據剛才已聽過的提示，測驗是否能夠抓住應當聽取的重點）。
		3	概要理解	◇	5	於聽取完整的會話段落之後，測驗是否能夠理解其內容（測驗是否能夠從整段會話中理解說話者的用意與想法）。
		4	即時應答	◆	12	於聽完簡短的詢問之後，測驗是否能夠選擇適切的應答。
		5	綜合理解	◇	4	於聽完較長的會話段落之後，測驗是否能夠將之綜合比較並且理解其內容。

＊「小題題數」為每次測驗的約略題數，與實際測驗時的題數可能未盡相同。此外，亦有可能會變更小題題數。

＊有時在「讀解」科目中，同一段文章可能會有數道小題。

JLPT N2

試験問題
<ruby>試<rt>し</rt></ruby><ruby>験<rt>けん</rt></ruby><ruby>問<rt>もん</rt></ruby><ruby>題<rt>だい</rt></ruby>

STS

第一回

言語知識（文字、語彙）

問題1 ＿＿の言葉の読み方として最もよいものを、1・2・3・4から一つ選びなさい。

1 大勢の人が、集会に参加した。

  1 おおせい   2 おおぜい   3 だいせい   4 たいぜい

2 ここから眺める景色は最高です。

  1 けいしょく   2 けいしき   3 けしき   4 けしょく

3 アイスクリームが溶けてしまった。

  1 とけて   2 つけて   3 かけて   4 よけて

4 時計の針は、何時を指していますか。

  1 かね   2 くぎ   3 じゅう   4 はり

5 10年後の自分を想像してみよう。

  1 そうじょう   2 そうぞう   3 しょうじょう   4 しょうぞう

問題2 　＿＿の言葉を漢字で書くとき、最もよいものを、1・2・3・4から一つ選び
　　　　なさい。

6　午前中にがっか試験、午後は実技試験を行います。
　　1　学科　　　　　　2　学課　　　　　　3　学可　　　　　　4　学化

7　あと10分です。いそいでください。
　　1　走いで　　　　　2　忙いで　　　　　3　速いで　　　　　4　急いで

8　5番のバスに乗って、しゅうてんで降ります。
　　1　集天　　　　　　2　終天　　　　　　3　終点　　　　　　4　集点

9　あなたが一番しあわせを感じるのは、どんなときですか。
　　1　幸せ　　　　　　2　羊せ　　　　　　3　辛せ　　　　　　4　肯せ

10　ふくざつな計算に時間がかかってしまった。
　　1　副雑　　　　　　2　複雑　　　　　　3　復雑　　　　　　4　福雑

問題3 （　　）に入れるのに最もよいものを、1・2・3・4から一つ選びなさい。

11 労働（　　）の権利を守る法律がある。

  1 人　　　　　　　2 者　　　　　　　3 員　　　　　　　4 士

12 遊園地の入場（　　）が値上げされるそうだよ。

  1 代　　　　　　　2 金　　　　　　　3 費　　　　　　　4 料

13 趣味はスポーツということですが、具体（　　）にはどんなスポーツをされるんですか。

  1 式　　　　　　　2 的　　　　　　　3 化　　　　　　　4 用

14 若者が（　　）文化に触れる機会をもっと増やすべきだ。

  1 異　　　　　　　2 別　　　　　　　3 外　　　　　　　4 他

15 （　　）期間のアルバイトを探している。

  1 小　　　　　　　2 低　　　　　　　3 短　　　　　　　4 少

問題4 （　　）に入れるのに最もよいものを、1・2・3・4から一つ選びなさい。

16 私があなたをだましたなんて！それは（　　）ですよ！

　　1　混乱　　　　　　　2　錯覚　　　　　　　3　誤解　　　　　　　4　意外

17 夫は朝から（　　）が悪く、話しかけても返事もしない。

　　1　元気　　　　　　　2　機嫌　　　　　　　3　心理　　　　　　　4　礼儀

18 昔は、地図を作るのに、人が歩いて（　　）を測ったそうだ。

　　1　角度　　　　　　　2　規模　　　　　　　3　幅　　　　　　　　4　距離

19 次に、なべに沸かしたお湯で、ほうれん草を（　　）。

　　1　刻みます　　　　　2　焼きます　　　　　3　炒めます　　　　　4　ゆでます

20 この地方は、気候が大変（　　）で、一年中春のようです。

　　1　穏やか　　　　　　2　安易　　　　　　　3　なだらか　　　　　4　上品

21 就職相談を希望する学生は、（　　）希望日時を就職課で予約すること。

　　1　そのうち　　　　　2　あらかじめ　　　　3　たびたび　　　　　4　いつの間にか

22 パソコンの操作を間違えて、入力した（　　）を全て消してしまった。

　　1　ソフト　　　　　　2　データ　　　　　　3　コピー　　　　　　4　プリント

問題5 ＿＿の言葉に意味が最も近いものを、1・2・3・4から一つ選びなさい。

23 履歴書に書く<u>長所</u>を考える。
1 好きなこと　　2 良い点　　　　　3 得意なこと　　4 背の高さ

24 <u>公平な</u>判断をする。
1 平凡な　　　　2 平等な　　　　　3 分かりやすい　4 安全な

25 机の上の荷物を<u>どける</u>。
1 しまう　　　　2 汚す　　　　　　3 届ける　　　　4 動かす

26 <u>いきなり</u>肩をたたかれて、びっくりした。
1 突然　　　　　2 ちょうど　　　　3 思いきり　　　4 一回

27 小さな<u>ミス</u>が、勝敗を分けた。
1 選択　　　　　2 中止　　　　　　3 失敗　　　　　4 損害

問題6　次の言葉の使い方として最もよいものを、1・2・3・4から一つ選びなさい。

28 手間

1　アルバイトが忙しくて、勉強する<u>手間</u>がない。

2　彼女はいつも、<u>手間</u>がかかった料理を作る。

3　<u>手間</u>があいていたら、ちょっと手伝ってもらえませんか。

4　子どもの服を縫うのは、とても<u>手間</u>がある仕事です。

29 就任

1　大学卒業後は、食品会社に<u>就任</u>したい。

2　一日の<u>就任</u>時間は、8時間です。

3　この会社で10年間、研究者として<u>就任</u>してきました。

4　この度、社長に<u>就任</u>しました木村です。

30 見事

1　彼女の初舞台は<u>見事</u>だった。

2　隣のご主人は、<u>見事</u>な会社の社長らしい。

3　20歳なら、もう<u>見事</u>な大人ですよ。

4　サッカーは世界中で<u>見事</u>なスポーツだ。

31 組み立てる

1　夏休みの予定を<u>組み立て</u>よう。

2　自分で<u>組み立てる</u>家具が人気です。

3　30歳までに、自分の会社を<u>組み立て</u>たい。

4　長い上着に短いスカートを<u>組み立てる</u>のが、今年の流行だそうだ。

32 ずっしり

1　リーダーとしての責任を<u>ずっしり</u>と感じる。

2　帰るころには、辺りは<u>ずっしり</u>暗くなっていた。

3　緊張して、<u>ずっしり</u>汗をかいた。

4　このスープは、<u>ずっしり</u>煮込むことが大切です。

言語知識（文法）

問題7　（　　）に入れるのに最もよいものを、1・2・3・4から一つ選びなさい。

33　（　　）にあたって、お世話になった先生にあいさつに行った。

1　就職した　　　　2　就職する　　　　3　出勤した　　　　4　出勤する

34　森林の開発をめぐって、村の議会では（　　　）。

1　村長がスピーチした　　　　　　　2　反対派が多い

3　話し合いが続けられた　　　　　　4　自分の意見を述べよう

35　飛行機がこわい（　　）が、事故が起きたらと思うと、できれば乗りたくない。

1　わけだ　　　　　　　　　　　　2　わけがない

3　わけではない　　　　　　　　　4　どころではない

36　激しい雨にもかかわらず、試合は（　　　）。

1　続けられた　　　　　　　　　　2　中止になった

3　見たいものだ　　　　　　　　　4　最後までやろう

37　A：「この本、おもしろいから読んでごらんよ。」

　　　B：「いやだよ。だって、漢字ばかり（　　）。」

1　ことなんだ　　　2　なんだこと　　　3　ものなんだ　　　4　なんだもの

38　彼女は若いころは売れない歌手だったが、その後女優（　　）大成功した。

1　にとって　　　　2　として　　　　3　にかけては　　　4　といえば

39　（　　）以上、あなたが責任を取るべきだ。

1　社長である　　　2　社長だ　　　　3　社長の　　　　4　社長

40 同僚の歓迎会でカラオケに行くことになった。歌は苦手だが、1 曲歌わ（　　）だろう。

1　ないに違いない　　　　　　　　2　ないではいられない

3　ないわけにはいかない　　　　　4　ないに越したことはない

41 何歳から子供にケータイを（　　）か、夫婦で話し合っている。

1　持てる　　　　　2　持たれる　　　　　3　持たせる　　　　　4　持たされる

42 中学生が、世界の平和について真剣に討論するのを聞いて、私もいろいろ（　　）。

1　考えられた　　　2　考えさせた　　　3　考えされた　　　4　考えさせられた

43 この薬はよく効くのだが、飲むと（　　）眠くなるので困る。

1　ついに　　　　　2　すぐに　　　　　3　もうすぐ　　　　　4　やっと

44 失礼ですが、森先生の奥様で（　　）か。

1　あります　　　　　　　　　　　　2　いらっしゃいます

3　おります　　　　　　　　　　　　4　ございます

問題8　次の文の＿★＿に入る最もよいものを、1・2・3・4から一つ選びなさい。

（問題例）

　　　あそこで ＿＿＿ ＿＿＿ ＿★＿ ＿＿＿ は山田さんです。

　　　1　テレビ　　　2　見ている　　3　を　　4　人

（回答のしかた）

1. 正しい文はこうです。

> あそこで ＿＿＿ ＿＿＿ ＿★＿ ＿＿＿ は山田さんです。
>
> 1　テレビ　　　　3　を　　　　2　見ている　　　　4　人

2. ＿★＿に入る番号を解答用紙にマークします。

（解答用紙）　（例）　① ● ③ ④

---

45 ＿＿＿ ＿＿＿ ＿★＿ ＿＿＿ が売れているそうだ。

　1　高齢者　　　　　　　　　　　2　衣服

　3　向けに　　　　　　　　　　　4　デザインされた

46 ここからは、部長に ＿＿＿ ＿＿＿ ＿★＿ ＿＿＿ させていただきます。

　1　私が　　　　　2　説明　　　　3　設計担当の　　　4　かわりまして

47 収入も不安定なようだし、＿＿＿ ＿＿＿ ＿★＿ ＿＿＿ 、うちの娘を
結婚させるわけにはいかないよ。

　1　からして　　　　2　君と　　　　3　学生のような　　4　服装

48 週末は旅行に行く予定だったが、＿＿＿＿ ＿＿＿＿ ＿★＿ ＿＿＿＿ ではなくなってしまった。

　1　突然　　　　　2　どころ　　　　　3　母が倒れて　　　4　それ

49 ＿＿＿＿ ＿＿＿＿ ＿★＿ ＿＿＿＿ 負けません。

　1　だれにも　　　2　かけては　　　　3　ことに　　　　　4　あきらめない

問題9　次の文章を読んで、文章全体の内容を考えて、 50 から 54 の中に入る最もよいものを、1・2・3・4の中から一つ選びなさい。

マナーの違い

　日本では、人に物を差し上げる場合、「粗末なものですが」と言って差し上げる習慣がある。ところが、欧米人などは、そうではない。「すごくおいしいので」とか、「とっても素晴らしい物です」といって差し上げる。

　そして、日本人のこの習慣について、 50 言う。

　「つまらないと思っている物を人に差し上げるなんて、失礼だ。」と。

　 51 。私は、そうは思わない。日本人は相手のすばらしさを尊重し強調する 52 、自分の物を低めて言うのだ。「とても素晴らしいあなた。あなたに差し上げるにしては、これはとても粗末なものです。」と言っているのではないだろうか。

　そして、日本人は逆に欧米の習慣に対して、「自分の物を褒めるなんて」と非難する。

　私は、これもおかしいと思う。自分の物を素晴らしいから、おいしいからと言って人に差し上げるのも、相手を素晴らしいと思っているからなのだ。「すばらしいあなた。これは、そんな素晴らしいあなたにふさわしいものですから、 53 。」と言っているのだと思う。

　 54 、どちらも心の底にある気持ちは同じで、相手のすばらしさを表現するための表現なのだ。その同じ気持ちが、全く反対の言葉で表現されるというのは非常に興味深いことに思われる。

（注）粗末：品質が悪いこと

Check □1 □2 □3

50

1 そう 　　　　 2 こう 　　　　 3 そうして 　　　 4 こうして

51

1 そう思うか 　　　　　　　　 2 そうだろうか

3 そうだったのか 　　　　　　 4 そうではないか

52

1 かぎり 　　　 2 あまり 　　　 3 あげく 　　　 4 ものの

53

1 受け取らせます 　　　　　　 2 受け取らせてください

3 受け取ってください 　　　　 4 受け取ってあげます

54

1 つまり 　　　 2 ところが 　　　 3 なぜなら 　　　 4 とはいえ

読解

問題10　次の(1)から(5)の文章を読んで、後の問いに対する答えとして最もよい
　　　　ものを、1・2・3・4から一つ選びなさい。

(1)

　ある新聞に、東京のサクラは、田舎と比べて長いあいだ咲いているとあった。
なぜかというと、都会は、ミツバチやチョウなどの昆虫が少ないからだという。昆
虫が少ないと、なかなか受粉できないので、サクラは花が咲く期間を長くして受
粉の機会を増やしているのだそうである。特に散る直前には特別甘い蜜を出して、
ミツバチなどの昆虫を誘うということだ。植物も子孫繁栄のためにいろいろと工
夫をしているのだ。

（注1）受粉：花粉がつくこと。花は受粉することで実がなり、種もできる。
（注2）蜜：甘い液
（注3）子孫繁栄：子孫が長く続き、勢いが盛んになること

55　東京のサクラが、田舎と比べて長いあいだ咲いているのはなぜか。

　1　昆虫が少ないため、なかなか受粉できないから

　2　散る間際に特別甘い蜜を出して昆虫を誘うから

　3　ミツバチなどの昆虫がどこかに飛んでいってしまうから

　4　長いあいだ子孫繁栄の機会がなかったから

(2)

　日本人は、否定疑問文が苦手だと言われる。例えば、「あなたは料理をしないのですか?」と聞かれた場合、イギリス人なら「いいえ、しません。」と答えるが、日本語ではそうではない。「はい、しません。」と答える。なぜ、英語と日本語では否定疑問文に対して反対の答え方をするのだろうか。その辺を、100年以上も前、熊本で英語の教師をしていた小泉八雲（ラフカディオ・ハーン）は、うまく^(注1)説明している。「イギリス人は、質問の言葉とは関係なく、事実に対して返答する^(注2)が、日本人は、質問に含まれる否定や肯定の言葉に対して「はい」とか「いいえ」とか返答するのだ。」と。なかなかわかりやすい説明だ。

（注1）熊本：地名。九州地方にある県の名前
（注2）小泉八雲：イギリス人文学者。後に日本人となる。日本文化をヨーロッパに伝えた。

56 「あなたは料理をしないのですか。」という質問に対する日本人の答え方の説明として、正しいものはどれか。

1 「料理をする」という事実に対して、「いいえ、しません。」と答える
2 「料理をしない」という事実に対して、「いいえ、しません。」と答える
3 「しない」という言葉に対して、「いいえ、しません。」と答える
4 「しない」という言葉に対して、「はい、しません。」と答える

(3)

　日本のほとんどは温帯に属している。つまり、季節風の影響で四季の変化に富み、気温の変化、特に夏と冬の寒暖の差が大きい。夏は35度を超す日も多く湿度も高い。冬は0度近くになることもあり、都心でさえ雪が積もることがある。また、夏から秋にかけては、台風や洪水などの被害に襲われる。
（注1）
（注2）

　寒い冬は、常夏の国を羨ましく思ったりするが、その冬が去り、桜の花が咲く春になると、冬の寒さが厳しかっただけに、嬉しさは、格別である。
（注3）
（注4）

（注1）温帯：気候区分の一つ

（注2）寒暖の差：寒さと暖かさの差

（注3）洪水：川などの水があふれる被害

（注4）常夏の国：一年中夏のように暖かい国

57　日本の気候について、正しくないものはどれか。

1　特に夏と冬では気温の変化が激しい。

2　東京でも雪が積もる。

3　季節風のため、台風や洪水に見舞われることがある。

4　日本は、全ての地域が温帯にふくまれている。

(4)

　ちょっと笑える興味深い学術研究に与えられるイグ・ノーベル賞というのがある。2015年の文学賞はオランダの言語学者らによる「huu？」（はあ？）の研究が選ばれた。相手の言っていることが理解できないときや、混乱した会話を聞き返すとき、私たち日本人は「ハア？」と言うが、この「ハア？」が、なんと、世界中の多くの言語で、ほとんど同じ意味で使われているというのだ。興味深い研究である。

　しかし、この言葉、日本では、発音によっては異なる意味を表す。つまり、「ア」を強く発音し、その語尾を伸ばして「ハアー？」と言うと、聞き返しではなく、「あんたは、なに言っているんだ！」と、相手の言葉を批判し否定する意味に使われるので、注意が必要である。

（注）語尾：話す言葉の終りの部分

58　「huu？」という言葉は、日本では、なぜ注意が必要なのか。

1　世界中の多くの言語で使われているが、日本語の意味は異なるから

2　相手が理解できなかったり、混乱したりするから

3　否定の意味を込めて発音するのが難しいから

4　言い方によっては、違った意味を表すから

(5)

以下は、ある化粧品会社が田中よしえさんに送ったメールの内容である。

8月お誕生日を迎えられる　田中よしえ様

　田中様　お誕生日おめでとうございます。

　いつも、ジルジルの化粧品をご愛用いただきまして、まことにありがとうございます。(注1)

　田中様のお誕生日をお祝いして、ささやかながらプレゼントをご用意させていただきました。(注2)

　どうぞ、この機会をお見逃しなく、プレゼントをお受け取りくださいますよう、お願いいたします。

◆プレゼント　1,000円のお買い物券

◆お誕生日月の1日〜末日までご利用いただけます。

◆現金に替えることはできません。

◆インターネットでの6,000円以上のお買い物でのみご利用できます。

http://www.jiljil.com

7月15日　株式会社ジルジル化粧品

(注1)　愛用：好んで使うこと

(注2)　ささやか：ほんの少し

59 この誕生日のサービスについて、正しいものはどれか。

1 このサービスは今月から来月末まで、インターネットでの 6,000 円以上の買い物に使うことができる。

2 このサービスは 8 月いっぱい、インターネットでの 6,000 円以上の買い物で使うことができる。

3 このサービスは、8 月中に 6,000 円以上の買い物をすると、お買い物券が郵便で送られてくる。

4 このサービスは、インターネットの買い物でもお店での買物でも使うことができるが、6,000 円以上買わないと使えない。

問題 11　次の (1) から (3) の文章を読んで、後の問いに対する答えとして最もよい
　　　　ものを、1・2・3・4 から一つ選びなさい。

(1)

　ある日の新聞の投書欄に、中学 2 年生の男の子が投書をしていた。自分は今、
塾に行ったり、家庭教師に来てもらったりして、高校入試を目指して勉強してい
る。しかし、友達の A 君は、自分と同じ力があるのに、家が貧しくて塾にも行け
ない。自分は恵まれていると思う半面、それでいいのかという疑問を感じている、
というのである。

　私は、この投書が、貧困家庭の子供ではなく、恵まれた家庭の子供によるもの
だということに、まず、驚いた。そして、大人として非常に反省させられた。

　今、日本では、子どもの貧困が問題になっている。2012 年の調査によると、平
均的な所得の半分以下の世帯で暮らす 18 歳未満の子供の割合は、16.3%だそうで
ある。なんと、6 人に 1 人の子どもが貧困と言われるのだ。中でも一人親世帯の貧
困率は半数を上回る。このような家庭の子供たちは、受験のための塾に行くこと
もできない。

　日本は比較的平等な国で、子供の実力さえあればどんな高レベルの学校にも行
けるとはいうものの、その入り口である入学試験を受けるにあたって、こんな格差
があるのは決して許されていいことではない。経済的に恵まれた家庭の子供たち
はお金をかけて試験勉強をすることができ、貧困家庭の子供たちはそれができな
いというのでは、平等とはいえない。大人の責任としてこのような不平等はなく
さなければならない。

(注 1)　貧困：貧しくて生活が苦しいこと
(注 2)　一人親世帯：父親か母親のどちらかしかいない家庭
(注 3)　格差：差。ここでは、試験を受けるにあたっての条件の差

60 新聞に投書したのはどのような子供だったか。

1 家が貧しいため塾に行けない高校生の男の子

2 高校受験のための塾に通っている恵まれた家庭の中学生

3 家が貧しいため高校に行くことができない中学生

4 力がないので、塾に通うことができない貧しい家の中学生

61 18歳未満の子供の貧困の割合はどれくらいか。

1 5人に一人

2 約半数

3 6人に1人

4 約30％

62 こんな格差とは、どのような差のことを指しているか。

1 貧しい家庭と恵まれた家庭があるという差

2 ひとり親世帯の子供と両親が揃った世帯の子供がいるという差

3 お金をかけて勉強できる家庭の子供とそれができない子供がいるという差

4 レベルが高い高校と、そうでもない高校とがあるという差

(2)

日本語の「えもじ」つまり、「絵文字」が、「emoji」として国際的に知られ、
欧米でも使われているそうである。
(注1)

その反響、つまり、絵文字が読者にどのように受け取られるかを見るために、
アメリカの全国紙で、このほど試験的に絵文字を見出しに採用してみたという。
例えば、悲しい記事の見出しの後には涙を流している悲しそうな顔の絵文字を、
不正を伝える記事の見出しの後には怒った顔の絵文字を、という具合だ。

その結果はというと、ニュースの内容が分かりやすいのでいいという人々と、
反対に印刷物には向いていないという反対派がいたそうだ。新聞などの報道関係
者には、反対の人が多かったらしい。その理由は「絵文字の使用は、人間の思考
力を減らす」というものであった。

もともと絵文字が欧米社会に知られるようになったのは、4年ほど前（2011年）
だということだが、その2年後には、なんと、「emoji」がオックスフォード辞
書に登録されたそうだ。

これも、IT時代、グローバル化時代の当然の成り行きかもしれないが、私などは、
(注2)   (注3)
やはり、絵文字の使用に関しては、全面的に賛成する気にはならない。特に新聞
の見出しなどには使って欲しくないと思う。記事を書いた人の判断や感情を読者
に先入観として与えることになると思うからだ。
(注4)

（注1）絵文字：メールなどに使われている、(>_<) や (^O^) などの顔文字

（注2）グローバル化：世界全体をひとつとみる。地球規模の

（注3）成り行き：変わっていった結果

（注4）先入観：無理に相手に与える考え

63 「絵文字」について、アメリカの全国紙でどのような試験をしてみたか。

1 「emoji」という語を記事に使って、その反響を見てみた。

2 絵文字を使ったことがあるかどうか調べてみた。

3 「emoji」が各国の辞書に登録されているかどうか調べてみた。

4 絵文字を新聞の見出しに使ってその反響を見てみた。

64 その結果はどうだったか。

1 報道関係者には反対の人が多かった。

2 ニュースがわかりやすくていいという人が多数だった。

3 印刷物に使うのは反対だという人がほとんどだった。

4 絵文字そのものを知らない人が多かった。

65 筆者は絵文字の使用についてどのように考えているか。

1 わかりやすくていい。

2 ある面では賛成できない。

3 反対である。

4 個人的なメールにだけ使ったほうがよい。

(3)

　かつて、休暇もあまり取らず、毎日長時間働いて日本の経済を支えてきた労働者も、その頃に比べると、かなり意識が変わってきた。仕事だけでなく、家庭や自分の趣味に時間を使うようになり、余裕を持って働くようになった。国の政策として休日も増えた。

　しかし、まだまだ欧米諸国に比べると、実際に労働者が取る休暇は少ないらしい。

　仕事と生活のバランスについて 2015 年 1、2 月に、労働者に聞いたある調査によると、理想としては、「生活に重点を置きたい」が 17％、「仕事に重点を置きたい」は 14％であった。また、「両方のバランスを取るのが理想」とした人たちは 38％であったそうだ。

　しかし、現実には、「仕事に重点を置いている」というのが 48％もいるというのだ。理想とは大きな差がある。

　また、有給休暇を取っている日数は、年に平均 7.7 日。これは、労働基準法で認められている有給よりかなり少ない。有給休暇をあまり取らない理由として、「仕事量が多くて休む余裕がない」や「他の人に迷惑がかかる」などがあげられていて、1 年間有給を全く取らなかった人はなんと、11％もいるそうである。この結果を見ると、本当に日本の労働者の意識が変わってきたのかどうか、疑問に思われる。

　また、同じ調査によると、大企業で、出世している人ほど休んでいないという傾向が表れているそうである。

　仕事と生活のバランスをとるのを理想としながらも、さまざまな事情でなかなか仕事を休めないという現実や、休む人より休まない人の方が出世をするという現実の前には、労働者はどのように考えればいいのだろうか。

（注 1）有給休暇：給料が支給される休暇

（注 2）労働基準法：労働者を守るための法律

（注 3）出世：会社で立派な地位を得ること

66 <u>かなり意識が変わってきた</u>とあるが、どのように変わってきたのか。

1 仕事がいちばん大切だと思うようになった。

2 仕事だけでなく、家庭や自分の趣味にも時間を使うようになった。

3 自分のために長い休暇を取るようになった。

4 自分の生活に重点を置くようになった。

67 「理想」と反対の意味で使われている言葉は何か。

1 実現

2 余裕

3 意識

4 現実

68 日本の大企業ではどんな人が出世しているか。

1 会社をあまり休まない人

2 自分の趣味や家族を大切にする人

3 法律で認められているだけ有給休暇を取る人

4 仕事と生活のバランスをうまく取っている人

問題12　次のＡとＢはそれぞれ、女性の再就職について書かれた文章である。二つの文章を読んで、後の問いに対する答えとして最もよいものを、1・2・3・4から一つ選びなさい。

A

　このところ、日本では、女性の活躍を経済成長戦略の柱とし、主婦の再就職を支えるための機関、例えば子供のための保育園など^{（注1）}が、各地に開設され始めている。出産後、子育てのために会社を辞め、何年間か主婦として家庭^{（注2）}にいた女性たちの再就職を、どのように支援するかが問題になっているのである。

　しかし、多くの母親たちは、子供が少し大きくなってやっと就職できるようになっても、家族の病気や学校の行事、あるいは家事のために、フルタイムや残業の多い仕事に就くのは難しいというのが実情である。女性^{（注3）}が自分の希望する働き方を自分で選ぶことができ、短時間でも働けるようになれば、女性の活躍の場ももっと広がるのではないだろうか。そのためには国の政策としての社会の整備が重要である。

B

　日本では、長い間、男性は外で働き、女性は家庭で家族を守るのが当たり前とされてきたが、近年、多くの女性が家庭の外で働くようになってきた。国も経済政策上、女性の起業や再就職を支援している。

　しかし、それに疑問を持つ女性もいるのだ。東京に住むＢさんは、大学卒業後企業に就職したが、14年前、長男出産の際に退職した。再就職も考えたが、保育料が高いことなどであきらめた。その後、二人の子供に恵まれた。そして、今では、「子育てこそ人材育成であり、家庭こそ社会の第一線_(注5)。私は、立派な『お母さん仕事』をしているのだと誇りを持っている。」と語る。

　主婦も家庭や地域という社会で活躍している。なにも企業で働くだけが活躍ではないのだ。女性にももっと多様な生き方が認められるべきであろう。

（注1）戦略：作戦計画
（注2）開設：設備を新しく作って仕事を始めること
（注3）フルタイム：全時間労働
（注4）起業：事業を起こすこと
（注5）第一線：最も重要な位置

69 AとBはともに、どんな女性について述べているか。

1 出産のために退職した女性

2 短時間だけ働きたい女性

3 子供が二人以上いる女性

4 社会の第一線で働きたい女性

70 AとBの筆者は、女性の再就職について、どのように考えているか。

1 AもBも、子育てや家事は大切な仕事だから、国はそのための制度を充実させるべきだと考えている。

2 AもBも、子育てや家事をする女性は、もっと自分の生き方を自由に選べる方がいいと考えている。

3 Aは、女性は子供が大きくなったら社会に出て働くべきだと考え、Bは、女性は家庭で育児をすべきだと考えている。

4 Aは女性の社会進出のために社会の整備が必要だと考え、Bは国の経済のために女性は再就職すべきだと考えている。

問題13　次の文章を読んで、後の問いに対する答えとして最もよいものを、1・2・3・4から一つ選びなさい。

　あなたも「あの人は教養のある人だ」、「教養を身につけるのは本当に難しい」などという言葉をたびたび耳にしたことがあるだろう。

　この「教養」という言葉、あらためて考えてみると、人によって様々な見方、捉え方があり、一言でこうだと言うことはできない。誰もが、言わなくても相手も「教養」の意味を自分と同じように捉えていると思って話を進めていると、大きな誤解があって、あわてることも多い。

　じつは「教養」という言葉は、意外に難しい意味や内容を含んでいる言葉であるからである。ある人は、教養とは社会を生きていく上で必要な一般常識であると捉え、またある人は、自分を高めるための最低限の知識と常識であると捉えている。つまり人によって教養についての考え方はそれぞれ違うということだ。ただ考え方に違いはあっても、誰もが教養を大切なものと捉え、教養を身に付けたいと思っているのは間違いないようである。

　それでは、このように捉え方の異なる「教養」を私達は一体どのように考え、どのようにして身に付けることができるのだろうか。これには万人に通用する学び方や身に付け方があるわけではない。ただ言えることは、一人ひとりが特定の決まった考え方に捉われず自分を見つめ直し、歴史や自然や人間社会についての正しい見方と価値観を養うことである。周囲の意見に左右されずに自分で物事を考え、自分を高め、自分だけの利益を追わず周りとバランスがとれた生き方をする必要があるということだ。このような見方、考え方を育てることで結果として得られる力が教養ということができるであろう。

　戦後の教育もこの線に沿って行われてきたのだが、このところ社会ではすぐに役に立つ学問でなければ意味がない、専門科目を重視しなければならないということが盛んに叫ばれ、大学でも教養科目を軽視する傾向が強くなっている。

　確かに一般社会では役立つ学問、専門科目が必要なことは言うまでもない。だが、それだけでいいのだろうか。現代社会を担い、豊かな未来を創造するのは人である。それには実学や専門科目に詳しいだけではいけないのだ。その役を担う人なら、経済面だけでなく、他人を思いやる心が必要である。そういう人こそ社会ですぐには役に立たないと言われる宗教や思想、哲学や文学など、人の心を豊かにする全てのものを学ぶ謙虚な心を持たなければならない。

　社会はすぐ役に立つものだけで構成されてはいない。それだけに心の豊かさ、教養が備わっている人であれば、経済性だけに捉われずに社会と人を思いやることができるのだから。社会が大きな曲がり角にある今こそ私達は教養について考えてみる必要があるだろう。

池永陽一「『教養』について」

（注1）万人：全ての人
（注2）担う：責任を持って引き受ける
（注3）実学：生活にそのまますぐに役立つ学問

71 「教養」の捉え方として、筆者の考えと異なるものを選べ。

1 「教養」が大切だという考えは、誰にも共通している。

2 「教養」の捉え方は、人によって異なる。

3 「教養」の意味や捉え方は、誰にも共通している。

4 「教養」の捉え方が相手と異なることから誤解が生じることがある。

72 教養を身に付けるとは、どういうことだと筆者は考えているか。

1 周囲の多くの人の意見を取り入れて一般的な常識を養うこと。

2 周囲の人と生きていくためのバランス感覚を養うこと。

3 自分自身の見方や考え方を重視し、他の意見を取り入れないこと。

4 自分自身を高めて社会についての正しい見方と価値観を養うこと。

73 この文章における筆者の考えと合っているものはどれか。

1 専門的な知識だけでなく、真の意味で教養のある人が人の役に立つことができる。

2 それぞれの専門的な知識を重視し深めることが、結果的には社会の役に立つのだ。

3 すぐに役に立つ学問こそ、大きな曲がり角にある現代社会の役に立つのだ。

4 自分の専門の知識だけでなく、他の専門の知識も学ぶことで教養ある人になる。

問題 14　右のページは、A 市のスポーツセンターの利用案内である。下の問いに対する答えとして最もよいものを 1・2・3・4 から一つ選びなさい。

74 エリカさんは、日曜日に小学生の子どもといっしょにスポーツセンターに行きたいと思っている。二人とも、このスポーツセンターに行くのは初めてである。子どもは泳ぎが好きなのでプール、自分はトレーニングルームを利用したいが、どのようにすればいいか。

1　子どもがプールに入っている間に、自分はトレーニングルームに行く。

2　子どもはプールに入れないので、二人でトレーニングルームを利用する。

3　子どもは一人ではプールに入ってはいけないので、自分も一緒にプールに入る。

4　子どもといっしょにテストを受けて、自分が合格したら二人でプールに入ることができる。

75 山口さんは、仕事が終わってからトレーニングルームを利用したいと思っているが、服装や持ち物は何が必要か。

1　室内用のシューズとタオルを持って行けば、どんな服装でもいい。

2　室内用のシューズと、水着、帽子を持っていく。

3　室内用のシューズと、タオル、石けん、シャンプーを持っていく。

4　運動ができる服装で、室内用の靴と、タオルを持っていく。

Ａ市スポーツセンター　利用案内

開館時間	月曜日～土曜日　午前 8:30 ～午後 10:00 ■ 最終入館時間・・・午後 9:30 まで ■ 利用時間・・・　午後 9:45 まで。ただし日曜日は午前 8:30 ～午後 9:00 ■ 最終入館時間・・・　午後 8:30 まで ■ トレーニングルーム／プール利用時間・・・　午後 8:45 まで
休館日	毎月第2月曜日（祝日に当たるときは別）、年末年始、特別休館日（その他、施設設備清掃等による特別休館日）
持ち物	1.　プール利用の場合 　水着（競泳用が好ましい）・水泳帽・タオル等 　※ご利用の際は、化粧・アクセサリー等を取ってご利用ください。 2.　トレーニングルーム利用の場合（満16歳以上の方がご利用いただけます） 　室内用シューズ・運動ができる服装（デニム生地等不可）・タオル等
ご利用の際には	■ 自転車でおいでの方は駐輪場[注1]をご利用ください。 ■ 一般の方の駐車場はございませんので、車でのご来場はご遠慮ください。 ■ シャワールームでの石けん・シャンプー等はご利用いただけません。 ■ 伝染性の病気・飲酒等、他の利用者に迷惑をかける恐れのある方の入場はお断りしております。 ■ 貴重品は貴重品ロッカーをご利用下さい。当施設で発生した紛失・盗難[注2]・事故について一切責任は負いません。 ● 当センターは、公共の施設です。みなさまが気持ち良くご利用いただけるようご協力お願い致します。
お子様のご利用について	■ お子様は満3歳からご利用いただけます。（プールのみ） ■ 水着以外でのプールへの入場はお断りしております。 ■ プールを利用の際は、必ず水泳帽の着用をお願い致します。 ■ 小学生の単独利用は、泳力テスト合格者に限ります。 　※泳力テストについては、お問い合わせください。 ■ 幼児や、泳力テストに合格していない小学生は、必ず大人のつきそい[注3]が必要です。

（注1）駐輪場：自転車を置くところ　（注2）紛失・盗難：なくなったり盗まれたりすること
（注3）つきそい：そばで世話をする人

もんだい
問題1

問題1では、まず質問を聞いてください。それから話を聞いて、問題用紙の1から4の中から、最もよいものを一つ選んでください。

れい
例

1　コート

2　傘
かさ

3　ドライヤー

4　タオル

1番
<ruby>番<rt>ばん</rt></ruby>

1 <ruby>絵<rt>え</rt></ruby>を<ruby>描<rt>か</rt></ruby>く

2 <ruby>作文<rt>さくぶん</rt></ruby>を<ruby>書<rt>か</rt></ruby>く

3 <ruby>絵<rt>え</rt></ruby>をコンクールに<ruby>出<rt>だ</rt></ruby>す

4 <ruby>作文<rt>さくぶん</rt></ruby>の<ruby>用紙<rt>ようし</rt></ruby>を<ruby>買<rt>か</rt></ruby>いに<ruby>行<rt>い</rt></ruby>く

2番
<ruby>番<rt>ばん</rt></ruby>

1 9<ruby>時<rt>じ</rt></ruby>

2 10<ruby>時<rt>じ</rt></ruby>

3 9<ruby>時<rt>じ</rt></ruby>40<ruby>分<rt>ぶん</rt></ruby>

4 9<ruby>時<rt>じ</rt></ruby>50<ruby>分<rt>ぶん</rt></ruby>

3 番

1 372 円
2 1,116 円
3 1,266 円
4 422 円

4 番

1 弁当
2 肉や野菜
3 ビール
4 お酒以外の飲み物

5番
<ruby>ばん<rt>ばん</rt></ruby>

1 みんなに電話番号をきく

2 申込書をコピーする

3 先生に電話番号をきく

4 申込書を直す

もんだい
問題 2

　問題 2 では、まず質問を聞いてください。そのあと、問題用紙のせんたくしを読んでください。読む時間があります。それから話を聞いて、問題用紙の 1 から 4 の中から最もよいものを一つ選んでください。

例

1　残業があるから
2　中国語の勉強をしなくてはいけないから
3　会議で失敗したから
4　社長に叱られたから

1番

1 ６時間目まで授業があるから

2 熱があるから

3 食欲がないから

4 咳と鼻水が出るから

2番

1 黒いスーツケース

2 堅いスーツケース

3 柔らかい手提げバッグ

4 堅い手提げバッグ

3番

1　大雨が降っているから

2　電車が遅れているから

3　道路が渋滞しているから

4　道に迷ってしまったから

4番

1　大きい物が詰まったから

2　分解したから

3　階段から落としたから

4　吹き出し口に埃がついていたから

Check ☐1 ☐2 ☐3

5番

1 曇っているから
2 泳げないから
3 プールが嫌いだから
4 みたいテレビ番組があるから

6番

1 体力をつけたいから
2 犬の散歩のため
3 マラソン大会に出るため
4 朝の公園は涼しいから

もんだい
問題 3

　問題 3 では、問題用紙に何もいんさつされていません。この問題は、全体としてどんな内容かを聞く問題です。話の前に質問はありません。まず話を聞いてください。それから、質問とせんたくしを聞いて、1 から 4 の中から、最もよいものを一つ選んでください。

－メモ－

Check □1 □2 □3

もんだい
問題 4

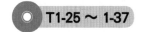

　問題4では、問題用紙に何もいんさつされていません。まず文を聞いてください。それから、それに対する返事を聞いて、1から3の中から、最もよいものを一つ選んでください。

－メモ－

もんだい
問題5

問題5では、長めの話を聞きます。この問題には練習がありません。

メモをとってもかまいません。

1番、2番

問題用紙に何もいんさつされていません。まず話を聞いてください。それから、質問とせんたくしを聞いて、1から4の中から、最もよいものを一つ選んでください。

ーメモー

3番

まず話を聞いてください。それから、二つの質問を聞いて、それぞれ問題用紙の1から4の中から、最もよいものを一つ選んでください。

質問1

1　サッカー選手
2　医者
3　歌手
4　教師

質問2

1　医者
2　歌手
3　建築の仕事
4　教師

第二回

言語知識（文字、語彙）

問題1 ＿＿の言葉の読み方として最もよいものを、1・2・3・4から一つ選びなさい。

1 平日は、夜9時まで営業しています。
1 へいにち 　　2 へいひ 　　3 へいび 　　4 へいじつ

2 上着をお預かりします。
1 うえぎ 　　2 うわぎ 　　3 じょうき 　　4 じょうぎ

3 ベランダの花が枯れてしまった。
1 かれて 　　2 これて 　　3 ぬれて 　　4 ゆれて

4 あとで事務所に来てください。
1 じむしょう 　　2 じむしょ 　　3 じむじょう 　　4 じむじょ

5 月に1回、クラシック音楽の雑誌を発行している。
1 はつこう 　　2 はっこう 　　3 はつぎょう 　　4 はっぎょう

問題2 ＿＿の言葉を漢字で書くとき、最もよいものを、1・2・3・4から一つ選び
なさい。

6 きけんです。中に入ってはいけません。

1 危検　　　　　2 危験　　　　　3 危険　　　　　4 危研

7 階段でころんで、けがをした。

1 回んで　　　　2 向んで　　　　3 転んで　　　　4 空んで

8 では、建築家の吉田先生をごしょうかいします。

1 紹介　　　　　2 招会　　　　　3 招介　　　　　4 紹会

9 このタオル、まだしめっているよ。

1 閉って　　　　2 温って　　　　3 参って　　　　4 湿って

10 これで、人生5度目のしつれんです。

1 矢変　　　　　2 失変　　　　　3 矢恋　　　　　4 失恋

問題 3 （　　）に入れるのに最もよいものを、1・2・3・4から一つ選びなさい。

11 外交（　　）になるための試験に合格した。

　　1　家　　　　　　2　士　　　　　　3　官　　　　　　4　業

12 誕生日に父から、スイス（　　）の時計をもらった。

　　1　型　　　　　　2　用　　　　　　3　製　　　　　　4　産

13 景気が回復して、失業（　　）が3％台まで下がった。

　　1　率　　　　　　2　度　　　　　　3　割　　　　　　4　性

14 うちの父と母は、（　　）反対の性格です。

　　1　超　　　　　　2　両　　　　　　3　完　　　　　　4　正

15 この事件に（　　）関心だった私たちにも責任がある。

　　1　不　　　　　　2　無　　　　　　3　未　　　　　　4　低

問題4 （　　）に入れるのに最もよいものを、1・2・3・4から一つ選びなさい。

16 一人暮らしで、病気になっても（　　）してくれる家族もいない。
　　1　診察　　　　　　2　看病　　　　　　3　管理　　　　　　4　予防

17 得意な（　　）は、数学と音楽です。
　　1　科目　　　　　　2　成績　　　　　　3　専攻　　　　　　4　単位

18 今年のマラソン大会の参加者は過去最高で、その数は4万人に（　　）。
　　1　足した　　　　　2　加わった　　　　3　達した　　　　　4　集まった

19 オレンジを（　　）、ジュースを作る。
　　1　しぼって　　　　2　こぼして　　　　3　溶かして　　　　4　蒸して

20 みんな疲れているのに、自分だけ楽な仕事をして、彼は（　　）。
　　1　ゆるい　　　　　2　つらい　　　　　3　しつこい　　　　4　ずるい

21 彼は（　　）になった古い写真を、大切そうに取り出した。
　　1　ぽかぽか　　　　2　ぼろぼろ　　　　3　こつこつ　　　　4　のびのび

22 消費者の（　　）に合わせた商品開発が、ヒット商品を生む。
　　1　サービス　　　　2　プライバシー　　3　ニーズ　　　　　4　ペース

問題5 ＿＿の言葉に意味が最も近いものを、1・2・3・4から一つ選びなさい。

23 出かける<u>支度</u>をする。
1 準備　　　　　2 予約　　　　　　3 支払い　　　　　4 様子

24 小さかった弟は、<u>たくましい</u>青年に成長した。
1 心の優しい　　2 優秀な　　　　　3 力強い　　　　　4 正直な

25 国際社会に<u>貢献する</u>仕事がしたい。
1 参加する　　　2 輸出する　　　　3 役に立つ　　　　4 注目する

26 ウソをついても、<u>いずれ</u>分かることだよ。
1 いつかきっと　　　　　　　　2 今すぐに
3 だんだん　　　　　　　　　　4 初めから終わりまで

27 急いで<u>キャンセルした</u>が、料金の30％も取られた。
1 変更した　　　2 予約した　　　　3 書き直した　　　4 取り消した

問題6　次の言葉の使い方として最もよいものを、1・2・3・4から一つ選びなさい。

28 発明

1　太平洋沖で、新種の魚が発明されたそうだ。

2　レオナルド・ダ・ヴィンチは、画家としてだけでなく、発明家としても有名だ。

3　彼が発明する歌は、これまですべてヒットしている。

4　新しい薬の発明には、莫大な時間と費用が必要だ。

29 往復

1　手術から2カ月、ようやく体力が往復してきた。

2　習ったことは、もう一度往復すると、よく覚えられる。

3　家と会社を往復するだけの毎日です。

4　古い写真を見て、子どものころを往復した。

30 険しい

1　彼はいま金持ちだが、子どものころの生活はとても険しかったそうだ。

2　最近は、親が子を殺すような、険しい事件が多い。

3　そんな険しい顔をしないで。笑った方がかわいいよ。

4　今日は夕方から険しい雨が降るでしょう。

31 掴む

1　やっと掴んだこのチャンスを無駄にするまいと誓った。

2　彼はその小さな虫を、指先で掴んで、窓から捨てた。

3　このビデオカメラは、実に多くの機能を掴んでいる。

4　予定より2時間も早く着いたので、喫茶店で時間を掴んだ。

32 わざわざ

1　小さいころ、優しい兄は、ゲームでわざわざ負けてくれたものだ。

2　彼の仕事は、わざわざ取材をして、記事を書くことだ。

3　わざわざお茶を入れました。どうぞお飲みください。

4　道を聞いたら、わざわざそこまで案内してくれて、親切な人が多いですね。

言語知識（文法）

問題7 （　　）に入れるのに最もよいものを、1・2・3・4から一つ選びなさい。

33 秋は天気が変わりやすい。黒い雲で空がいっぱいになった（　　）、今は真っ青な空に雲ひとつない。

1　うちに　　　　　2　際に　　　　　　3　かと思ったら　　4　のみならず

34 佐々木さんに対して、（　　）。

1　失礼な態度をとってしまいました

2　悪いうわさを聞きました

3　あまり好きではありません

4　知っていることがあったら教えてください

35 今は、（　　）にかかわらず、いつでも食べたい果物が食べられる。

1　夏　　　　　　　2　季節　　　　　　3　1年中　　　　　4　春から秋まで

36 いい選手だからといって、いい監督になれる（　　）。

1　かねない　　　　2　わけではない　　3　に違いない　　　4　というものだ

37 私がミスしたばかりに、（　　）。

1　私の責任だ　　　　　　　　　　2　もっと注意しよう

3　とうとう成功した　　　　　　　4　みんなに迷惑をかけた

38 弟とは、私が国を出るときに会った（　　）、その後10年会ってないんです。

1　末　　　　　　　2　きり　　　　　　3　ところ　　　　　4　あげく

39 来週の就職面接のことを考えると、（　　）でしかたがない。

1　心配　　　　　　2　緊張　　　　　　3　無理　　　　　　4　真剣

40 子供のころは、兄とよく虫をつかまえて遊んだ（　　）。

1　ことだ　　　　　2　ことがある　　　3　ものだ　　　　　4　ものがある

41 空港で、誰かに荷物を（　　）、私のかばんは、そのまま戻ってこなかった。

1　間違えて

2　間違えられて

3　間違えさせて

4　間違えさせられて

42 日本酒は、米（　　）造られているのを知っていますか。

1　から　　　　　2　で　　　　　　3　によって　　　　4　をもとに

43 熱があって今日学校を休むから、先生にそう伝えて（　　）？

1　もらう　　　　2　あげる　　　　3　もらえる　　　　4　あげられる

44 来週のパーティーで、奥様に（　　）のを楽しみにしております。

1　拝見する　　　2　会われる　　　3　お会いになる　　4　お目にかかる

問題8　次の文の＿★＿に入る最もよいものを、1・2・3・4から一つ選びなさい。

（問題例）

あそこで　＿＿＿　＿＿＿　＿★＿　＿＿＿　は山田さんです。

1　テレビ　　　2　見ている　　　3　を　　　4　人

（回答のしかた）

1. 正しい文はこうです。

あそこで　＿＿＿　＿＿＿　＿★＿　＿＿＿　は山田さんです。
1　テレビ　　　　3　を　　　　2　見ている　　　　4　人

2. ＿★＿に入る番号を解答用紙にマークします。

（解答用紙）　| **（例）** | ① ● ③ ④ |

---

45 退職は、＿＿＿　＿＿＿　＿★＿　＿＿＿　ことです。

1　上で　　　　　　2　考えた　　　　3　よく　　　　　4　決めた

46 大きい病院は、＿＿＿　＿＿＿　＿★＿　＿＿＿　ということも少なくない。

1　何時間も　　　　　　　　　　2　5分

3　診察は　　　　　　　　　　　4　待たされたあげく

47 生活が　＿＿＿　＿＿＿　＿★＿　＿＿＿　失っていくように思えてならない。

1　なるにつれ　　　　　　　　　2　私たちの心は

3　豊かに　　　　　　　　　　　4　大切なものを

48 この薬は、1回に1錠から3錠まで、その時の_____ _____ ★_____ _____ ください。

じょう じょう

1 応じて　　　　　2 痛みに　　　　　3 使う　　　　　4 ようにして

49 同じ場所でも、写真にすると _____ _____ ★_____ _____ に見えるものだ。

1 すばらしい景色　　　　　　　2 次第で

3 カメラマン　　　　　　　　　4 の腕

問題9　次の文章を読んで、文章全体の内容を考えて、 50 から 54 の中に入る最もよいものを、1・2・3・4の中から一つ選びなさい。

自転車の事故

　最近、自転車の事故が増えている。つい先日も、登校中の中学生の自転車がお年寄りに衝突し、そのお年寄りははね飛ばされて強く頭を打ち、翌日死亡するという事故があった。

　自転車は、明治30年代に急速に普及すると同時に事故も増えたということだが、現代では自転車の事故が年間10万件余りも起きているそうである。

　自転車の運転者が最も気をつけなければならないこと。それは、自転車は車の一種である 50 をしっかり頭に入れて運転することだ。車の一種なのだから、原則として車道を走る。「自転車通行可」の標識がある歩道のみ、歩道を走ることができる。

　 51 、その場合も、車道側を歩行者に十分気をつけて走らなければならない。また、車道を走る場合は、車道のいちばん左側を走ることと 52 。

　最近、「歩車分離式信号」という信号ができた。交差点で、同方向に進む車両と歩行者の信号機を別にする方法である。この信号機で車と歩行者の事故はかなり減ったそうであるが、自転車に乗ったまま渡る人は車の信号に従うということを自転車の運転者と車の運転手の両者が知らないと、今度は、自転車が車の被害にあうといった事故に 53 。

　また、最近自転車を見ていてハラハラするのは、イヤホンを付けての運転や、ケイタイ電話を 54 の運転である。これらも交通規則違反なのだが、規則自体が、まだ十分には知られていないのが現状だ。

　いずれにしても、自転車の事故が急増している今、行政側が何らかの対策を急ぎ講じる必要があると思われる。

50

1　というもの　　2　とのこと　　　3　ということ　　4　といったもの

51

1　ただ　　　　　2　そのうえ　　　3　ところが　　　4　したがって

52

1　決める　　　　2　決まる　　　　3　決めている　　4　決まっている

53

1　なりかねる　　　　　　　　　2　なりかねない
3　なりかねている　　　　　　　4　なりかねなかったのだ

54

1　使い次第　　　2　使ったきり　　3　使わずじまい　　4　使いながら

読解

問題 10　次の (1) から (5) の文章を読んで、後の問いに対する答えとして最もよい
　　　　ものを、1・2・3・4 から一つ選びなさい。

(1)

　ライチョウという鳥は、日本の天然記念物に指定され、「神の鳥」として大切
にされてきたが、近年絶滅が心配されている。ライチョウは標高 2400 m 以上の
ハイマツ地帯にすむ鳥だ。地球温暖化によってハイマツの減少が進めば、それだ
けライチョウの生息地も失われることになる。年平均気温が今より 3 度上がれば
ライチョウは姿を消すだろうと言われている。ところが、今世紀末には、気温は 4
度も上昇すると予測されているのだ。つまり、100 年後、ライチョウは絶滅してい
るということである。その時、日本は、世界は、どうなっているだろうか。専門
家によると、大雨による河川の氾濫は最大で 4 倍以上にもなり、海面は最大 80 セ
ンチも上昇して、海面より低い土地が広がり、水害の危険が増すという。

(注 1)　天然記念物：動物、植物などの自然物で、保護が必要であるとして国が指
　　　　　　　　　　定した物
(注 2)　ハイマツ：松という樹木の一種で、高山に生える
(注 3)　生息地：動物などが生きる場所
(注 4)　氾濫：川などがあふれること
(注 5)　水害：洪水などによる災害

55　この文章で、今後起こると予想されていないことは何か。
　1　ライチョウが絶滅すること
　2　年平均気温が上昇すること
　3　海面が今より低くなること
　4　洪水が今よりしばしば起こること

(2)

　世の中は嫉妬で動いている、という人がいた。嫉妬とは、他人の幸福や長所をうらやましいとかねたましいと思う気持ちであり、どちらかというと、マイナスのイメージが強い。だが、嫉妬には、良い面、必要な面も多くあるのである。うらやましいと思うことで、自分も同じようになりたいと努力したり、他の人の優れた部分を認めることで、自分のことを正しく理解できたりすることもある。嫉妬のあまり、人を引きずりおろそうと考えるようになってはよくないが、自分の向上心を刺激してくれるなら、それはとてもいい感情だ。嫉妬と上手に付き合うことが必要なのではないだろうか。

（注1）ねたましい：くやしがり憎く思う

（注2）引きずりおろす：ひっぱって、下におろす

（注3）向上心：よい方向へ進もうとする気持ち

56　嫉妬と上手に付き合うとはどういうことか。

1　他人の幸福や長所を利用して、自分も幸福になること

2　自分は誰よりも優れていると自信をもつこと

3　自分を理解し向上するために嫉妬を利用すること

4　他人の幸福や長所を、自分には関係ないとあきらめること

(3)

　子供に、天気がいい日の景色を絵に描いてもらったら、おもしろいことがわかった。太陽を描く場合の色である。日本の子供は、ほとんどが赤色で太陽を描く。しかし、外国の子供は、黄色が多いそうだ。同じ太陽なのになぜこのような違いが生じるのだろうか。強い日差しを地上に降り注ぐ日中の太陽は、私たちの目には黄色に見える。一方、朝方や夕方の太陽は赤く見えることが多く、その光は弱い。日本ではギラギラとした昼間の太陽よりも、朝や夕方のやさしい太陽が好まれるということの表れかもしれない。

57　日本の子どもは、ほとんどが赤で太陽を描くのはなぜだと筆者は考えているか。

1　日本では、日中の日差しが強過ぎるから

2　日本では、光の強くない太陽が好まれるから

3　日本では、光の強い太陽が好まれるから

4　日本では、太陽は赤と決まっているから

(4)

　トイレの話である。

　駅や劇場、デパートなど、公共の場所のトイレに行くと、女性用トイレの前にはいつも長い行列ができている。反面、男性用のトイレはすいている。女性は、トイレに入ってから出るまでに、多分男性の３倍以上の時間がかかっていると思われるので、<u>女性トイレが混むのは当然である</u>。最近、政府機関主催の「日本トイレ大賞」に選ばれたのは、東京八王子市の高尾山にあるトイレで、トイレの数の男女比は、女性７に対して男性３だそうだ。この割合になってから、女性トイレに長時間列ができることがなくなったということである。

58　<u>女性トイレが混むのは当然である</u>とあるが、筆者はなぜそう考えるのか。

　1　女性トイレの前にはいつも長い行列ができているから

　2　女性は男性に比べて、トイレに時間がかかるから

　3　女性は男性に比べて、トイレによく行くから

　4　女性用トイレの数が、男性用より少ないから

(5)

以下は、今月の休日当番医についてのお知らせである。

９月の休日当番医・当番薬局のお知らせ

◆ 休日当番医の診療時間
_(注1)　_(注2)

（事前に電話で確認を）

午前９時〜午後５時

保険証をお持ちください。

◆ 休日当番薬局の開設時間

（事前に電話で確認）

午前９時午〜後５時半

休日当番医で渡された

処方箋をお持ちください。
_(注3)

◆ 夜間および日曜日、祝日の

医療機関案内

東京都保健医療センター

TEL.03（3908）0000

休日の当番医・当番薬局

（表は略）

(注1) 休日当番医：休みの日、順番に開けるように決められている病院

(注2) 診療：診察

(注3) 処方箋：医師が患者に与える薬を示す書類。薬局で薬を買う際に提出する

---

59 休日当番医・当番薬局について、正しいものはどれか。

1 休日当番医で診療を受ける人は、午前9時から午後5時まで保険証を持って直接当番医のところに行く。

2 休日当番薬局で薬をもらう人は、まず、電話をして、休日当番医で渡された処方箋を持っていく。

3 夜の8時過ぎに診療を受けたい人は、まず、休日当番医に電話をして確認し、保健医療センターに行く。

4 休日当番薬局5時までなので、その前に休日当番医で診てもらってから、すぐに行かなければ間に合わない。

問題 11　次の (1) から (3) の文章を読んで、後の問いに対する答えとして最もよい
　　　　ものを、1・2・3・4から一つ選びなさい。

(1)

　10 月 31 日、渋谷や六本木の街は、仮装した若者たちでいっぱいだった。数年前
から急に日本でも騒ぎ出した「ハロウィン」である。

　もともと「ハロウィン」とは、古代ケルト人が始めたもので、収穫を祝い悪霊
を追い払う宗教的なお祭りだったということである。現代では、アメリカがそれ
を取り入れて行事にしている。日本では、特にここ 2、3 年前からテレビのニュー
スでも取り上げるほど、有名になったものだが、アメリカの真似をしただけの意
味のないバカ騒ぎである。

　日本人は、とにかくなんでも真似をしたがる。特に欧米のものなら意味も分か
らず取り入れる。それを日本の商売人が利用して、ますます盛り上げる。その結
果がクリスマスであり、バレンタインデイなどである。しかし、クリスマスやバ
レンタインデイはまだいい。少なくともその意味を理解したうえで取り入れてい
るからだ。

　しかし、渋谷や六本木で行列をして騒いでいる人達の中に、ハロウィンの歴史
やその意味をわかっている人は何人いるだろう。日本は農業が盛んな国だ。収穫祭
なら日本の収穫祭として祝えばいいのだ。たまには仮装して大騒ぎすることも悪
いことではないかもしれない。しかし、どうして「ハロウィン」の真似でなけれ
ばならないのか。ただ形だけ外国の真似をして意味もわからず大騒ぎをするのは、
他の国に対しても恥ずかしいことである。

（注 1）渋谷・六本木：若者に人気がある日本の街の名
（注 2）仮装：服や化粧で、ほかの人や物に似せること
（注 3）古代ケルト人：大昔、ヨーロッパにいた人々の集団
（注 4）悪霊：死んだ後にあらわれて、人間に悪いことをすると信じられている
（注 5）盛り上げる：騒ぎを高める

60 「ハロウィン」について述べたものとして、<u>間違っているもの</u>はどれか。

1 もともとアメリカ人が始めた宗教的な祭りである。

2 収穫を祝い、悪霊を追い出す宗教的な祭りだった。

3 日本でハロウィンが急に広まったのは、数年前からである。

4 日本のハロウィンは、単にアメリカの真似をした騒ぎである。

61 <u>バカ騒ぎ</u>とあるが、筆者はどんなところを指して「バカ騒ぎ」と言っているのか。

1 仮装して騒ぐところ。

2 形だけ外国の真似をして騒ぐところ。

3 意味もなく大声を出して騒ぐところ。

4 悪霊を恐れて騒ぐところ。

62 筆者は日本のハロウィンについて、どのように考えているか。

1 たまには大騒ぎをするのもいいだろう。

2 アメリカの真似をするのだけはやめてほしい。

3 珍しい行事なので、ますます盛んになるといい。

4 日本人として恥ずかしいことなのでやめたほうがいい。

(2)

　生活に困っている世帯（生活保護世帯）には、国が毎月いくらかの保護費を支払っている。保護費の額は、その世帯の収入によって決められる。働いて得たお金や年金などは、「収入」と考えられ、保護費がその収入によって決められる仕組みである。

　奨学金も収入と考えられ、その使い方も私立高校の授業料や高校生活に必要な費用に限られている。大学進学に向けた塾などにかかる費用は認められず、逆に保護費の減額の対象になっていた。

　この制度を変えるきっかけになったのは、福島県の高校2年生の声だった。この生徒は、奨学金を大学進学に向けた塾などの費用にするつもりだった。しかし、福島市は、この使い道を確認しないまま、奨学金を収入として扱い、生活保護費を減らした。生徒はこのことに納得できず、福島県と厚生労働省に対して再び調査し、確認してほしいと要求した。その結果、市は奨学金を収入とする扱いを取り消し、保護費のルールも変更された。また、厚生労働省は、塾代も高校生活に必要な費用と判断して、奨学金をそのために使っても保護費の減額対象にしないことを決めた。

　この高校生の行動は、大いに評価されるべきであろう。我々日本人は、特に、政府が決めたことには納得できなくても黙って従う傾向がある。しかし、民主主義に本当に必要なのは、この高校生のように意見や主張を率直にはっきりと述べる勇気ではないだろうか。

（注1）奨学金：学生にお金を貸す制度、また、そのお金
（注2）厚生労働省：国民の生活や労働などに関する国の機関

63 国が生活保護世帯に支払う保護費は、何によって決められているか。

1 その世帯の食費や住宅費

2 その世帯の大人の収入

3 その世帯の収入

4 子供の人数と学費

64 この制度の説明として、正しいものはどれか。

1 奨学金は大学進学のための塾の費用に使ってもいいという制度。

2 奨学金は高校生活に必要な費用に限って認められるという制度。

3 奨学金をもらっていれば保護費はもらえないという制度。

4 年金も収入と考えられるという制度。

65 筆者はこの投書をした高校生の行動をどう捉えているか。

1 高校生としては、少し出過ぎた行動だ。

2 自分の利益だけを考えた勝手な行動だ。

3 政府が決めたことに反抗する無意味な行動だ。

4 勇気があり、民主主義に必要とされる行動だ。

(3)

　最近、会社内で電話を使うことがめっきり少なくなった。その代わり増えたのが、パソコンのメールである。電話よりメールがいいと思うのは、記録に残るということである。

　電話の声はその場限りで消えてしまうので、後で、問題になったりすることもある。「先日、そうおっしゃいましたよね？」「いいえ、そんなことは言っていません。」となって、いつまでも問題が解決しない。

　メールは少なくとも<u>このようなこと</u>はない。何月何日何時にメールで何と書いたかが送受信の記録に残っているからである。

　とはいえ、メールにも欠点はある。文字には表情がないので、細かい感情が伝わらなかったり、誤解されてしまったりすることである。伝える方は冗談でのつもりで書いても、真剣に受け取られたり、逆に真面目な話もいい加減な話と受け取られたりする。

　それを解決するために、メールの言葉の後に（笑）や（泣）などを入れたり、(>_<)や(^O^)などの顔文字を入れたりする。言葉だけではきつく感じられるときなど、これらの方法は便利である。

66 筆者は、電話とメールを比較してどのように述べているか。

1 言いたいことがすぐに伝わるので、電話の方がよい。

2 感情が伝わりやすいので、メールの方がよい。

3 それぞれに長所、短所がある。

4 記録を残すには、電話の方がよい。

67 このようなこととは、どのようなことか。

1 記録に残っていないために、後で問題になったりすること。

2 感情が伝わらないためにけんかになったりすること。

3 電話で話した内容を、もう一度繰り返さなければならないこと。

4 ほかの人に話を聞かれてしまうこと。

68 筆者は、メールに付ける顔文字などについて、どのように考えているか。

1 冗談のつもりで書いたことが真剣に受け取られるので、使いたくない。

2 文章だけでは伝わりにくい気持ちを伝えるのにいいと思う。

3 メールの文章だけよりおもしろくなるので大いに使いたい。

4 真剣な話をするのには向いていない。

問題12　次のAとBはそれぞれ、優先席について書かれた文章である。二つの文章を読んで、後の問いに対する答えとして最もよいものを、1・2・3・4から一つ選びなさい。

A

　　優先席（シルバーシート）は、ない方がいいと思う。

　　優先席がない時代は、お年寄りが乗ってくると、自然に若者たちは立って席を譲っていた。それではお年寄りが遠慮をするだろうということで優先席が設けられたのだが、その結果、どうなったか。確かに優先席のおかげでお年寄りや体の不自由な人たちが安心して堂々と座ることができるようになった。しかし、優先席がいっぱいの場合、他の席ではどうだろうか、と見てみると、若者たちは、乗り込むとすぐに座席に座り早速おしゃべりやゲームを始めている。自分の前にお年寄りが立っていようと関係ない。優先席ではお年寄りや体の不自由な人に席を譲る義務があるが、そのほかの席では、自分たちが座る権利があるのだ、という考えになるらしい。優先席ができたことで、思いやりの心が奪われ、義務や権利に置き換えられてしまったのは残念なことだ。

　　私は、心臓に病気を持っている 60 代の男性だが、見た目には普通の人と
あまり変わらない。しかし、特に体調の悪いときがあるので、そのときには、
優先席に座っている若者に事情を話して席を譲ってもらうように頼む。若者
もすぐに席を立ってくれる。優先席では、お年寄りや体の不自由な人に席を
譲るようにと決まっているので、私も頼みやすいのだし、若者も当然のよう
に席を譲ってくれるのだ。それが思いやりの心から出た行為ではなく、単に
決まりに従っているだけだとしても、優先席があることは、今の私にとって
とてもありがたいことだ

　　ただ、優先席がお年寄りなどでいっぱいのときには、私も困ってしまう。
優先席以外では、どんな人が前に立っていようと席を譲ろうとする人は少な
いからだ。これからますます高齢社会になることを考えると、決まりだけあ
っても問題は解決しないのではないかと、心配になる。

（注1）優先席：電車やバスで、お年寄りや体の不自由な人を優先して座らせる座席
（注2）高齢社会：年寄りが多い社会

69 AとBの文章の、どちらにも触れられている点は何か。

1 優先席が作られた理由

2 優先席があることによるよい点と問題点

3 優先席で携帯電話を使う人がいる問題

4 優先席と他の席の違い

70 AとBの文章は、優先席に関して、どのように述べているか。

1 Aは、優先席ができたことで助かる点が多いと述べ、Bは、助かる点も多いが、問題点も多いと述べている。

2 Aは優先席のマイナス点について、Bはプラス面について述べているが、どちらも、優先席では決められた規則を守るべきだと述べている。

3 Aは優先席ができたことによるマイナス点について、Bは優先席があるだけでは解決できない問題点について述べている。

4 Aは優先席に座って人に席を譲ろうとしない若者の問題について、Bは優先席の決まりについての問題点について述べている。

問題13　次の文章を読んで、後の問いに対する答えとして最もよいものを、1・2・3・4から一つ選びなさい。

　スマートフォンを持っている高校生の割合は年々増加している。国の行政機関の調べによると、2012年には59％、2013年には84％、そして、14年には、なんと8割近くがスマートフォンを持っているということだ。

　ところで、イギリスの大学の研究チームが、このほど、スマートフォンを含む携帯電話と学力の関係を調べて発表した。その研究チームはイギリスの16歳の生徒、約13万人を対象に、まず、生徒を学力別に5つのグループに分け、学校内へ携帯電話を持って入るのを禁止した。そして、禁止する前と後で、学力がどのように変化するかを比較してみたのだ。

　その結果、最も学力の低い生徒のグループの成績が、スマートフォン持ち込み禁止後、向上したそうだ。そして、この効果は、授業を毎週1時間多く受けたと同じだったという。しかし、学力が高いグループでは、禁止の前後で成績に大きな変化はなかったそうである。

　この結果からどのようなことが言えるだろうか。実験でスマートフォンを学校内に持って入ることを禁止されたのは、5つのどのグループでも同じなのだから、スマートフォンを学校に持ち込むこと自体が成績に関係あるとは考えられない。では、学力が最も低いグループだけが実験の前と比べて成績がよくなったのは、なぜだろうか。

　結局、スマートフォンの使い方によるのではないかと思われる。学校でもゲームやメールなどにばかりスマートフォンを使っていた生徒たちは、その分勉強をする時間が少なくなるので成績がよくない。それを禁止されればその分本来の学校での勉強ができるので、成績が向上する。一方、学力が高いグループでは、スマートフォンを学校に持っていってもゲームやメールにばかり使っていなかったので^(注1)、禁止されても成績には変化がないのだと考えられる。

　もともと、スマートフォンとは、非常に便利な役に立つ機械なのである。いつでもどんな所にいても世界中のニュースを見ることができるし、さまざまなことを一応知ることができる。まさに知識の宝庫なのである。

　にも関わらず、子供たちの成績が悪くなる、睡眠時間が少なくなるなどと、時に悪者のように言われるのは、ただ、その人の使い方が悪いせいなのである。

（注1）向上：よくなること

（注2）宝庫：宝がたくさん入っているところ

71　イギリスの大学の研究チームは、どのようなことを調べてみたか。

　1　携帯電話を学校に持ち込むことを禁止すると、成績は変わるか。

　2　高校生で携帯電話を持っているのはどれくらいいるか。

　3　携帯電話を学校に持っていく人と持っていかない人の成績に差があるか。

　4　高校生は、どんなことに携帯電話を使っているか。

72　携帯電話を学校に持ち込むことを禁止したら、学力が最も低いグループの成績はどうなったか。

　1　禁止する前と比べても、成績は変わらなかった。

　2　禁止する前より、成績はかえって悪くなった。

　3　禁止する前と比べて、成績がよくなった。

　4　禁止する前より成績がよくなったが、また、すぐ悪くなった。

73　筆者はスマートフォンについて、どう思っているか。

　1　スマートフォンは、子供の成績を悪くするものだ。

　2　スマートフォンと子供の成績は、全く関係ない。

　3　スマートフォンは、頭の働きをよくするものだ。

　4　使い方が問題なのであって、スマートフォンそのものは優れた機械だ。

問題 14　次のページは、長距離バスのパンフレットである。下の問いに対する答えとして最もよいものを 1・2・3・4 から一つ選びなさい。

74　東京に住むホンさん (男) は、バスで大阪に行きたいと思っている。同じ日本語学校の友達 (女) も京都に行くので、一緒にチケットをとることになった。二人はどのバスのチケットを買うのがいいか。なお、ホンさんはなるべく体を伸ばして眠って行くことができればトイレがなくてもいいが、友達はトイレがなくては困ると言っている。

1　①のバス

2　②のバス

3　③のバス

4　二人がいっしょに行ける適当なバスはない。

75　東京に住むスミスさんは、大学生の奥さんと小学生の子どもを連れて家族で大阪に行く。①のバスを使った場合、三人分の料金はいくらか。

1　15,360 円

2　19,200 円

3　16,200 円

4　17,920 円

関東関西長距離バスの旅

① 東京特急スーパースター号≪東京 121 便≫ 3 号車

東京⇒京都・大阪・天王寺（てんのうじ）　スタンダード　価格 6,400 円　残席○

| 学生割引 10% | 小学生以下半額 | 4 列シート | ひざ掛 | 女性安心 |

支払い方法　○クレジットカード○コンビニ○銀行・ゆうちょ○

東京 22:30 ➡ 京都 04:55 ➡ 大阪 05:55 ➡ 天王寺 06:20 ➡ 上本町 06:35 ➡ 布施 06:55

★ 子供は半額運賃
★ 中・高・大学・専門学校生 10% 割引

② ジャンピングスニーカー

東京⇒大阪・京都　価格 6,200 円　残席 ○

| 子供割引 | 4 列シート | トイレ付 | ひざ掛け | 女性安心 |

支払い方法○クレジットカード○コンビニ○銀行・ゆうちょ○

東京 23:20 ➡ 京都駅 05:55 ➡ 大阪 06:51 ➡ なんば 07:11 ➡ あべの橋駅 07:32

★ ゆっくり眠れる一斉リクライニング（注）
★ リーズナブルな 4 列スタンダードバス
★ 大判ブランケットなど充実のアメニティ

③ VIP ライナー J ロード 4 列スタンダード

東京⇒天王寺　価格 6,200 円　残席 1

| 学生割引 | 4 列シート | トイレ付 | 女性専用 |

支払い方法　○クレジットカード○コンビニ○銀行・ゆうちょ○

東京 21:55 ➡ 横浜桜木町（さくらぎちょう）24:10 ➡ 大阪 07:35 ➡ なんば 07:55 → 天王寺 08:15

★ 早売は席数限定、特定日は設定無
★ 子供は半額運賃
★ 乗車券は 1 ヶ月前から発売

（注）リクライニング…椅子を後ろに深く倒して寝やすいようにすること

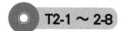
もんだい
問題 1

問題 1 では、まず質問を聞いてください。それから話を聞いて、問題用紙の 1 から 4 の中から、最もよいものを一つ選んでください。

れい
例

1　コート

2　傘

3　ドライヤー

4　タオル

1番

1　お寺の中を見学すること

2　靴を脱いで寺の中に入ること

3　靴を履いたまま寺の中に入ること

4　写真の撮影

2番

1　6時から

2　6時半から

3　6時50分から

4　7時から

3番

1　銀行で振り込む

2　クレジットカードで払う

3　コンビニで払う

4　直接払いに行く

4番

1　通訳に連絡する

2　英語の資料を準備する

3　田中さんに連絡する

4　新しいマイクを準備する

聴解

5番

1 シャワーを浴びる

2 買い物に行く

3 掃除をする

4 料理をする

もんだい
問題2

T2-9 〜 2-17

　問題2では、まず質問を聞いてください。そのあと、問題用紙のせんたくしを読んでください。読む時間があります。それから話を聞いて、問題用紙の1から4の中から最もよいものを一つ選んでください。

れい
例

1　残業があるから

2　中国語の勉強をしなくてはいけないから

3　会議で失敗したから

4　社長に叱られたから

1番

1 別の店員が、品物の値段を間違えたから

2 別の店員が、帰ってしまったから

3 別の店員が、品物を間違えて渡したから

4 品物が、壊れていたから

2番

1 先生が黒板に書いたことをきちんと書く

2 先生の話の大事な点をメモする

3 自分で疑問に思ったことを書く

4 先生の話した内容に赤いペンで印をつける

3番

1 テストがあるから

2 もうすぐ引っ越しだから

3 引っ越したばかりだから

4 食事を作らなければならないから

回数

1

2

3

4

5

6

4番

1 ホテルの食事がおいしいから

2 珍しい場所に泊るから

3 現場で働く人の話を聞いたから

4 これからテキストで国際交流について学ぶから

5番

1 息子の家に行くのをやめる

2 カギを閉めるのを忘れないようにする

3 出かける時は、近所に声をかける

4 犬の散歩の時間を増やす

6番

1 9時半頃

2 11時前

3 12時過ぎ

4 2時頃

もんだい
問題 3

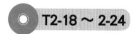

問題3では、問題用紙に何もいんさつされていません。この問題は、全体としてどんな内容かを聞く問題です。話の前に質問はありません。まず話を聞いてください。それから、質問とせんたくしを聞いて、1から4の中から、最もよいものを一つ選んでください。

－メモ－

回數

1

2

3

4

5

6

Check □1 □2 □3

もんだい
問題 4

問題4では、問題用紙に何もいんさつされていません。まず文を聞いてください。それから、それに対する返事を聞いて、1から3の中から、最もよいものを一つ選んでください。

ーメモー

もんだい
問題 5

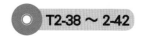

問題 5 では、長めの話を聞きます。この問題には練習がありません。

メモをとってもかまいません。

1 番、2 番

問題用紙に何もいんさつされていません。まず話を聞いてください。それから、質問とせんたくしを聞いて、1 から 4 の中から、最もよいものを一つ選んでください。

ーメモー

3 番

　まず話を聞いてください。それから、二つの質問を聞いて、それぞれ問題用紙の1から4の中から、最もよいものを一つ選んでください。

質問 1

1　お酒とたばこ
2　競馬
3　インターネット
4　わからない

質問 2

1　お酒とたばこ
2　競馬
3　インターネット
4　わからない

第三回

言語知識（文字・語彙）

問題1 ＿＿の言葉の読み方として最もよいものを、1・2・3・4から一つ選びなさい。

1 駅前の<u>広場</u>で、ドラマの撮影をしていた。
　1 こうば　　　　　2 こうじょう　　　3 ひろば　　　　4 ひろじょう

2 君の<u>お姉さん</u>は本当に美人だなあ！
　1 おあねさん　　2 おあにさん　　　3 おねいさん　　4 おねえさん

3 このスープ、ちょっと<u>薄い</u>んじゃない？
　1 まずい　　　　2 ぬるい　　　　　3 こい　　　　　4 うすい

4 私の先生は、毎日<u>宿題</u>を出します。
　1 しゅくたい　　2 しゅくだい　　　3 しゅうくたい　　4 しゅうくだい

5 子供のころは、<u>虫取</u>りに<u>熱中</u>したものだ。
　1 ねっじゅう　　2 ねつじゅう　　　3 ねっちゅう　　4 ねつじゅう

問題2 ＿＿の言葉を漢字で書くとき、最もよいものを、1・2・3・4から一つ選び
なさい。

6 しんぶん配達のアルバイトをしています。

1 親聞 2 新聞 3 新関 4 親関

7 さいふを落としました。1000円かしていただけませんか。

1 貨して 2 借して 3 背して 4 貸して

8 しょうぼう車がサイレンを鳴らして、走っている。

1 消防 2 消法 3 消忙 4 消病

9 漢字は苦手ですが、やさしいものなら読めます。

1 安しい 2 優しい 3 易しい 4 甘しい

10 都心から車で40分のこうがいに住んでいます。

1 公外 2 郊外 3 候外 4 降外

問題3 （　　）に入れるのに最もよいものを、1・2・3・4から一つ選びなさい。

11 宇宙に半年間滞在していた宇宙飛行（　　）のインタビュー番組を見た。
　　1 士　　　　　　　2 者　　　　　　　3 官　　　　　　　4 家

12 裁判（　　）の前で、テレビ局の記者が事件を報道していた。
　　1 場　　　　　　　2 館　　　　　　　3 地　　　　　　　4 所

13 彼は（　　）オリンピック選手で、今はスポーツ解説者をしている。
　　1 元　　　　　　　2 前　　　　　　　3 後　　　　　　　4 先

14 ニュース番組は（　　）放送だから、失敗は許されない。
　　1 名　　　　　　　2 超　　　　　　　3 生　　　　　　　4 現

15 あなたのような有名人は影響（　　）があるのだから、発言には注意したほうがいい。
　　1 状　　　　　　　2 感　　　　　　　3 力　　　　　　　4 風

問題4 （　　）に入れるのに最もよいものを、1・2・3・4から一つ選びなさい。

16 自分で（　　）できるまで、何十回でも実験を繰り返した。

1 納得　　　　　　2 自慢　　　　　　3 得意　　　　　　4 承認

17 人類の（　　）が誕生したのは 10 万年前だと言われている。

1 伯父　　　　　　2 子孫　　　　　　3 先輩　　　　　　4 祖先

18 将来は絵本（　　）になりたい。

1 作者　　　　　　2 著者　　　　　　3 作家　　　　　　4 筆者

19 不規則な生活で、体調を（　　）しまった。

1 降ろして　　　　2 過ごして　　　　3 もたれて　　　　4 崩して

20 おかげさまで、仕事は（　　）です。

1 理想　　　　　　2 順調　　　　　　3 有能　　　　　　4 完全

21 天気に恵まれて、青空の中に富士山が（　　）見えた。

1 くっきり　　　　2 さっぱり　　　　3 せいぜい　　　　4 せめて

22 できるだけ安い原料を使って、生産（　　）を下げている。

1 ローン　　　　　2 マーケット　　　　3 ショップ　　　　4 コスト

問題5 ＿＿の言葉に意味が最も近いものを、1・2・3・4から一つ選びなさい。

23 この島の人口は、10年連続で増加している。

1　少なくなる　　2　多くなる　　　　3　歳をとる　　　4　若くなる

24 引っ越し前のあわただしい時に、おじゃましてすみません。

1　わずかな　　　2　不自由な　　　　3　落ち着かない　4　にぎやかな

25 わたしたちは毎日、大量の電気を消費している。

1　買う　　　　　2　売る　　　　　　3　消す　　　　　4　使う

26 この地域では、まれに、5月に雪が降ることがあります。

1　たまに　　　　2　しょっちゅう　　3　不思議なことに　4　急に

27 客のクレームに、丁寧に対応する。

1　注文　　　　　2　苦情　　　　　　3　サービス　　　4　意見

Check □1 □2 □3

問題6　次の言葉の使い方として最もよいものを、1・2・3・4から一つ選びなさい。

28 汚染

1　工場から出る水で、川が汚染された。

2　冷蔵庫に入れなかったので、牛乳が汚染してしまった。

3　汚染したくつ下を、石けんで洗う。

4　インフルエンザはせきやくしゃみで汚染します。

29 姿勢

1　帽子をかぶった強盗の姿勢が、防犯カメラに映っていた。

2　授業中にガムをかむことは、日本では姿勢が悪いと考えられています。

3　きものは、きちんとした姿勢で着てこそ美しい。

4　若いころはやせていたが、40歳をすぎたらおなかが出てきて、すっかり姿勢が変わってしまった。

30 生意気

1　年下のくせに、生意気なことをいうな。

2　明日テストなのに、テレビを見ているなんて、ずいぶん生意気だね。

3　頭にきて、先輩に生意気をしてしまった。

4　あの先生は、授業はうまいが、ちょっと生意気だ。

31 刻む

1　冷えたビールをコップに刻む。

2　時間を間違えて、30分も刻んでしまった。

3　鉛筆をナイフで刻む。

4　みそしるに、細かく刻んだネギを入れる。

32 めったに

1　計算問題は時間が足りなくて、めったにできなかった。

2　これは、日本ではめったに見られない珍しいチョウです。

3　いつもは時間に正確な彼が、昨日はめったに遅れてきた。

4　昨日、駅で、古い友人にめったに会った。

問題7　（　　）に入れるのに最もよいものを、1・2・3・4から一つ選びなさい。

33　大切なことは、（　　）うちにメモしておいたほうがいいよ。

　1　忘れる　　　　　2　忘れている　　　　3　忘れない　　　　4　忘れなかった

34　本日の説明会は、こちらのスケジュール（　　）行います。

　1　に沿って　　　　2　に向けて　　　　3　に応じて　　　　4　につれて

35　この山はいろいろなコースがありますから、子供からお年寄りまで、年齢

　　（　　）楽しめますよ。

　1　もかまわず　　2　はともかく　　　3　に限らず　　　　4　を問わず

36　ふるさとの母のことが気になりながら、（　　）。

　1　たまに電話をしている　　　　　　　2　心配でしかたがない

　3　もう3年帰っていない　　　　　　　4　来月帰る予定だ

37　もう一度やり直せるものなら、（　　）。

　1　本当に良かった　　　　　　　　　　2　もう失敗はしない

　3　絶対に無理だ　　　　　　　　　　　4　大丈夫だろうか

38　カメラは、性能も大切だが、旅行で持ち歩くことを考えれば、（　　）に越し

　　たことはない。

　1　軽い　　　　　　2　重い　　　　　3　画質がいい　　　4　機能が多い

39　悩んだ（　　）、帰国を決めた。

　1　せいで　　　　　2　ところで　　　3　わりに　　　　　4　末に

40 この男にはいくつもの裏の顔がある。今回の強盗犯も、その中のひとつ（　　）。

1　というものだ　　　　　　　　　　2　どころではない

3　に越したことはない　　　　　　　4　にすぎない

41 先輩に無理にお酒を（　　）、その後のことは何も覚えていないんです。

1　飲んで　　　　　2　飲まれて　　　　　3　飲ませて　　　　　4　飲まされて

42 こちらの商品をご希望の方は、本日中にお電話（　　）お申し込みください。

1　で　　　　　　　2　に　　　　　　　3　から　　　　　　　4　によって

43 先生はいつも、私たち生徒の立場に立って（　　）ました。

1　いただき　　　　2　ください　　　　3　さしあげ　　　　4　やり

44 では、明日10時に、御社に（　　）。

1　いらっしゃいます　　　　　　　　2　うかがいます

3　おります　　　　　　　　　　　　4　お見えになります

問題8　次の文の__★__に入る最もよいものを、1・2・3・4から一つ選びなさい。

（問題例）

あそこで ＿＿＿ ＿＿＿ __★__ ＿＿＿ は山田さんです。

1　テレビ　　　2　見ている　　3　を　　4　人

（回答のしかた）

1. 正しい文はこうです。

あそこで ＿＿＿ ＿＿＿ __★__ ＿＿＿ は山田さんです。

1　テレビ　　　3　を　　　　2　見ている　　　4　人

2. __★__に入る番号を解答用紙にマークします。

（解答用紙）　（例）　①　●　③　④

---

45 母が亡くなった。　優しかった ＿＿＿ ＿＿＿ __★__ ＿＿＿ 戻りたい。

1　母と　　　　　　　　　　　　2　子供のころに

3　戻れるものなら　　　　　　　4　暮らした

46 結婚して ＿＿＿ ＿＿＿ __★__ ＿＿＿ に気づいた。

1　はじめて　　　2　家族が　　　3　幸せ　　　　4　いる

47 宿題が終わらない。 ＿＿＿ ＿＿＿ __★__ ＿＿＿ 始めればいいのだが、それがなかなかできないのだ。

1　早く　　　　　2　あわてるくらい　3　なら　　　4　あとになって

48 ＿＿＿ ＿＿＿ ＿★＿ ＿＿＿ みんなに勇気を与える存在だ。

1 体に障害を　　2 いつも笑顔の　　3 彼女は　　　　4 抱えながら

49 これは、二十歳になったとき ＿＿＿ ＿＿＿ ＿★＿ ＿＿＿ 時計なんです。

1 記念の　　　　2 プレゼント　　　3 両親から　　　4 された

問題9　次の文章を読んで、文章全体の内容を考えて、 50 から 54 の中に入る最もよいものを、1・2・3・4の中から一つ選びなさい。

「結構です」

「結構です」という日本語は、使い方がなかなか難しい。

例えば、よそのお宅にお邪魔しているとき、その家のかたに、「甘いお菓子がありますが、 50 ?」と言われたとする。そのとき、次のような二種類の答えが考えられる。

Ａ「ああ、結構ですね。いただきます。」

Ｂ「いえ、結構です。」

Ａの「結構」は、相手の言葉に賛成して、「いいですね」という意味を表す。 51 、Ｂの「結構」は、これ以上いらないと丁寧に断る言葉である。同じ「結構」でも、まるで反対の意味を表すのだ。したがって、「いかがですか」と菓子を勧めた人は、「結構」の意味を、前後の言葉、例えばＡの「いただきます」や、Ｂの「いえ」などによって、または、その言い方や調子によって判断する 52 。日本人には簡単なようでも、外国の人 53 使い分けが難しいのではないだろうか。

また、「結構」には、もう一つ、ちょっとあいまいに思えるような意味がある。

54 、「これ、結構おいしいね。」「結構似合うじゃない。」などである。この「結構」は、「かなりの程度に。なかなか。」というような意味を表す。「非常に。とても。」などと比べると、少しその程度が低いのだ。

いずれにしても、「結構」という言葉は結構あいまいな言葉ではある。

50

1 いただきますか   2 くださいますか

3 いかがですか   4 いらっしゃいますか

51

1 これに対して   2 そればかりか   3 それとも   4 ところで

52

1 わけになる   2 はずになる   3 ものになる   4 ことになる

53

1 に対しては   2 にとっては   3 によっては   4 にしては

54

1 なぜなら   2 たとえば   3 そのため   4 ということは

問題10　次の (1) から (5) の文章を読んで、後の問いに対する答えとして最もよい
　　　　ものを、1・2・3・4から一つ選びなさい。

(1)

　便利なものが次々に発明される度に人間の手や言葉がいらなくなり、道具だけ
で用がすむようになった。しかし、それで失われるものもある。

　例えば、最近、「自撮り棒」というものが発明され流行している。自分の写真
を撮る際に、カメラやスマートフォンを少しだけ手から遠くに離して撮ることが
できる便利なものだ。

　しかし、その結果、観光地などでの人と人とのコミュニケーションがなくなっ
たのではないだろうか。知らない人に「すみませんが」と頼んで写真を撮っても
らうことも、「どうぞよいご旅行を。」とお互いに声をかけ合って別れることも
なくなった。そこに見知らぬ人どうしのコミュニケーションがあったのだが…。

55　筆者は、便利なものが次々に発明されることを、どう感じているか。

　1　よい面ばかりではなく、失われるものもある。

　2　人間の仕事がなくなって、失業者が増えるので困る。

　3　道具が、人と人とのコミュニケーションの役割をしてくれるので助かる。

　4　便利な道具に頼らず、もっと人間の力を使うべきだ。

(2)

　ある新聞に中学生の投書が載っていた。その中学生は、学校のクラブ活動でバドミントンをやっていたのだが、引退を間近^(注)にした大会を振り返って、次のような感想を書いていた。「試合に勝ち進んだ人ほど、試合のことをよく反省し、それを練習や次の試合に生かしている。」と。しかし、自分は「ミスをしても、また次に頑張ればいい。」としか考えなかった。　そして、「それが自分と上位に勝ち進んだ人との違いだった。」と反省し、自分のミスを次に生かすことが試合でも生活の上でも大切だと述べていた。

　極めて当たり前のことだが、中学生が自分の経験から学んだことだという点で、大いに評価されるべきだと思う。

（注）間近：すぐ近く

[56] 中学生が、試合に勝ち進むために大切だと述べていたのは、どんなことか。
　1　失敗したことを素直に認めて、謙虚になること
　2　失敗したことを丁寧に分析して、それを次に反映させること
　3　失敗したことは早く忘れて、新しい気持ちで頑張ること
　4　失敗したことをきちんと整理して、記録すること

(3)

　絵の展覧会に行くと、会場の入口で、絵の説明のためのヘッドフォンを貸し出
している。500円程度なので、私はいつもそれを借りて、説明を聞きながら絵を見
る。そうすると、画家やその時代、絵のテーマなどについてもよく分かり、非常
に物知りになったような気がする。

　しかし、ある人によると、それは絵画の鑑賞法として間違っているそうだ。絵は、
そのような知識なしに、心で見るもの、感じるものだということだ。

　なるほど、そうかもしれない。絵は知識を得るために見るものではなく、心の
栄養のために見るものだから。

（注1）ヘッドフォン：耳に当てて録音された説明などを聞く道具
（注2）物知り：いろいろなことをよく知っている人

57 筆者は、絵は何のために見ると言っているか。

1　知識を増やすため

2　絵の勉強のため

3　心を豊かにするため

4　絵のテーマを理解するため

(4)

　子供がいる専業主婦のうち、80％が就職したいと思っていることが、ある人材派遣会社の調査で分かった。さらにその90％が仕事への不安を抱えているそうだ。仕事から長い間離れていることや、育児との両立に不安を感じているようである。このような主婦の不安や細かい要求にこたえるために、企業側も採用条件を見直すなど、対応を変えることが必要だろう。ただし、主婦の不安や要求につけ込んで、不当な賃金や条件で雇うことのないよう、企業側はくれぐれも気をつけて欲しいものである。

（注1）人材派遣会社：働きたい人を雇って、人を探している会社に紹介する会社

（注2）つけ込む：相手の弱点などを利用して、自分が有利になるようにすること

（注3）賃金：労働に対して払う給料

58　筆者は、企業がしなければならないことはどんなことだと言っているか。

　1　主婦の望みに合う採用条件を考え、正当な賃金で雇うこと

　2　不安を抱えている主婦を優先的に採用し、賃金も高くすること

　3　採用条件に合わない主婦は、低賃金で雇用すること

　4　それぞれの主婦に合った仕事を与え、高い賃金を払うこと

(5)

以下は、新聞に入っていたチラシである。

お宅の布団、大丈夫ですか？

布団丸洗いで清潔に！
(注1)
11月30日（日）まで限定セール

・布団の中はとても汚れていて、湿気も含んでいます。

・ふとん丸洗いのカムカムでは、一枚一枚水で洗って乾燥させ、干すだけ
 では退治できないダニや、布団にしみこんだ汚れをきれいに洗います。
 (注2)　　　　　　(注3)

・11月30日（日）まで、期間限定サービス中です。

 この機会にぜひ、お試しください。

・なお、防ダニ、防カビ加工も受付中です。
 (注4)

2点セット	6,500 円
3点セット	9,500 円
4点セット	11,500 円

 ＊防ダニ・防カビ加工は、1点400円。

布団丸洗いの専門店　**カムカム**　☎ 03（3813）0000

（注1）丸洗い：（一部でなく）全部洗うこと

（注2）退治：悪いものをやっつけて、なくすこと

（注3）ダニ：虫の名。人の血を吸うものもあり、アレルギーの原因ともなる

（注4）防ダニ、防カビ：ダニ、カビを防ぐこと

59 この店のサービスについて正しいものはどれか。

1 防ダニ・防カビ加工は、丸洗いをする前に申し込まなければならない。

2 丸洗いの料金は、セットの点数が多いほど、1点当たりの料金は安い。

3 2点セットを丸洗いして、どちらも防ダニ・防カビ加工をすると、6,900円に
 なる。

4 布団を水で洗って乾燥させるのは、11月末日までの期間限定サービスである。

問題 11　次の (1) から (3) の文章を読んで、後の問いに対する答えとして最もよい
　　　　ものを、1・2・3・4 から一つ選びなさい。

(1)

　2015 年の日本の夏は、特に暑かった。東京都心で気温が 35 度以上の日が続き、
9 月 3 日までに熱中症で死亡した人は 101 人に上るということだ。このうち、室内
で死亡した人は 93 人。この中の 35 人は室内にエアコンがなかった。また、49 人
はエアコンはあってもつけていなかったそうである。熱中症死亡者を年齢別に見
ると、60 代以上の人が 101 人中 90 人であった。高齢者の中には独り暮らしの人が
多く、生活保護を受けている人も何人かいたそうだ。（以上、東京 23 区調査による）
　独り暮らしの高齢者が熱中症で死亡する原因には、エアコンを買えないほど生
活が貧しいということが、まず、考えられるだろう。しかし、それだけではない
と思われる。日本人は昔から、物を大切に、と教えられてきた。電気もそうで、
無駄な電力は使わないようにと教えられてきた。高齢者には、その教えが習慣と
して身に付いているのではないかと思われる。その結果、エアコンをつけるのを
ためらうのではないだろうか。
　それと、暑さや寒さなどには負けないことを立派なことだ、とされてきたこと
もあるだろう。暑さや寒さに負けないように体をきたえましょう、と言われ、厚
さ寒さなどの身体的苦痛を我慢することを教えられてきた結果、厳しい暑さもエ
アコンなしで、できるだけ我慢をしようとしてしまうのだろう。

（注 1）熱中症：暑さのために具合が悪くなる病気。死亡することもある
（注 2）生活保護：貧しくて生活できない人を助けるために国が支払う費用

60 <u>熱中症で死亡した人</u>についての説明で間違っているものはどれか。

1 全て 60 代以上の高齢者であった。

2 エアコンがあってもつけていない人が半数以上いた。

3 室内で死亡した人より、家の外で死亡した人の方が少なかった。

4 中には、生活保護を受けている人もいた。

61 室内で死亡した 93 人のうち、部屋にエアコンがある人は何人だったか。

1 35 人

2 49 人

3 58 人

4 90 人

62 独り暮らしの高齢者が熱中症で死亡する一番の原因は何だと述べているか。

1 生活が貧しいこと

2 物を大切に使う習慣があること

3 エアコンを使うことに慣れていないこと

4 我慢強いこと

(2)

　日本には、料理に使うためのスープ、つまり「だし」を取るための食べ物がいくつかある。昆布、しいたけ、鰹節が代表的である。昆布は海草、しいたけはきのこの一種である。どちらも乾燥させたものを使っておいしいだしを取り、料理を作る。

　鰹節は、「鰹（かつお）」という魚から驚くほど多くの過程を経て作られる。

　鰹を煮た後、冷まして骨や皮などを取って木の箱に入れていぶす。すると、表面にびっしりとカビが付く。そのカビを落としては日光に干して乾燥させるということを何回も繰り返し、やっと硬く乾燥した鰹節ができあがる。

　こうしてできた鰹節は、長さ20センチ、直径5センチほどの硬い棒のようなものだが、今では、この鰹節そのものを日本の普通の家庭で見ることも少なくなった。鰹節でだしを取るには、硬い鰹節を薄くけずらなければならないからだ。

　このように面倒な過程を経て作られる鰹節や、昆布、しいたけなどは、どれもうま味成分をたっぷり含んでいる。その上、優れた特長がある。それは、鳥や牛や豚などを煮て取る西欧や中国のだしと違って、脂が出ないということである。

　ところが、近年、これらの日本の伝統的なだしより、化学調味料を使う家庭が増えている。化学調味料は、昆布やしいたけ、鰹節に比べて手間がいらず、便利だからだ。

　2013年、「和食」がユネスコ無形文化遺産に登録された。自然を尊ぶ日本の健康的な食文化が評価されたということである。「和食」といえば、お皿にのった美しい日本料理を思い浮かべるだろうが、それだけでなく、鰹節などの、うま味を上手に使った伝統的な食生活を、日本人自身がもう一度見直すべきではないだろうか。

（注1）海草：海の中に生える植物

（注2）いぶす：下から火をたいて箱の中を煙でいっぱいにすること

（注3）カビ：このカビは、人間にとってよい働きをする

（注4）うま味：おいしさを感じる味のこと

（注5）ユネスコ：UNESCO。国連教育科学文化機関の略

（注6）無形文化遺産：演劇・音楽・工芸技術などで価値が高いとされたもの

63 鰹節は、何から作るか。

1 海草

2 きのこ

3 鳥

4 魚

64 <u>こうしてできた鰹節</u>を日本の家庭であまり見られなくなったのはなぜか。

1 鰹節をけずるのが面倒で、使わなくなったから。

2 西欧のだしに比べて、うま味成分が少ないから。

3 昆布やしいたけでだしを取る方が簡単だから。

4 鰹節で取っただしには脂が含まれるから。

65 この文章での筆者の主張を選べ。

1 和食を上手に作るべきだ。

2 日本の伝統的なだしを見直して使うべきだ。

3 日本の伝統的な食べ物を世界中に広めるべきだ。

4 日本のだしだけでなく西欧や中国のだしを見直すべきだ。

(3)

　主に欧米では、ホテルなどの従業員にチップを渡すという習慣がある。荷物を
運んでくれたお礼などとして細かいお金を手渡すのだ。

　しかし、日本にはこのチップという習慣はない。ただ、旅館などでお世話にな
る従業員に個人的にお礼のお金を渡すことはある。そのようなとき、そのお金は
紙に包んだり小さな袋に入れたりして渡す。現在では、日本のホテルや旅館も、「サ
ービス料」として宿泊料などと一緒に客に請求するようになり、個人的にお礼の
お金を渡したりすることは少なくなったが、伝統のある昔からの旅館では<u>そう</u>で
あった。

　そんな場合だけでなく、お礼やお祝い、またはお見舞いなどのお金を、紙に包
んだり袋に入れたりしないで渡すことは日本ではほとんどない。<u>なぜだろうか</u>…。

　日本人はお金を人にあげることに対して羞恥心のようなものがあるのではない
だろうか。特に、お礼やお祝い、またはお見舞いのような、金額であらわせない
ようなものをお金で渡すことに対して。それは、日本人が、心を何よりも大切だ
と思っているからではないだろうか。「私のあなたに対するお礼やお祝い、お見
舞いの気持ちは、お金などに代えることはできません。」という気持ちが、お金
を包んだりせずに渡すことをためらわせるのだろう。

（注1）従業員：そこで働いている人
（注2）羞恥心：恥ずかしいと思う心

66 <u>そう</u>は、どのようなことを指しているか。

　1　従業員にチップとして細かいお金を手渡すこと。

　2　サービス料を、宿泊料と一緒に客に請求すること。

　3　世話になった従業員に、個人的にお礼のお金を渡すこと。

　4　客が従業員にお礼のお金を渡すことはなかったということ。

67 日本人は、お礼やお見舞いのお金をどのようにして渡すか。

　1　紙や袋に入れて渡す。

　2　手紙を添えて渡す。

　3　何にも入れずにそのまま渡す。

　4　恥ずかしそうに渡す。

68 <u>なぜだろうか</u>とあるが、筆者は理由をどのように考えているか。

　1　自分の心を恥ずかしく思うから。

　2　紙に包んだり袋に入れたりするのは面倒だから。

　3　いちばん大切なものは、お金だと思うから。

　4　心をお金であらわすことを恥ずかしく思うから。

問題 12　次のＡとＢはそれぞれ、家の片付けについて書かれた文章である。二つ
　　　　の文章を読んで、後の問いに対する答えとして最もよいものを、1・2・3
　　　　・4から一つ選びなさい。

A

　最近、「断捨離」という言葉をしばしば耳にする。簡単に言うと、家に
ある要らないものは思い切って捨てましょうという、片付けの勧めである。
確かに家の中を見回すと、不要なものがあふれている。それらの物を思い
切って捨てたらどんなにか家の中も広々ときれいに片付き気持ちもさっぱ
りするだろう。それは分かる。しかし、物を捨てるには、かなりの決断力
を要する。ストレスもかかる。ゴミ屋敷になって近所の人に迷惑がかかる
ようではいけないが、単に家をきれいに広くするためなら何も無理をして
捨てることはないのだ。「断捨離、断捨離」と言われて脅迫されるような
気になるのなら、断捨離などしないほうがよほどいいと思う。

B

　先日、ふと今流行りの「断捨離」を始めた。1時間ほどやっただけで、
とにかく疲れた。思い切って捨てるか取っておくか、非常に迷って神経を
使うからだ。この先絶対に使わないと分かっていても、特に人から頂いた
物だったり思い出深い物だったりすると、捨てる決心がなかなかつかない。
そんなとき、私はいいことに気づいた。捨てる代わりに誰かに利用しても
らうということだ。そう気がついて、私は使わない文房具や着られなくな
った服をまとめて箱に入れた。アフリカのある国に送ることにしたのだ。
その国では小学校を建設中で、多くの子供たちに文房具や衣類が不足して
いるということを、前に、何かで読んだことを思い出したからだ。そのと
たん、片付けが苦しいものから楽しいものに変わった。

（注1）ゴミ屋敷：ゴミばかりの汚い家
（注2）脅迫：脅かして無理にさせること

69 ＡとＢ、どちらにも共通する内容はどれか。

1　断捨離の難しさ

2　上手な片付けの方法

3　人に迷惑をかけない片付け方

4　人の役に立つことの大切さ

70 ＡとＢの筆者は、「断捨離」についてどのように考えているか。

1　Ａは、断捨離はするべきではない、Ｂはするべきだと考えている

2　Ａは、断捨離は誰にもできない、Ｂは誰にでもできると考えている。

3　Ａは、断捨離はしないでいいと考え、Ｂは断捨離に代わる方法を思いついている。

4　ＡもＢも、「断捨離」はしても全く意味がないと考えている。

問題 13　次の文章を読んで、後の問いに対する答えとして最もよいものを、1・2・3・4 から一つ選びなさい。

最近、国際化が叫ばれ、グローバリズムとか、ボーダレス社会とかいう言葉を聞かない日はない。それにつれて英語の重要性が高まり、すでに一部の会社では、昇進や海外出張の条件として一定以上の英語力が必要とされているところや、社内では日本語の代わりに英語を使用するように決められているところもあるほどだ。社会のこうした傾向は子供の世界にまで及んでおり、これからの国際社会を生きていくためには、英語ができる子供を育てるということが必要な条件になっており、小学校から英語を教えるべきだという声も次第に大きくなっている。

若い親たちの中には、子供が 2、3 オになるのを待たずに英語の塾に通わせたり、外国人の家庭教師をつけたり、アメリカンスクールに通わせたり、海外留学をさせたりと、日本語よりも英語を学ばせることに必死である。

確かに英語ができれば社会で生きていくのに有利である。大学入試や就職はもちろんのこと、会社での昇進や外国人との交際、さらには仕事や研究のため世界からの情報収集と発信に当たっても英語力は絶対的に必要な条件となっている。

ただ英語ができるということは、英語の単語や文法をたくさん知っていることではない。英語は極めて論理的な言語である。したがって短くても論理的な説明が求められる。日本人同士であれば人と話をするとき、全てを言わなくてもお互いに分かり合えることが多いけれども、英語では言わなければ相手は絶対理解してくれない。

さらに本当の国際人として外国人とうまく付き合っていくには、日常の挨拶程度の英語では不十分である。必要なのは自分の考えや意見を論理的に英語で表現するということである。そのために私たちは英語を学ぶ前に、物事を論理的に考える力、説明できる力を育てる必要がある。そしてまた大切なのが、日本人として我が国の文化や歴史、言葉等についての知識や教養である。そのようなしっかりした基本があって、物事を英語で論理的に説明できてこそ初めて外国人と対等の立場で話ができるのである。これからの日本人は、国際的に通用する論理力と教養を養っていかなければならない。

　では、どうすればそんな力を養うことができるのか。それには国語の大切さを改めて見直し、国語の力をつけることである。子供のときから、人の話を聞き、本を読み、文章を書き、人と話す力を養うことが知識や能力を高め、論理的思考を育てるために、今いちばん必要なことである。この国語の力があってこそ英語を学ぶ資格があり、英語で国際人と対等にやっていくことができるのだ。

　英語を学ぶことは、国語を学ぶことである。国語の大切さをいま一度考えてみたい。

池永陽一「国際社会を生きる」

（注1）グローバリズム：世界は一つ、という考え方

（注2）ボーダレス社会：境界や国境がない国際社会

（注3）昇進：会社などで地位があがること

（注4）発信：情報などを送ること

71　こうした傾向は子供の世界にまで及んでおりとあるが、その具体的な現象として、この文章にはどのようなことが書かれているか。合わないものを一つ選べ。

1　英語を専攻している優秀な大学生の家庭教師を付ける。

2　2、3歳になる前に英語の塾に通わせる。

3　日本にあるアメリカンスクールに通わせる。

4　日本語も身についていないうちに、海外留学をさせる。

72　「英語ができる」とは、どういうことだと筆者は述べているか。

1　英語の単語を欧米人並みにたくさん知っていること。

2　全てを言わなくても相手に通じるような英語力があること。

3　日常の会話などは、英語で不自由なくできること。

4　自分の考えを英語できちんと順序よく表現することができること。

73 国際的に通用する力を身につけるには、どうすればよいと筆者は述べているか。

1 外国人と会話をすることで、その国の伝統を学ぶように努力する。

2 自国の言葉の大切さを見直してその力を付けるように努力する。

3 英語の本を読んだり、英語で文章を書いたりして論理的思考を育てる。

4 国際人として通用するように、多くの国の歴史や文化を学ぶ。

Check □1 □2 □3

問題 14　次のページは、日本の伝統文化体験ツアーの広告である。下の問いに対する答えとして最もよいものを 1・2・3・4 から一つ選びなさい。

74　クリスさんは、日本に行くのは初めてなので、日本でしかできない体験をして、何か一つのことができるようになって帰りたいと思っている。追加プログラムに参加すると、どんなことができるようになるか。

1　着物が作れるようになる

2　自分で着物が着られるようになる

3　浴衣が作れるようになる

4　自分で浴衣が着られるようになる

75　ジュンさんと友達は、このツアーに申し込みをしたが、友達の都合が悪くなったので二人ともキャンセルをしなければならない。追加プログラムには申し込みをしていない。今日は、申し込みをした日の 10 日前である。キャンセル料はいくらかかるか。

1　1,000 円と送金手数料

2　2,000 円と送金手数料

3　2,800 円と送金手数料

4　4,000 円と送金手数料

日本伝統文化体験ツアー

所要時間：45～60分　集合場所：浅草町駅

〈料金表〉

1名	2名	3名	4名	追加1名毎
10,000円	14,000円	18,000円	22,000円	＋4,000円

（4才以上12才未満：2,400円）

※消費税込み　料金に含まれる内容…ガイド料、抹茶(注1)、和菓子

追加プログラム

★　着物着付体験(注2)（6,400円/1人あたり）

　着物は、「染め」「織り」などの伝統技術から生まれ、体型の変化にもわずかな手直しで、いつまでも着られます。講師の手で本格的な着物を着付けた後は、庭や室内で写真撮影をお楽しみください。

★　浴衣着付体験（浴衣持ち帰り）（6,400円/1人あたり）

　お好きな浴衣と帯をお選びいただけます。講師の指導のもと、自分で着付けられるように学びます。庭や室内で写真撮影をお楽しみください。使用した浴衣と帯はご自宅にお持ち帰りいただけます。

★　浴衣着付体験（浴衣はレンタル）（2,400円/1人あたり）

　お好きな浴衣と帯をお選びいただいて、講師の指導により自分でも着付けられるように学びます。庭や室内で写真撮影をお楽しみください。

申込みの際の諸注意

◆　プログラム実施中は、必ずガイドの指示に従って行動してください。ガイドの指示に従わないことによって発生した事故等について、弊社は一切の責任を負いません。

◆　所要時間は目安の時間です。人数や実施状況により変化する場合がありますのでご了承ください。

◆　宗教上の理由、身体その他のコンディション（疾病・アレルギー等）、又は、年齢等の理由により特別な配慮を必要とする場合は、必ず事前に dentoujapan@XXX.com までお問合せください。

◆　対応言語は原則的に英語です。中国語、フランス語、スペイン語、ドイツ語、イタリア語、ロシア語等での対応をご希望の方は、事前になるべく早く dentoujapan@XXX.com までお申込みください。実施可否等についてお答えします。

◆　**営業時間は、平日9:00～18:00です。**

　なお、予約を取り消す場合、以下のキャンセル料が発生します。

　（1）14日前から3日前まで：プログラム料金の20%

　（2）2日前：プログラム料金の50%

　（3）前日以降または無連絡不参加：プログラム料金の100%

　※別途、送金手数料がかかります

（注1）抹茶…特別な方法で作られた緑茶を粉にしたもの
（注2）着付…着物を自分で着たり、人に着せたりすること

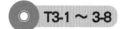

問題1

問題1では、まず質問を聞いてください。それから話を聞いて、問題用紙の1から4の中から、最もよいものを一つ選んでください。

例

1　コート

2　傘

3　ドライヤー

4　タオル

1番

1 歓迎会の人数が増えたことを居酒屋に連絡する。

2 先生に歓迎会に出欠するかどうか確認をする。

3 ゼミで発表をする。

4 先生の出欠について女の人にメールを送る。

2番

1 免許証

2 クレジットカード

3 電気やガス代の請求書

4 健康保険証

3番

1 会議に出席する

2 薬を買いに行く

3 ズボンを買いに行く

4 ベルトを買いに行く

回数

1

2

3

4

5

6

4番

1 台所レンジを分解する

2 台所レンジの掃除

3 エアコンの分解

4 押入れの掃除

5番

1 卒業証明書と成績証明書

2 卒業証明書と成績証明書の翻訳

3 振り込み用紙

4 振り込みの領収書

もんだい
問題 2

問題 2 では、まず質問を聞いてください。そのあと、問題用紙のせんたくしを読んでください。読む時間があります。それから話を聞いて、問題用紙の 1 から 4 の中から最もよいものを一つ選んでください。

れい
例

1　残業があるから
2　中国語の勉強をしなくてはいけないから
3　会議で失敗したから
4　社長に叱られたから

1番

1 MKビルの場所がわからないから

2 MKビルが壊されてしまったから

3 マンションが工事中だから

4 写真屋が休みだから

2番

1 今日はもうたくさん飲んだから

2 胃の調子が悪いから

3 最近、よく眠れないから

4 会社のコーヒーはまずいから

Check □1 □2 □3

3番

1 明日は新製品の発表だから
2 もう十分準備ができたから
3 病気が悪くなったから
4 病院で検査をしなければならないから

4番

1 安売りだったから
2 きれいに並んでいたから
3 テレビの人気番組で卵の料理を紹介したから
4 健康にいいから

5番

1 前回のテストを受けていない学生と、不合格だった学生
2 ９月から日本語３の授業を受ける学生
3 作文を提出していない学生
4 研修旅行に行く学生

6番

1 子どもの頃得意だったから
2 体力がつくから
3 仕事以外の楽しみを作りたいから
4 ルールを良く知っていて簡単にできるから

Check □1 □2 □3

もんだい
問題3

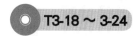 T3-18 〜 3-24

問題3では、問題用紙に何もいんさつされていません。この問題は、全体として
どんな内容かを聞く問題です。話の前に質問はありません。まず話を聞いてくださ
い。それから、質問とせんたくしを聞いて、1から4の中から、最もよいものを一
つ選んでください。

—メモ—

<ruby>問題<rt>もんだい</rt></ruby> 4

<ruby>問題<rt>もんだい</rt></ruby> 4 では、<ruby>問題用紙<rt>もんだいようし</rt></ruby>に<ruby>何<rt>なに</rt></ruby>もいんさつされていません。まず<ruby>文<rt>ぶん</rt></ruby>を<ruby>聞<rt>き</rt></ruby>いてください。それから、それに<ruby>対<rt>たい</rt></ruby>する<ruby>返事<rt>へんじ</rt></ruby>を<ruby>聞<rt>き</rt></ruby>いて、1 から 3 の<ruby>中<rt>なか</rt></ruby>から、<ruby>最<rt>もっと</rt></ruby>もよいものを<ruby>一<rt>ひと</rt></ruby>つ<ruby>選<rt>えら</rt></ruby>んでください。

ーメモー

もんだい
問題 5

問題 5 では、長めの話を聞きます。この問題には練習がありません。

メモをとってもかまいません。

1 番、2 番

問題用紙に何もいんさつされていません。まず話を聞いてください。それから、質問とせんたくしを聞いて、1 から 4 の中から、最もよいものを一つ選んでください。

－メモ－

3番
<ruby>番<rt>ばん</rt></ruby>

まず<ruby>話<rt>はなし</rt></ruby>を<ruby>聞<rt>き</rt></ruby>いてください。それから、<ruby>二<rt>ふた</rt></ruby>つの<ruby>質問<rt>しつもん</rt></ruby>を<ruby>聞<rt>き</rt></ruby>いて、それぞれ<ruby>問題用紙<rt>もんだいようし</rt></ruby>の1から4の<ruby>中<rt>なか</rt></ruby>から、<ruby>最<rt>もっと</rt></ruby>もよいものを<ruby>一<rt>ひと</rt></ruby>つ<ruby>選<rt>えら</rt></ruby>んでください。

質問1
しつもん

1　仕事の進め方について
2　節約について
3　健康について
4　よい人間関係の作り方について

質問2
しつもん

1　1番目の話題
2　2番目の話題
3　3番目の話題
4　4番目の話題

第四回

言語知識（文字、語彙）

問題1 ＿＿＿の言葉の読み方として最もよいものを、1・2・3・4から一つ選びなさい。

1 天気予報では台風が今夜半に伊豆半島に上陸するそうだ。
　1　ようぼう　　　2　よほう　　　　3　よぼう　　　4　ようほう

2 資料が揃っていないので、会議を延期します。
　1　えんご　　　　2　ていき　　　　3　えんき　　　4　ていご

3 将来、病気を抱えている子どもたちの世話をする仕事がしたいと思っています。
　1　かかえて　　　2　おさえて　　　3　とらえて　　4　かまえて

4 昨夜、サウナに入って汗をいっぱいかいた。
　1　ち　　　　　　2　のう　　　　　3　なみだ　　　4　あせ

5 この地域には工場は少なく、住宅が密集している。
　1　しゅうきょ　　2　じゅうたく　　3　じゅうきょ　4　じゅうだく

問題2 ＿＿の言葉を漢字で書くとき、最もよいものを、1・2・3・4から一つ選びなさい。

6 <u>ちかてつ</u>の改札で、友達と待ち合わせをした。

1 地下硬　　　2 地下鉄　　　3 地下鋭　　　4 地下決

7 自分で作った服をインターネットで<u>うって</u>います。

1 売って　　　2 取って　　　3 打って　　　4 買って

8 自動車メーカーに<u>しゅうしょく</u>が決まった。

1 習職　　　2 就職　　　3 就織　　　4 習織

9 <u>おまつり</u>で、初めて浴衣を着た。

1 お祭り　　　2 お際り　　　3 お然り　　　4 お燃り

10 自転車でアメリカ大陸を<u>おうだん</u>する。

1 欧段　　　2 欧断　　　3 横段　　　4 横断

問題3 （ ）に入れるのに最もよいものを、1・2・3・4から一つ選びなさい。

11 奨学（ ）をもらうために、勉強をがんばる。
　1　費　　　　　　　2　代　　　　　　　3　料　　　　　　　4　金

12 ブラジル（ ）のコーヒー豆を使用しています。
　1　式　　　　　　　3　入　　　　　　　3　産　　　　　　　4　製

13 明日までにこれを全部覚えるなんて、（ ）可能だよ。
　1　非　　　　　　　2　不　　　　　　　3　無　　　　　　　4　絶

14 勉強が嫌いな子は、授業がわからなくなって、ますます勉強嫌いになる、このように（ ）循環が続くわけです。
　1　不　　　　　　　2　逆　　　　　　　3　悪　　　　　　　4　元

15 小さくても、将来（ ）のある会社で働きたい。
　1　性　　　　　　　2　化　　　　　　　3　力　　　　　　　4　感

問題4 （　　）に入れるのに最もよいものを、1・2・3・4から一つ選びなさい。

16 電波が弱くて、インターネットに（　　）できない。

1　通信　　　　　　2　接続　　　　　　3　連続　　　　　　4　挿入

17 注文した料理がなかなか出て来なくて、（　　）した。

1　はきはき　　　2　めちゃくちゃ　　3　ぶつぶつ　　　　4　いらいら

18 あのラーメン屋は '（　　）より量' で、1杯500円で食べ切れないほどだ。

1　質　　　　　　2　材　　　　　　　3　好　　　　　　　4　食

19 あなたの言う条件にぴったり（　　）ような仕事はありませんよ。

1　当てはまる　　2　打ち合わせる　　3　取り入れる　　　4　取り替える

20 世界の （　　）7カ国による国際会議が開催された。

1　中心　　　　　2　重要　　　　　　3　主要　　　　　　4　重大

21 何でも持っている彼女が（　　）。

1　もったいない　2　はなはだしい　　3　うらやましい　　4　やかましい

22 水力や風力、太陽の光を利用して自然（　　）を作る。

1　カロリー　　　2　テクノロジー　　3　エネルギー　　　4　バランス

問題5 ＿＿の言葉に意味が最も近いものを、1・2・3・4から一つ選びなさい。

23 彼の提出した報告書はでたらめだった。

1 字が汚い　　　2 コピーした　　　3 古い　　　　4 本当ではない

24 彼女の言うことはいつも鋭い。

1 厳しい　　　　2 冷静だ　　　　3 的確だ　　　　4 ずるい

25 専門知識を身につける。

1 覚える　　　　2 使う　　　　3 整理する　　　4 伝える

26 薬のおかげで、いくらか楽になった。

1 ますます　　　　　　　　　2 ちっとも
3 少しは　　　　　　　　　　4 あっという間に

27 ダイエットは、プラスの面だけではない。

1 よい　　　　2 悪い　　　　3 別の　　　　4 もうひとつの

問題6　次の言葉の使い方として最もよいものを、1・2・3・4から一つ選びなさい。

28 不平

1　男性に比べて女性の賃金が低いのは、明らかに不平だ。

2　不平な道で、つまずいて転んでしまった。

3　彼は不平を言うだけで、状況を改善しようとしない。

4　試験中に不平をした学生は、その場で退室となります。

29 きっかけ

1　この映画を見たきっかけは、アクション映画が好きだからです。

2　私が女優になったのは、この映画を見たきっかけでした。

3　この映画を見たことがきっかけで、私は女優になりました。

4　この映画を見たきっかけは、涙がとまりませんでした。

30 高度

1　東京スカイツリーの高度は何メートルか、知っていますか。

2　六本木には、高度なレストランがたくさんあります。

3　ちょっと寒いので、エアコンの高度を下げてもらえませんか。

4　高度な技術は、わが国の財産です。

31 結ぶ

1　朝、鏡の前で、ひげを結ぶ。

2　くつひもを、ほどけないようにきつく結ぶ。

3　シャワーの後、ドライヤーで髪を結ぶ。

4　腰にベルトを結ぶ。

32 せっせと

1　80センチもある魚が釣れたので、せっせと家へ持って帰った。

2　親鳥は、捕まえた虫をせっせと、子どもの元に運びます。

3　こんな会社、せっせと辞めたいよ。

4　彼は、仕事中に、せっせとたばこを吸いに出て行く。

言語知識（文法）

問題7 （　　）に入れるのに最もよいものを、1・2・3・4から一つ選びなさい。

33 この施設は、会員登録をしてからでないと、利用（　　）。

1　できません　　　　　　　　　　2　してください

3　となります　　　　　　　　　　4　しないでください

34 今の妻とお見合いした時は、恥ずかしい（　　）緊張する（　　）大変でした。

1　や・など　　　　　　　　　　　2　とか・とか

3　やら・やら　　　　　　　　　　4　にしろ・にしろ

35 気温の変化（　　）、電気の消費量も大きく変わる。

1　に基づいて　　　2　にしたがって　　　3　にかかわらず　　　4　に応じて

36 どんな事件でも、現場へ行って自分の目で見ないことには、読者の心に響く
（　　）。

1　いい記事が書けるのだ　　　　　2　いい記事を書くことだ

3　いい記事は書けない　　　　　　4　いい記事を書け

37 もう夜中の一時だが、明日の準備がまだ終わらないので、（　　）。

1　寝ずにはいられない　　　　　　2　眠くてたまらない

3　眠いわけがない　　　　　　　　4　寝るわけにはいかない

38 あの姉妹は双子（ふたご）なんです。ちょっと見た（　　）では、どっちがどっちか分
かりませんよ。

1　くらい　　　　　2　なんか　　　　　3　とたん　　　　　4　ばかり

39 外国へ行く時は、（　　）べきだ。

1　パスポートを持っていく　　　　2　その国の法律を守る

3　その国の文化を尊重する　　　　4　自分の習慣が当然だと思わない

40 生活習慣を（　　）限り、いくら薬を飲んでも、病気はよくなりませんよ。

1 変える　　　　　2 変えた　　　　　3 変えない　　　　4 変えなかった

41 田舎にいたころは、毎朝ニワトリの声に（　　）ていたものだ。

1 起こし　　　　　2 起こされ　　　　3 起きさせ　　　　4 起きさせられ

42 私には、こんな難しい数学は理解（　　）。

1 できない　　　　　　　　　　2 しがたい

3 しかねる　　　　　　　　　　4 するわけにはいかない

43 事件の犯人には、心から反省して（　　）。

1 あげたい　　　　2 くれたい　　　　3 やりたい　　　　4 もらいたい

44 最上階のレストランからは、すばらしい夜景が（　　）よ。

1 拝見できます　　　　　　　　2 ごらんになれます

3 お見になれます　　　　　　　4 お目にかかれます

問題8　次の文の＿★＿に入る最もよいものを、1・2・3・4から一つ選びなさい。

（問題例）

あそこで　＿＿＿　＿＿＿　＿★＿　＿＿＿　は山田さんです。

　　1　テレビ　　　2　見ている　　3　を　　4　人

（回答のしかた）

1. 正しい文はこうです。

> あそこで　＿＿＿　＿＿＿　＿★＿　＿＿＿　は山田さんです。
>
> 　　1　テレビ　　　　3　を　　　　2　見ている　　　4　人

2. ＿★＿に入る番号を解答用紙にマークします。

（解答用紙）　（例）　① ● ③ ④

45　野菜が苦手な　＿＿＿　＿＿＿　＿★＿　＿＿＿　工夫しました。

　　1　ように　　　　　2　食べて頂ける　　　3　ソースの味を　　4　お子様にも

46　あの男は私と　＿＿＿　＿＿＿　＿★＿　＿＿＿　んです。

　　1　とたん　　　　2　別れた　　　　　　3　結婚した　　　　4　他の女と

47　社長の話は、　＿＿＿　＿＿＿　＿★＿　＿＿＿　よくわからない。

　　1　上に　　　　　2　何が　　　　　　3　長い　　　　　　4　言いたいのか

48　彼女はきれいな　＿＿＿　＿＿＿　＿★＿　＿＿＿　抱き上げた。

　　1　おぼれた　　　　2　のもかまわず　　　3　服が汚れる　　　4　子犬を

49 浴衣を着て歩いていたら、＿＿＿＿ ＿＿＿＿ ＿★＿ ＿＿＿＿ 、びっくりしました。

1　外国人の観光客に	2　ほしいと言われて
3　撮らせて	4　写真を

問題9　次の文章を読んで、文章全体の内容を考えて、 50 から 54 の中に入る最もよいものを、1・2・3・4の中から一つ選びなさい。

「読書の楽しみ」

　最近の若者は、本を読まなくなったとよく言われる。2009年のOECDの^(注1)調査では、日本の15歳の子どもで、「趣味としての読書をしない」という人が、44％もいるということである。

　私は、若者の読書離れを非常に残念に思っている。若者に、もっと本を読んで欲しいと思っている。なぜそう思うのか。

　まず、本を読むのは楽しい 50 。本を読むと、いろいろな経験ができる。行ったことがない場所にも行けるし、過去にも未来にも行くことができる。自分以外の人間になることもできる。自分の知識も 51 。その楽しみを、まず知ってほしいと思うからだ。

　また、本を読むと、友達ができる。私は、好きな作家の本を次々に読むが、そうすることで、その作家を知って友達になれる 52 、その作家を好きな人とも意気投合して友達になれるのだ。^(注2)

　しかし、特に若者に本を読んで欲しいと思ういちばんの理由は、本を読むことで、判断力を深めて欲しいと思うからである。生きていると、どうしても困難や不幸な出来事にあう。どうしていいか分からず、誰にも相談できないようなことも 53 。そんなとき、それを自分だけに特殊なことだと捉えず、ほかの人にも起こり得ることだということを教えてくれるのは、読書の効果だと思うからだ。そして、ほかの人たちが 54 その悩みや窮地を克服^(注3)したのかを参考にしてほしいと思うからである。

（注1）OECD：経済協力開発機構
（注2）意気投合：たがいの気持ちがぴったり合うこと
（注3）窮地：苦しい立場

50

1 そうだ 　　　　2 ようだ 　　　　3 からだ 　　　　4 くらいだ

51

1 増える 　　　　2 増やす 　　　　3 増えている 　　　4 増やしている

52

1 ばかりに 　　　2 からには 　　　3 に際して 　　　4 だけでなく

53

1 起こった 　　　　　　　　　2 起こってしまった
3 起こっている 　　　　　　　4 起こるかもしれない

54

1 いったい 　　　2 どうやら 　　　3 どのようにして 　4 どうにかして

問題 10　次の (1) から (4) の文章を読んで、後の問いに対する答えとして最もよい
　　　　ものを、1・2・3・4 から一つ選びなさい。

(1)

　「着物」は日本の伝統的な文化であり、今や「kimono」という言葉は世界共通
語だそうである。マラウイという国の大使は、日本の着物について「身に着けるだ
けで気持ちが和むし、周囲を華やかにする。それが日本伝統の着物の魅力である。」
と述べている。

　確かにそのとおりだが、それは、着物が日本の風土に合っているからである。
そういう意味では、どこの国の伝統的な民族衣装も素晴らしいと言える。その国の
言葉もそうだが、衣装もその国々の伝統として大切に守っていきたいものである。

　(注) 和む：穏やかになる

55　この文章の筆者の考えに合うものはどれか

　1　「着物」という文化は、世界共通のものだ

　2　日本の伝統的な「着物」は、世界一素晴らしいものだ

　3　それぞれの国の伝統的な衣装や言語を大切に守っていきたい

　4　服装は、その国の伝統を最もよくあらわすものだ

　最近、若者の会話を聞いていると、「やばい」や「やば」、または「やべぇ」という言葉がいやに耳につく。もともとは「やば」という語で、広辞苑によると「不都合である。危険である。」という意味である。「こんな点数ではやばいな。」などと言う。しかし、若者たちはそんな場合だけでなく、例えば美しいものを見て感激したときも、この言葉を連発する。最初の頃はなんとも不思議な気がしたものだが、だんだんその意味というか気持ちが分かるような気がしてきた。つまり、あまりにも美しいものなどを見たときの「やばい」や「やば」は、「感激のあまり、自分の身が危ないほどである。」というような気持ちが込められた言葉なのだろう。そう考えると、なかなかおもしろい。

（注1）耳につく：物音や声が聞こえて気になる。何度も聞いて飽きた
（注2）広辞苑：日本語国語辞典の名前

56　筆者は、若者の言葉の使い方をどう感じているか。

1　その言葉の本来の意味を間違えて使っているので、不愉快だ。
2　辞書の意味とは違う新しい意味を作り出していることに感心する。
3　その言葉の語源や意味を踏まえて若者なりに使っている点が興味深い。
4　辞書の意味と、正反対の意味で使っている点が若者らしくておもしろい。

(3)

　日本の電車が時刻に正確なことは世界的に有名だが、もう一つ有名なのは、満員電車である。私たち日本人にとっては日常的な満員電車でも、これが海外の人には非常に珍しいことらしい。

　こんな話を聞いた。スイスでは毎年、時計の大きな展示会があり、そこには世界中から多くの人が押し寄せる。その結果、会場に向かう電車が普通ではありえないほどの混雑状態になる。まさに、日本の朝の満員電車のようにすし詰めの状態になるのだ。すると、なぜか、<u>関係のない人がその電車に乗りにくる</u>というのだ。すすんで満員電車に乗りにくる気持ちは我々日本人には理解しがたいが、非常に珍しいことだからこそその「ちょっとした新鮮な体験」なのだろう。

（注1）押し寄せる：多くのものが勢いよく近づく

（注2）すし詰め：狭い所にたくさんの人が、すき間なく入っていること。

[57] <u>関係のない人がその電車に乗りにくる</u>とあるが、なぜだと考えられるか。

1　満員電車というものに乗ってみたいから

2　電車が混んでいることを知らないから

3　時計とは関係ない展示が同じ会場で開かれるから

4　スイスの人は特に珍しいことが好きだから

(4)

　アフリカの森の中で歌声が聞こえた。うなるような調子の声ではなく、音の高低がはっきりした鼻歌^(注1)だったので、てっきり人に違いないと思って付近を探したのだが、誰もいなかった。実は、歌っていたのは、若い雄^(注2)のゴリラだったという。

　ゴリラ研究者山極寿一さんによると、ゴリラも歌を歌うそうである。どんなときに歌うのか。群れから離れて一人ぼっちになったゴリラは、他のゴリラから相手にされない。その寂しさを紛らわせ^(注3)、自分を勇気づけるために歌うのだそうだ。<u>人間と同じだ！</u>

（注1）鼻歌：口を閉じて軽く歌う歌

（注2）雄：オス。男

（注3）紛らわす（紛らす）：心を軽くしたり、変えたりする

58 筆者が<u>人間と同じだ！</u>と感じたのは、ゴリラのどんなところか。

1　音の高低のはっきりした鼻歌を歌うところ

2　若い雄が集団から離れて仲間はずれになるところ

3　一人ぼっちになると寂しさを感じるところ

4　寂しいときに自分を励ますために歌を歌うところ

(5)

　以下は、田中さんが、ある企業の「アイディア商品募集」に応募した企画について、企業から来たはがきである。

　　田中夕子様

　　この度は、アイディア商品の企画をお送りくださいまして、まことにありがとうございました。田中様のアイディアによる洗濯バサミ、生活に密着し_(注1)たとても便利な物だと思いました。_(注2)

　　ただ、商品化するには、実際にそれを作ってみて、実用性や耐久性、その他色々な面で試験をしなければなりません。その結果が出るまでしばらくの_(注3)間お待ちくださいますよう、お願いいたします。1か月ほどでご連絡できるかと思います。

　　それでは、今後とももよいアイディアをお寄せくださいますよう、お願いいたします。

　　　　　　　　　　　　　　　　　　　　　　　アイディア商会

（注1）洗濯バサミ：洗濯物をハンガーなどに留めるために使うハサミのような道具

（注2）密着：ぴったりと付くこと

（注3）耐久性：長期間、壊れないで使用できること

59 このはがきの内容について、正しいものはどれか。

1　田中さんが作った洗濯バサミは、便利だが壊れやすい。

2　田中さんが作った洗濯バサミについて、これから試験をする。

3　洗濯バサミの商品化について、改めて連絡する。

4　洗濯バサミの商品化について、いいアイディアがあったら連絡してほしい。

問題 11　次の (1) から (3) の文章を読んで、後の問いに対する答えとして最もよい
　　　　ものを、1・2・3・4 から一つ選びなさい。

(1)
　「オノマトペ」とは、日本語で「擬声語」あるいは「擬態語」と呼ばれる言葉
である。

　「擬声語」とは、「戸をトントンたたく」「子犬がキャンキャン鳴く」などの
「トントン」や「キャンキャン」で、物の音や動物の鳴き声を表す言葉である。
これに対して「擬態語」とは、「子どもがすくすく伸びる」「風がそよそよと吹く」
などの「すくすく」「そよそよ」で、物の様子を言葉で表したものである。

　ほかの国にはどんなオノマトペがあるのか調べたことはないが、日本語のオノ
マトペ、特に擬態語を理解するのは、外国人には難しいのではないだろうか。擬
態語そのものには意味はなく、あくまでも日本人の語感に基づいたものだからで
ある。

　ところで、このほど日本の酒類業界が、テレビのコマーシャルの中で「日本酒
をぐびぐび飲む」や「ビールをごくごく飲む」の「ぐびぐび」や「ごくごく」と
いう擬態語を使うことをやめたそうである。その擬態語を聞くと、未成年者や妊
娠している人、アルコール依存症の人たちがお酒を飲みたい気分に誘うからとい
う理由だそうである。

　確かに、日本人にとっては「ぐびぐび」や「ごくごく」は、いかにもおいしそ
うに感じられる。お酒が好きな人は、この言葉を聞いただけで飲みたくなるにち
がいない。しかし、外国人にとってはどうなのだろうか。一度外国の人に聞いて
みたいものである。

(注 1)　語感：言葉に対する感覚
(注 2)　「ぐびぐび」や「ごくごく」：液体を勢いよく、たくさん飲む様子を表す言葉
(注 3)　アルコール依存症：お酒を飲む欲求を押さえられない病気

60 次の傍線部のうち、「擬態語」は、どれか。

1 ドアを<u>ドンドン</u>とたたく。

2 <u>すべすべ</u>した肌。

3 小鳥が<u>ピッピッ</u>と鳴く。

4 ガラスが<u>ガチャン</u>と割れる。

61 外国人が日本の擬態語を理解するのはなぜ難しいか。

1 擬態語は漢字やカタカナで書かれているから。

2 外国には擬態語はないから。

3 擬態語は、日本人の感覚に基づいたものだから。

4 日本人の聞こえ方と外国人の聞こえ方は違うから。

62 <u>一度外国の人に聞いてみたい</u>とあるが、どんなことを聞いてみたいのか。

1 「ぐびぐび」と「ごくごく」、どちらがおいしそうに感じられるかということ。

2 外国のテレビでも、コマーシャルに擬態語を使っているかということ。

3 「ぐびぐび」や「ごくごく」のような擬態語が外国にもあるかということ。

4 「ぐびぐび」や「ごくごく」が、おいしそうに感じられるかということ。

(2)

　テレビなどの天気予報のマークは、晴れなら太陽、曇りなら雲、雨なら傘マーク(注1)であり、それは私たち日本人にはごく普通のことだ。だがこの傘マーク、日本独特のマークなのだそうである。どうやら、雨から傘をすぐにイメージするのは日本人の特徴らしい。私たちは、雨が降ったら当たり前のように傘をさすし、雨が降りそうだな、と思えば、まだ降っていなくても傘を準備する。しかし、欧米の人にとっては、傘はかなりのことがなければ使わないもののようだ。

　あるテレビ番組で、その理由を何人かの欧米人にインタビューしていたが、それによると、「片手がふさがるのが不便」という答えが多かった。小雨程度ならまだいいが、大雨だったらどうするのだろう、と思っていたら、ある人の答えによると、「雨宿りをする」とのことだった。カフェに入るとか、雨がやむまで外出しないとか、雨が降っているなら出かけなければいいと、何でもないことのように言うのである。でも、日常生活ではそうはいかないのが普通だ。そんなことをしていては会社に遅刻したり、約束を破ったりすることになってしまうからだ。さらにそう尋ねたインタビュアーに対して、驚いたことに、その人は、「そんなこと、他の人もみんなわかっているから誰も怒ったりしない」と言うではないか。雨宿りのために大切な会議に遅刻しても、たいした問題にはならない、というのだ。

　「ある人」がどこの国の人だったかは忘れてしまったが、あまりのおおらかさ(注3)に驚き、文化の違いを強く感じさせられたことだった。

（注1）マーク：絵であらわす印
（注2）雨宿り：雨がやむまで、濡れないところでしばらく待つこと
（注3）おおらかさ：ゆったりとして、細かいことにとらわれない様子

63 (傘マークは) <u>日本独特のマークなのである</u>とあるが、なぜ日本独特なのか。

1 日本人は雨といえば傘だが、欧米人はそうではないから

2 日本人は天気のいい日でも、いつも傘を持っているから

3 欧米では傘は大変貴重なもので、めったに見かけないから

4 欧米では雨が降ることはめったにないから

64 <u>その理由</u>とは、何の理由か。

1 日本人が、傘を雨のマークに使う理由

2 欧米人が雨といえば傘を連想する理由

3 欧米人がめったに傘を使わない理由

4 日本人が、雨が降ると必ず傘をさす理由

65 筆者は、日本と欧米との違いをどのように感じているか。

1 日本人は雨にぬれても気にしないが、欧米人は雨を嫌っている。

2 日本人は約束を優先するが、欧米人は雨に濡れないことを優先する。

3 日本には傘の文化があるが、欧米には傘の文化はない。

4 日本には雨宿りの文化があるが、欧米には雨宿りの文化はない。

(3)

　日本の人口は、2011年以来、年々減り続けている。2014年10月現在の総人口は約1億2700万で、前年より約21万5000人減少しているということである。中でも、15～64歳の生産年齢人口は116万人減少。一方、65歳以上は110万2000人の増加で、0～14歳の年少人口の2倍を超え、少子高齢化がまた進んだ。(以上、総務省発表による)
(注1)

　なんとか、この少子化を防ごうと、日本には少子化対策担当大臣までいて対策を講じているが、なかなか子供の数は増えない。

　その原因として、いろいろなことが考えられるだろうが、<u>その一つ</u>として、現代の若者たちの、自分の「個」をあまりにも重視する傾向があげられないだろうか。

　ある生命保険会社の調査によると、独身者の24％が「結婚したくない」あるいは「あまり結婚したくない」と答えたということだ。その理由として、「束縛されるのがいや」「ひとりでいることが自由で楽しい」「結婚や家族など、面倒だ」(注2)などということがあげられている。つまり、「個」の意識ばかりを優先する結果、結婚をしないのだ。したがって、子供の出生率も低くなる、という結果になっていると思われる。

　しかし、この若者たちによく考えてみて欲しい。それほどまでに意識し重視しているあなたの「個」に、いったいどれほどの価値があるのかを。私に言わせれば、空虚な存在に過ぎない。他の存在があってこその「個」であり、他の存在にとって意味があるからこその「個」であると思うからだ。

(注1) 総務省：国の行政機関
(注2) 束縛：人の行動を制限して、自由にさせないこと

66 日本の人口について、<u>正しくない</u>のはどれか。

1 2014 年から 2015 年にかけて、最も減少したのは 65 歳以上の人口である。

2 近年、減り続けている。

3 65 歳以上の人口は、0 〜 14 歳の人口の 2 倍以上である。

4 15 〜 64 歳の人口は 2014 年からの 1 年間で 116 万人減っている。

67 <u>その一つ</u>とは、何の一つか。

1 少子化の対策の一つ

2 少子化の原因の一つ

3 人口減少の原因の一つ

4 現代の若者の傾向の一つ

68 筆者は、現代の若者についてどのように述べているか。

1 結婚したがらないのは無理もないことだ。

2 人はすべて結婚すべきだ。

3 人と交わることが上手でない。

4 自分自身だけを重視しすぎている。

問題12　次のＡとＢはそれぞれ、決断ということについて書かれた文章である。
　　　　二つの文章を読んで、後の問いに対する答えとして最もよいものを、1・
　　　　2・3・4から一つ選びなさい。

A

　人生には、決断しなければならない場面が必ずある。職を選んだり、結婚を決めたりすることもその一つだ。そんなとき、私たちは必ずと言っていいほど迷う。そして、考え、決断する。一生懸命考えた末決断したことだから自分で納得できる。結果がどうであれ後悔することもないはずだ。

　だが、本当に自分で考えて決断したことについては後悔しないだろうか。そんなことはないと思う。しかし、人間はこうして迷い考えることによって成長するのだ。自分で考え決断するということには、自分を見つめることが含まれる。それが人を成長させるのだ。決断した結果がどうであろうとそれは問題ではない。

B

　自分の進路などを決断することは難しい。結果がはっきりとは見えないからだ。ある程度、結果を予測することはできる。しかし、それは、あくまでも予測に過ぎない。未来のことだから何が起こるかわからないからだ。

　そんな場合、私は「考える」より「流される」ことにしている。その時の自分がしたいと思うこと、好きなことを重視する。つまり、川が流れるように自然に任せるのだ。

　深く考えることもせずに決断すれば、後で後悔するのではないかと言う人がいる。しかし、それは逆である。その時の自分に正しい選択ができる力があれば、流されても後悔することはない。大切なのは、信頼できる自分を常に作っておくように心がけることだ。

69 ＡとＢの筆者は、決断する時に大切なことは何だと述べているか。

1 ＡもＢも、じっくり考えること

2 ＡもＢも、あまり考えすぎないこと

3 Ａはよく考えること、Ｂはその時の気持ちに従うこと

4 Ａは成長すること、Ｂは自分を信頼すること

70 ＡとＢの筆者は、決断することについてどのように考えているか。

1 Ａはよく考えて決断しても後悔することがある、Ｂはよく考えて決断すれば後悔しないと考えている。

2 Ａはよく考えて決断すれば後悔しない、Ｂは深く考えずに好きなことを重視して決断すれば後悔すると考えている。

3 Ａは迷ったり考えたりすることで成長する、Ｂは決断することで信頼できる自分を作ることができると考えている。

4 Ａは考えたり迷ったりすることに意味がある、Ｂは自分の思い通りにすればいいと考えている。

問題13　次の文章を読んで、後の問いに対する答えとして最もよいものを、1・2
　　　　・3・4から一つ選びなさい。

　先日たまたまラジオをつけたら、子供の貧困についての番組をやっていた。そ_(注1)こでは、毎日の食事さえも満足にできない子供も多く、温かい食事は学校給食のみという子供もいるということが報じられていた。

　そう言えば、最近テレビや新聞などで、「子供の貧困」という言葉を見聞きすることが多い。2014年、政府が発表した貧困調査の統計によれば、日本の子供の貧困率は16パーセントで、これはまさに子供の6人に1人が貧困家庭で暮らしていることになる。街中に物があふれ、なんの不自由もなく明るい笑顔で街を歩いている人々を見ると、今の日本の社会に家庭が貧しくて食事もとれない子供たちがいるなどと想像も出来ないことのように思える。しかし、現実は、華やかに見える社会の裏側に、いつのまにか想像を超える子供の貧困化が進んでいることを私たちが知らなかっただけなのである。

　今あらためて子供の貧困について考えてみると、ここ数年、経済の不況の中で_(注2)失業や給与の伸び悩み、さらにまたパート社員の増加、両親の離婚により片親家_(注3)庭が増加し、社会の経済格差が大きくなり、予想以上に家庭の貧困化が進んだことが最大の原因であろう。かつて日本の家庭は1億総中流と言われ、ご飯も満足に食べられない子供がいるなんて、誰が想像しただろう。

　実際、貧困家庭の子供はご飯も満足に食べられないだけでなく、給食費や修学旅行の費用が払えないとか、スポーツに必要な器具を揃えられないとかで、学校でみじめな思いをして、登校しない子供が増えている。さらに本人にいくら能力や意欲があっても本を買うとか、塾に通うことなどとてもできないという子供も多くなっている。そのため入学の費用や学費を考えると、高校や大学への進学もあきらめなくてはならない子供も多く、なかには家庭が崩壊し、悪い仲間に入っ_(注4)てしまう子供も出てきている。

このように厳しい経済状況に置かれた貧困家庭の子供は、成人しても収入の低い仕事しか選べないのが現実である。その結果、<u>貧困が次の世代にも繰り返される</u>ことになり、社会不安さえ引き起こしかねない。

　子供がどの家に生まれたかで、将来が左右されるということは、あってはならないことである。どの子供にとってもスタートの時点では、平等な機会と選択の自由が約束されなければならないのは言うまでもない。誰もがこの「子供の貧困」が日本の社会にとって重大な問題であることを真剣に捉え、今すぐ国を挙げて積極的な対策を取らなくては、将来取り戻すことができない状況になってしまうだろう。

（注1）貧困：貧しいために生活に困ること

（注2）不況：景気が悪いこと

（注3）伸び悩み：順調に伸びないこと

（注4）崩壊：こわれること

71 <u>誰が想像しただろう</u>とあるが、筆者はどのように考えているか。

1　みんな想像したはずだ。

2　みんな想像したかもしれない。

3　誰も想像できなかったに違いない。

4　想像しないことはなかった。

72 <u>貧困が次の世代にも繰り返される</u>とは、どういうことか。

1　貧困家庭の子供は常に平等な機会に恵まれるということ。

2　親から財産をもらえないことが繰り返されるということ。

3　次の世代でも誰も貧困から救ってくれないということ。

4　貧困家庭の子供の子供もまた貧困となるということ。

73 筆者は、子供の貧困についてどのように考えているか。

1　子供の貧困はその両親が責任を負うべきだ。

2　すぐに国が対策を立てなくては、取り返しのつかないことになる。

3　いつの時代にもあることなので、しかたがないと考える。

4　子供自身が自覚を持って生きることよりほかに対策はない。

問題 14　次のページは、貸し自転車利用のためのホームページである。下の問い
　　　　に対する答えとして最もよいものを 1・2・3・4 から一つ選びなさい。

74 外国人のセンさんは、丸山区に出張に行く 3 月 1 日の朝から 3 日の正午まで、
　　　自転車を借りたいと考えている。同じ自転車を続けて借りるためにはどうす
　　　ればいいか。なお、泊まるのはビジネスホテルだが、近くの駐輪場を借りる
　　　ことができる。

　1　予約をして、外国人登録証かパスポートを持ってレンタサイクル事務所の管
　　　理室に借りに行き、返す時に料金 600 円を払う。

　2　予約をして、外国人登録証かパスポートを持ってレンタサイクル事務所の管
　　　理室に借りに行き、返す時に料金 900 円を払う。

　3　直前に、レンタサイクル事務所に電話をして、もし自転車があれば外国人登
　　　録証かパスポートを持って借りに行く。返す時に 600 円を払う。

　4　直前に、レンタサイクル事務所に電話をして、もし自転車があれば外国人登
　　　録証かパスポートを持って借りに行く。返す時に 900 円を払う。

75 山崎さんは、3 月 5 日の午前 8 時から 3 月 6 日の午後 10 時まで自転車を借り
　　　たいが、どのように借りるのが一番安くて便利か。なお、山崎さんのマンシ
　　　ョンには駐輪場がある。

　1　当日貸しを借りる。

　2　当日貸しを一回と、4 時間貸しを一回借りる。

　3　当日貸しで二回借りる。

　4　3 日貸しで一回借りる。

丸山区　貸し自転車利用案内

はじめに
丸山区レンタサイクルは 26 インチを中心とする自転車を使用しています。予約はできませんので直前にレンタサイクル事務所へ連絡し、残数をご確認ください。貸し出し対象は 中学生以上で安全運転ができる方に限ります。

【利用できる方】
1. 中学生以上の方
2. 安全が守れる方

【利用時に必要なもの】
1. 利用料金
2. 身分証明書
※ 健康保険証または運転免許証等の公的機関が発行した、写真付で住所を確認できる証明書。外国人の方は、パスポートか外国人登録証明書を必ず持参すること。

【利用料金】
①4 時間貸し (1 回 4 時間以内に返却)200 円
②当日貸し (1 回 当日午後 8 時 30 分までに返却) 300 円
③3 日貸し (1 回 72 時間以内に返却)600 円
④7 日貸し (1 回 168 時間以内に返却)1200 円
※ ③④の複数日貸出を希望される方は 夜間等の駐輪場が確保できる方に限ります。

貸し出しについて

場所：レンタサイクル事務所の管理室で受け付けています。
時間：午前 6 時から午後 8 時まで。
手続き：本人確認書類を提示し、レンタサイクル利用申請書に氏名住所電話番号など必要事項を記入します。(本人確認書類は住所確認できるものに限ります)

ガイド付きのサイクリングツアー「のりのりツアー」も提案しています。
¥10,000- (9：00 ～ 15：00) ガイド料、レンタル料、弁当＆保険料も含む。
● 「のりのりツアー」のお問い合わせは⇒ norinori@tripper.ne.jp へ!!
● 電動自転車レンタル「ｅバイク」のＨＰ⇒こちら

もんだい
問題 1

　問題 1 では、まず質問を聞いてください。それから話を聞いて、問題用紙の 1 から 4 の中から、最もよいものを一つ選んでください。

れい
例

1　コート

2　傘

3　ドライヤー

4　タオル

1番

1 用紙に記入する

2 着替える

3 体重や身長を計る

4 レントゲン検査を受ける

2番

1 明日、会社の車が使えるか調べる

2 部長に明日の予定をきく

3 タクシーを予約する

4 部長に店の名前と場所を伝える

Check □1 □2 □3

3番

1 電話帳を見る

2 ペットショップに行く

3 もう一人の警官に相談する

4 女の人といっしょに高橋さんの家を探しに行く

4番

1 夕飯の準備をする

2 料理の道具を準備する

3 郵便局とガソリンスタンドに行く

4 子どもを迎えに行く

5番
ばん

1 2,260 円
えん

2 3,390 円
えん

3 4,050 円
えん

4 5,370 円
えん

Check ☐1 ☐2 ☐3

<ruby>問題<rt>もんだい</rt></ruby>2

T4-9 ～ 4-17

　<ruby>問題<rt>もんだい</rt></ruby>2では、まず<ruby>質問<rt>しつもん</rt></ruby>を<ruby>聞<rt>き</rt></ruby>いてください。そのあと、<ruby>問題用紙<rt>もんだいようし</rt></ruby>のせんたくしを<ruby>読<rt>よ</rt></ruby>んでください。<ruby>読<rt>よ</rt></ruby>む<ruby>時間<rt>じかん</rt></ruby>があります。それから<ruby>話<rt>はなし</rt></ruby>を<ruby>聞<rt>き</rt></ruby>いて、<ruby>問題用紙<rt>もんだいようし</rt></ruby>の1から4の<ruby>中<rt>なか</rt></ruby>から<ruby>最<rt>もっと</rt></ruby>もよいものを<ruby>一<rt>ひと</rt></ruby>つ<ruby>選<rt>えら</rt></ruby>んでください。

<ruby>例<rt>れい</rt></ruby>

1　<ruby>残業<rt>ざんぎょう</rt></ruby>があるから

2　<ruby>中国語<rt>ちゅうごくご</rt></ruby>の<ruby>勉強<rt>べんきょう</rt></ruby>をしなくてはいけないから

3　<ruby>会議<rt>かいぎ</rt></ruby>で<ruby>失敗<rt>しっぱい</rt></ruby>したから

4　<ruby>社長<rt>しゃちょう</rt></ruby>に<ruby>叱<rt>しか</rt></ruby>られたから

1番

1 先生に推薦状を頼むのが遅かったから
2 先生が忙しい時に推薦状を頼んだから
3 何をしてほしいか話さなかったから
4 難しいことを頼んだから

2番

1 和菓子屋が閉店したことを教えてくれたから
2 和菓子屋の引っ越し先を見つけてくれたから
3 今，何時か教えてくれたから
4 西町までタクシーに乗せてくれたから

3番

1 午前中の授業が休みになったから
2 復習をするから
3 今日の授業が難しかったから
4 ドイツ語が苦手だから

回數

1

2

3

4

5

6

4番

1 デジタルカメラ
2 ジュース
3 ペットボトルの水
4 おかし

5番

1　凍った道路

2　電車やバス、飛行機の運転

3　大雪

4　寒さが厳しくなること

6番

1　映画に行くから

2　フランス料理のレストランに行くから

3　大学に行くから

4　友達とデパートに行くから

Check □1 □2 □3

もんだい
問題 3

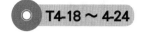

　問題 3 では、問題用紙に何もいんさつされていません。この問題は、全体としてどんな内容かを聞く問題です。話の前に質問はありません。まず話を聞いてください。それから、質問とせんたくしを聞いて、1 から 4 の中から、最もよいものを一つ選んでください。

―メモ―

もんだい
問題 4

問題 4 では、問題用紙に何もいんさつされていません。まず文を聞いてください。それから、それに対する返事を聞いて、1 から 3 の中から、最もよいものを一つ選んでください。

ーメモー

Check □1 □2 □3

もんだい
問題 5

 T4-38 〜 4-42

問題 5 では、長めの話を聞きます。この問題には練習がありません。

メモをとってもかまいません。

1 番、2 番

問題用紙に何もいんさつされていません。まず話を聞いてください。それから、質問とせんたくしを聞いて、1 から 4 の中から、最もよいものを一つ選んでください。

3 番

まず話を聞いてください。それから、二つの質問を聞いて、それぞれ問題用紙の1から4の中から、最もよいものを一つ選んでください。

質問 1

1 結婚相手との出会い方
2 夫婦が仲良く生活する方法
3 離婚率を下げる方法
4 日本の若者たちについて

質問 2

1 男の人は、自分がもしその方法で結婚したら周りは驚くだろうと言っている。
2 女の人は、たくさんの人が行っている方法がいいのか、よくわからないと言っている。
3 女の人も男の人もネットで知り合えて良かったと言っている。
4 日本にも同じ調査をした方がいいと言っている。

Check □1 □2 □3

第五回

言語知識（文字、語彙）

問題1 ＿＿＿の言葉の読み方として最もよいものを、1・2・3・4から一つ選びなさい。

1 友達に習ったメキシコ料理を、早速作ってみた。
　1　そうそく　　　　2　さっそく　　　　3　そっそく　　　　4　さそく

2 行方不明になっていたナイフが、犯人の部屋から見つかった。
　1　いくえ　　　　　2　いきえ　　　　　3　ゆくえ　　　　　4　ゆきえ

3 有名人の故郷を訪ねる番組が人気だ。
　1　かさねる　　　　2　かねる　　　　　3　たずねる　　　　4　おとずねる

4 彼女は莫大な財産を相続した。
　1　ざいさん　　　　2　さいさん　　　　3　さいざん　　　　4　ざいざん

5 このコップは、子供が持ちやすいように、デザインを工夫しています。
　1　こうふ　　　　　2　こふう　　　　　3　くうふ　　　　　4　くふう

問題2 ＿＿の言葉を漢字で書くとき、最もよいものを、1・2・3・4から一つ選び
なさい。

6 このおもちゃは<u>でんち</u>で動きます。

1 電値 　　　　2 電地 　　　　3 電池 　　　　4 電置

7 彼女は<u>まっくら</u>な部屋の中で、一人で泣いていた。

1 真っ赤 　　　　2 真っ暗 　　　　3 真っ黒 　　　　4 真っ空

8 彼の無責任な発言は、<u>ひはん</u>されて当然だ。

1 否判 　　　　2 批判 　　　　3 批反 　　　　4 否反

9 薬を飲んだが、頭痛が<u>なおらない</u>。

1 治らない 　　　2 改らない 　　　3 直らない 　　　4 替らない

10 クラスの委員長に<u>りっこうほ</u>するつもりだ。

1 立構捕 　　　　2 立候捕 　　　　3 立候補 　　　　4 立構補

　　　　　　　　　　　　　　　　　　　　　Check □1 □2 □3

問題3 （　　）に入れるのに最もよいものを、1・2・3・4から一つ選びなさい。

11　交通（　　）は全額支給します。
　　1　費　　　　　　2　代　　　　　　3　料　　　　　　4　金

12　その写真館は、静かな住宅（　　）の中にあった。
　　1　場　　　　　　2　街　　　　　　3　所　　　　　　4　区

13　彼女は責任（　　）の強い、信頼できる人です。
　　1　感　　　　　　2　心　　　　　　3　系　　　　　　4　値

14　健康のために、（　　）カロリーの食品は控えるようにしている。
　　1　大　　　　　　2　長　　　　　　3　重　　　　　　4　高

15　株で失敗して、（　　）財産を失った。
　　1　総　　　　　　2　多　　　　　　3　完　　　　　　4　全

問題4（　　）に入れるのに最もよいものを、1・2・3・4から一つ選びなさい。

16 男女（　　）のない平等な社会を目指す。

1　分解　　　　　2　差別　　　　　3　区別　　　　　4　特別

17 引っ越したいが、交通の（　　）がいいところは、家賃も高い。

1　便　　　　　　2　網　　　　　　3　関　　　　　　4　道

18 才能はあるのだから、あとは経験を（　　）だけだ。

1　招く　　　　　2　積む　　　　　3　寄せる　　　　4　盛る

19 彼がチームの皆を（　　）、とうとう決勝戦まで勝ち進んだ。

1　引き受けて　　2　引き出して　　3　引っ張って　　4　引っかけて

20 明日からの工事について、まず（　　）流れを説明します。

1　単純な　　　　2　微妙な　　　　3　勝手な　　　　4　大まかな

21 栄養のあるものを与えたところ、子どもの病気は（　　）回復した。

1　しばらく　　　2　たちまち　　　3　当分　　　　　4　いずれ

22 （　　）は、ノーベル賞受賞のニュースを大きく報道した。

1　メディア　　　　　　　　　　2　コミュニケーション

3　プログラム　　　　　　　　　4　アクセント

問題 5 ＿＿＿の言葉に意味が最も近いものを、1・2・3・4から一つ選びなさい。

回數
1
2
3
4
5
6

23 社長のお坊ちゃんが入院されたそうだよ。

1 息子 　　　　　2 赤ちゃん 　　　　3 弟 　　　　　4 祖父

24 近年の遺伝子研究の進歩はめざましい。

1 とても速い 　　2 意外だ 　　　　3 おもしろい 　　4 すばらしい

25 息子からの電話だと思い込んでしまいました。

1 懐かしく思い出して 　　　　　2 すっかりそう思って

3 とても嬉しく思って 　　　　　4 多分そうだろうと思って

26 君もなかなかやるね。

1 どうも 　　　　2 ずいぶん 　　　3 きわめて 　　　4 あまり

27 被害者には行政のサポートが必要だ。

1 制限 　　　　　2 調査 　　　　　3 支援 　　　　　4 許可

問題6　次の言葉の使い方として最もよいものを、1・2・3・4から一つ選びなさい。

28　予算

1　この国立美術館は、国民の予算で建てられた。

2　私は、予算の速さにかけては、だれにも負けません。

3　旅行は、スケジュールだけでなく、予算もきちんと立てたほうがいい。

4　今度のボーナスは、全額銀行に予算するつもりだ。

29　要旨

1　昔見た映画の要旨が、どうしても思い出せない。

2　論文は、要旨をまとめたものを添付して提出してください。

3　新聞の一面には、大きな字で、ニュースの要旨が載っている。

4　彼女は、このプロジェクトの最も要旨なメンバーだ。

30　だらしない

1　彼はいつも赤やピンクの派手な服を着ていて、だらしない。

2　まだ食べられる食べ物を捨てるなんて、だらしないことをしてはいけない。

3　彼は服装はだらしないが、借りた物を返さないような男じゃないよ。

4　最近やせたので、このズボンは少しだらしないんです。

31　知り合う

1　インターネットがあれば、世界中の最新情報を知り合うことができる。

2　彼とは、留学中に、アルバイトをしていたお店で知り合った。

3　洋子さん、今、知り合っている人はいますか。

4　たとえことばが通じなくても、相手を思う気持ちは知り合うものだ。

32　口が滑る

1　つい口が滑って、話さなくていいことまで話してしまった。

2　今日はよく口が滑って、スピーチコンテストで優勝できた。

3　口が滑って、スープをテーブルにこぼしてしまった。

4　彼女は口が滑るので、信用できる。

問題7 （　　）に入れるのに最もよいものを、1・2・3・4から一つ選びなさい。

33 その客は、文句を言いたい（　　）言って、帰って行った。

1　わけ　　　　　　2　こそ　　　　　　3　きり　　　　　　4　だけ

34 きちんと計算してあるのだから、設計図のとおりに作れば、完成（　　）
わけがない。

1　できる　　　　　2　できない　　　　3　できた　　　　　4　できている

35 A：「このドラマ、おもしろいよ。」
　　B：「ドラマ（　　）、この間、原宿で女優の北川さとみを見たよ。」

1　といえば　　　　2　といったら　　　3　とは　　　　　　4　となると

36 先生のおかげで、第一希望の大学に合格（　　）。

1　したいです　　　2　します　　　　　3　しました　　　　4　しましょう

37 電話番号もメールアドレスも分からなくなってしまい、彼には連絡（　　）
んです。

1　しかねる　　　　　　　　　　　　　2　しようがない

3　するわけにはいかない　　　　　　　4　するどころではない

38 自信を持って！実力（　　）出せれば、絶対にいい結果が出るよ。

1　こそ　　　　　　2　まで　　　　　　3　だけ　　　　　　4　さえ

39 彼がいい人なものか。（　　）。

1　君はだまされているよ　　　　　　　2　ぼくも彼にはお世話になった

3　それに責任感も強い　　　　　　　　4　それはわからないな

40 大学を卒業して以来、（　　）。

1　友人と海外旅行に行った　　　　　　2　大学時代の彼女と結婚した

3　先生には会っていない　　　　　　　4　英語はすっかり忘れてしまった

Check □1 □2 □3　　　　　　　　　　　　　　　　　　　　　　　193

41 安い物を、無理に高く（　　）店があるので、気をつけてください。

1　買われる　　　　2　買わせる　　　　3　売られる　　　　4　売らせる

42 バスがなかなか来なくて、ちょっと遅れる（　　）から、先にお店に行っていてください。

1　とみえる　　　　2　しかない　　　　3　おそれがある　　　4　かもしれない

43 ちょうど出発というときに、（　　）、本当に助かった。

1　雨に止んでもらって　　　　　　　2　雨が止んでくれて

3　雨に止んでくれて　　　　　　　　4　雨が止んでもらって

44 では、ご契約に必要な書類は、ご自宅へ（　　）。

1　郵送なさいます　　　　　　　　　2　ご郵送になります

3　郵送させていただきます　　　　　4　郵送でございます

問題8　次の文の＿★＿に入る最もよいものを、1・2・3・4から一つ選びなさい。

（問題例）

あそこで ＿＿＿ ＿＿＿ ＿★＿ ＿＿＿ は山田さんです。

1　テレビ　　　2　見ている　　3　を　　4　人

（回答のしかた）

1. 正しい文はこうです。

```
あそこで ＿＿＿ ＿＿＿ ＿★＿ ＿＿＿ は山田さんです。
　1　テレビ　　　3　を　　　　2　見ている　　　4　人
```

2. ＿★＿に入る番号を解答用紙にマークします。

（解答用紙）　（例）　① ● ③ ④

[45] 久しぶりに息子が帰ってくるのだから、デザートは ＿＿＿ ＿＿＿ ＿★＿
＿＿＿ 食べさせたい。

1　にしても　　　　　　　　　2　買ってくる

3　料理は　　　　　　　　　　4　手作りのものを

[46] 何度も報告書を ＿＿＿ ＿＿＿ ＿★＿ ＿＿＿ んです。

1　おかしな点に　　2　見直す　　　　3　うちに　　　　4　気がついた

[47] ＿＿＿ ＿＿＿ ＿★＿ ＿＿＿、連絡先は教えないことにしているんです。

1　親しい　　　2　人でない　　　3　限り　　　4　よほど

48 さすが、＿＿＿ ＿＿＿ ★ ＿＿＿ ね。

1 速い　　　　　2 若い　　　　　3 理解が　　　　　4 だけあって

49 ずっと体調のよくない ＿＿＿ ＿＿＿ ★ ＿＿＿ どうしても行こうとしない。

1 父は　　　　　　　　　　　　2 父を

3 病院に　　　　　　　　　　　4 行かせたいのだが、

問題9　次の文章を読んで、文章全体の内容を考えて、[50]から[54]の中に入る最もよいものを、1・2・3・4の中から一つ選びなさい。

「ペットを飼う」

　毎年9月20日〜26日は、動物愛護週間である。この機会に動物を愛護するということについて考えてみたい。(注1)

　まず、人間生活に身近なペットについてだが、犬や猫[50]ペットを飼うことにはよい点がいろいろある。精神を安定させ、孤独な心をなぐさめてくれる。また、命を大切にすることを教えてくれる。ペットはまさに家族の一員である。

　しかし、このところ、無責任にペットを飼う人を見かける。ペットが小さくてかわいい子供のうちは愛情を持って面倒をみるが、大きくなり、さらに老いたり[51]、ほったらかしという人たちだ。(注2)

　ペットを飼ったら、ペットの一生に責任を持たなければならない。周りの人達の迷惑にならないように鳴き声やトイレに注意し、[52]ための訓練をすること、老いたペットを最後まで責任を持って介護をすることなどである。

　[53]、野鳥や野生動物に対してはどうであろうか。野生動物に対して注意することは、やたらに餌を与えないことである。人間が餌を与えると、自力で生きられなくなる[54]からだ。また、餌をくれるため、人間を恐れなくなり、そのうち人間に被害を与えてしまうことも考えられる。人間の親切がかえって逆効果になってしまうのだ。餌を与えることなく、野生動物の自然な姿を見守りたいものである。

（注1）愛護：かわいがり大切にすること

（注2）ほったらかし：かまったりかわいがったりせず、放っておくこと

50

1　といえば　　　　2　を問わず　　　　3　ばかりか　　　　4　をはじめ

51

1　するが　　　　　2　しても　　　　　3　すると　　　　　4　しては

52

1　ペットが社会に受け入れる　　　　　2　社会がペットに受け入れる

3　ペットが社会に受け入れられる　　　4　社会がペットに受け入れられる

53

1　一方　　　　　2　そればかりか　　　3　それとも　　　4　にも関わらず

54

1　かねない　　　2　おそれがある　　　3　ところだった　　4　ことはない

問題 10　次の (1) から (5) の文章を読んで、後の問いに対する答えとして最もよい

　　　　　ものを、1・2・3・4 から一つ選びなさい。

(1)

　漢字が片仮名(かたかな)や平仮名と違うところは、それが表意文字であるということだ。し^(注1)たがって、漢字や熟語を見ただけでその意味が大体わかる場合が多い。たとえば、「登」は「のぼる」という意味なので、「登山」とは、「山に登ること」だとわかる。

　では、「親切」とは、どのような意味が合わさった熟語なのだろうか。「親」は、父や母のこと、「切」は、切ることなので、……と考えると、とても物騒な意味になってしまいそうだ。しかし、そこが漢字の奥深いところで、「親」には、「し_(注2)たしむ」「愛する」という意味、「切」には、「心をこめて」という意味もあるのだ。つまり、「親切」とは、それらの意味が合わさった言葉で、「相手のために心を込める」といった意味なのである。

（注1）表意文字：ことばを意味の面からとらえて、一字一字を一定の意味にそれ

　　　　　　　ぞれ対応させた文字

（注2）奥深(おくふか)い：意味が深いこと

55　漢字の奥深いところとは、漢字のどんな点か。

　1　読みと意味を持っている点

　2　熟語の意味がだいたいわかる点

　3　複数の異なる意味を持っている点

　4　熟語になると意味が想像できない点

(2)

　ストレス社会といわれる現代、眠れないという悩みを持つ人は少なくない。実は、インターネットの普及も睡眠の質に悪影響を及ぼしているという。パソコンやスマートフォン、ゲーム機などの画面の光に含まれるブルーライトが、睡眠ホルモン^(注1)の分泌^(注2)をじゃますというのである。寝る前にメールをチェックしたり送信したりすることは、濃いコーヒーと同じ覚醒作用^(注3)があるらしい。よい睡眠のためには、気になるメールや調べ物があったとしても、寝る1時間前には電源を切りたいものだ。電源を切り、部屋を暗くして、質のいい睡眠の入口へ向かうことを心がけてみよう。

（注1）　睡眠ホルモン：体を眠りに誘う物質、体内で作られる
（注2）　分泌：作り出し押し出す働き
（注3）　覚醒作用：目を覚ますはたらき

56　筆者は、よい睡眠のためには、どうするといいと言っているか。
1　寝る前に気になるメールをチェックする
2　寝る前に熱いコーヒーを飲む
3　寝る1時間前にパソコンなどを消す
4　寝る1時間前に部屋の電気を消す

　　　　　　　　　　　　　　　　　　　　　　　　Check □1 □2 □3

(3)

　これまで、電車などの優先席の後ろの窓には「優先席付近では携帯電話の電源^(注1)をお切りください。」というステッカーが貼られていた。ところが、2015年10月^(注2)1日から、JR東日本などで、それが「優先席付近では、混雑時には携帯電話の電源をお切りください。」という呼び掛けに変わった。これまで、携帯電話の電波が心臓病の人のペースメーカーなどの医療機器に影響があるとして貼られていた^(注3)ステッカーだが、携帯電話の性能が向上して電波が弱くなったことなどから、このように変更されることに決まったのだそうである。

（注1）優先席：老人や体の不自由な人を優先的に腰かけさせる座席

（注2）ステッカー：貼り紙。ポスター

（注3）ペースメーカー：心臓病の治療に用いる医療機器

57 2015年10月1日から、混んでいる電車の優先席付近でしてはいけないことは何か。

1　携帯電話の電源を、入れたり切ったりすること

2　携帯電話の電源を切ったままにしておくこと

3　携帯電話の電源を入れておくこと

4　ペースメーカーを使用している人に近づくこと

(4)

　新聞を読む人が減っているそうだ。ニュースなどもネットで読めば済むからわざわざ紙の新聞を読む必要がない、という人が増えた結果らしい。

　しかし、私は、ネットより紙の新聞の方が好きである。紙の新聞の良さは、なんといってもその一覧性にあると思う。大きな紙面だからこその迫力ある写真を楽しんだり、見出しや記事の扱われ方の大小でその重要度を知ることができたりする。それに、なんといっても魅力的なのは、思いがけない記事をふと、発見できることだ。これも大紙面を一度に見るからこその新聞がもつ楽しさだと思うのだ。

（注1）一覧性：ざっと見ればひと目で全体がわかること

（注2）迫力：心に強く迫ってくる力

58　筆者は、新聞のどんなところがよいと考えているか。

　1　思いがけない記事との出会いがあること

　2　見出しが大きいので見やすいこと

　3　新聞が好きな人どうしの会話ができること

　4　全ての記事がおもしろいこと

(5)

　楽しければ自然と笑顔になる、というのは当然のことだが、その逆もまた真実である。つまり、笑顔でいれば楽しくなる、ということだ。これは、脳はだまされやすい、という性質によるらしい。特に楽しいとか面白いといった気分ではないときでも、ひとまず笑顔をつくると、「笑っているのだから楽しいはずだ」と脳は錯覚し、実際に気分をよくする脳内ホルモンを出すという。これは、脳が現実と想像の世界とを区別することができないために起こる現象だそうだが、ならばそれを利用しない手はない。毎朝起きたら、鏡に向かってまず笑顔を作るようにしてみよう。その日1日を楽しく気持ちよく過ごすための最初のステップになるかもしれない。

（注1）錯覚：勘違い

（注2）脳内ホルモン：脳の神経伝達物質

59 笑顔でいれば楽しくなるのはなぜだと考えられるか。

　1　鏡に映る自分の笑顔を見て満足した気分になるから

　2　脳が笑顔にだまされて楽しくなるホルモンを出すから

　3　脳がだまされたふりをして楽しくなるホルモンを出すから

　4　脳には、どんな時でも人を活気付ける性質があるから

問題11　次の (1) から (3) の文章を読んで、後の問いに対する答えとして最もよい
　　　　ものを、1・2・3・4から一つ選びなさい。

(1)

　日本では、電車やバスの中で居眠りをしている人を見かけるのは珍しくない。だが、海外では、車内で寝ている人をほとんど見かけないような気がする。日本は比較的安全なため、眠っているからといって荷物を取られたりすることが少ないのが大きな理由だと思うが、外国人の座談会で、ある外国の人はその理由を、「寝顔を他人に見られるなんて恥ずかしいから。」と答えていた。確かに、寝ているときは意識がないのだから、口がだらしなく開いていたりして、かっこうのいいものではない。

　もともと日本人は、人の目を気にする羞恥心の強い国民性だと思うのだが、なぜ見苦しい姿を多くの人に見られてまで車内で居眠りする人が多いのだろう？

　それは、自分に関係のある人には自分がどう思われるかをとても気にするが、無関係の不特定多数の人たちにはどう思われようと気にしない、ということなのではないだろうか。たまたま車内で一緒になっただけで、降りてしまえば何の関係もない人たちには自分の寝顔を見られても恥ずかしくないということである。自分に無関係の多数の乗客は居ないのも同然、つまり、車内は自分一人の部屋と同じなのである。その点、車内で化粧をする女性たちの気持ちも同じなのだろう。

　日本の電車やバスは人間であふれているが、人と人とは何のつながりもないということが、このような現象を引き起こしているのかもしれない。

(注1)　座談会：何人かの人が座って話し合う会
(注2)　羞恥心：恥ずかしいと感じる心
(注3)　同然：同じこと

60 日本人はなぜ電車やバスの中で居眠りをすると筆者は考えているか。

1 知らない人にどう思われようと気にならないから

2 毎日の仕事で疲れているから

3 居眠りをしていても、他の誰も気にしないから

4 居眠りをすることが恥ずかしいとは思っていないから

61 日本人はどんなときに恥ずかしさを感じると、筆者は考えているか。

1 知らない人が大勢いる所で、みっともないことをしてしまったとき

2 誰にも見られていないと思って、恥ずかしい姿を見せてしまったとき

3 知っている人や関係のある人に自分の見苦しい姿を見せたとき

4 特に親しい人に自分の部屋にいるような姿を見せてしまったとき

62 車内で化粧をする女性たちの気持ちも同じとあるが、どんな点が同じなのか。

1 すぐに別れる人たちには見苦しい姿を見せても構わないと思っている点

2 電車やバスの中は自分の部屋の中と同じだと思っている点

3 電車やバスの中には自分に関係のある人はいないと思っている点

4 電車やバスを上手に利用して時間の無駄をなくしたいと思っている点

　私の父は、小さな商店を経営している。ある日、電話をかけている父を見ていたら、「ありがとうございます。」と言っては深く頭を下げ、「すみません」と言っては、また、頭を下げてお辞儀をしている。さらに、「いえ、いえ」と言うときには、手まで振っている。

　私は、つい笑い出してしまって、父に言った。

　「お父さん、電話ではこっちの姿が見えないんだから、そんなにぺこぺこ頭を下げたり手を振ったりしてもしょうがないんだよ。」と。

　すると、父は、

　「そんなもんじゃないんだ。電話だからこそ、しっかり頭を下げたりしないとこっちの心が伝わらないんだよ。それに、心からありがたいと思ったり、申し訳ないと思ったりすると、自然に頭が下がるものなんだよ。」と言う。

　考えてみれば確かにそうかもしれない。電話では、相手の顔も体の動きも見えず、伝わるのは声だけである。しかし、まっすぐ立ったままお礼を言うのと、頭を下げながら言うのとでは、同じ言葉でも伝わり方が違うのだ。聞いている人には、それがはっきり伝わる。

　見えなくても、いや、「見えないからこそ、しっかり心を込めて話す」ことが、電話の会話では大切だと思われる。

63 筆者は、電話をかけている父を見て、どう思ったか。

1 相手に見えないのに頭を下げたりするのは、みっともない。

2 もっと心を込めて話したほうがいい。

3 頭を下げたりしても相手には見えないので、なんにもならない。

4 相手に気持ちを伝えるためには、じっと立ったまま話すほうがいい。

64 それとは、何か。

1 お礼を言っているのか、謝っているのか。

2 本当の心か、うその心か。

3 お礼の心が込もっているかどうか。

4 立ったまま話しているのか、頭を下げているのか。

65 筆者は、電話の会話で大切なのはどんなことだと言っているか。

1 お礼を言うとき以外は、頭を下げないこと。

2 相手が見える場合よりかえって心を込めて話すこと。

3 誤解のないように、電話では、言葉をはっきり話すこと。

4 相手が見える場合と同じように話すこと。

(3)

　心理学の分析方法のひとつに、人の特徴を五つのグループに分け、すべての人はこの五タイプのどこかに必ず入る、というものがある。五つのタイプに優劣はなく、それは個性や性格と言い換えてもいいそうだ。
(注1)

　面白いのは、自分はこのグループに当てはまると判断した自らの評価と、人から評価されたタイプは一致しないことが多い、という事実である。「あなたって、こういう人よね。」と言われたとき、自分では思ってもみない内容に驚くことがあるが、つまりはそういうケースである。
(注2)

　どうも、自分の真実の姿は自分で思うほどわかっていない、と考えたほうがよさそうだ。

　しかし、自分が思っているようには他人に見えていなくても、それは別に悪いことではない。逆に、「そう見られているのはなぜか？」と考えて、　　　　　を知る手助けとなるからである。

　学校や会社の組織を作る場合、この五つのグループの全員が含まれるようにすると、その組織は安定するとのこと。異なるタイプが存在する組織のほうが、問題が起こりにくく、組織自体が壊れるということも少ないそうだ。

　やはり、いろいろな人がいてこその世の中、ということだろうか。それにしても、自分がどのグループに入ると人に思われているのか、気になるところだ。また周りの人がどのグループのタイプなのか、つい分析してしまう自分に気づくことが多いこの頃である。

（注1）心理学：人の意識と行動を研究する科学
（注2）ケース：例。場合

66 <u>そういうケース</u>とは、例えば次のどのようなケースのことか。

1　自分では気が弱いと思っていたが、友人に、君は積極的だね、と言われた。

2　自分では計算が苦手だと思っていたが、テストでクラス1番になった。

3　自分では大雑把な性格だと思っていたが、友人にまさにそうだね、と言われた。

4　自分は真面目だと思っていたが、友人から、君は真面目すぎるよ、と言われた。

67 　　　　　　に入る言葉は何か。

1　心理学

2　五つのグループ

3　自分自身

4　人の心

68 <u>いろいろな人がいてこその世の中</u>とはどういうことか。

1　個性の強い人を育てることが、世の中にとって大切だ。

2　優秀な人より、ごく普通の人びとが、世の中を動かしている。

3　世の中は、お互いに補い合うことで成り立っている。

4　世の中には、五つだけではなくもっと多くのタイプの人がいる。

問題 12　次の A と B はそれぞれ、職業の選択について書かれた文章である。二つ
　　　　の文章を読んで、後の問いに対する答えとして最もよいものを、1・2・3・
　　　　4 から一つ選びなさい。

A

　　職業選択の自由がなかった時代には、武士の子は武士になり、農家の子は
農業に従事した。好き嫌いに関わらず、それが当たり前だったのである。
　　では、現代ではどうか。全く自由に職業を選べる。医者の息子が大工にな
ろうが、その逆だろうが、その人それぞれの個性によって、自由になりたい
ものになることができる。
　　しかし、世の中を見てみると、意外に親と同じ職業を選んでいる人たち
がいることに気づく。特に芸術家と呼ばれる職業にそれが多いように思われ
る。例えば歌手や俳優や伝統職人といわれる人たちである。それらの人たち
は、やはり、音楽や芸能の先天的な才能を親から受け継いでいるからに違い
^(注1)
ない。

B

　職業の選択が全く自由であるにもかかわらず、親と同じ職業についている人が意外に多いのが政治家である。例えば二世議員とよばれる人たちで、現在の日本でいえば、国会議員や大臣たちに、親の後を継いでいる人が多い。これにはいつも疑問を感じる。

　政治家に先天的な能力などあるとは思えないし、二世議員たちを見ても、それほど政治家に向いている性格とも思えないからだ。
（注1）（注2）

　考えてみると、日本の国会議員や大臣は、国のための政治家とは言え、出身地など、ある地域と強く結びついているからではないだろうか。お父さんの議員はこの県のために力を尽くしてくれた。だから息子や娘のあなたも我が県のために働いてくれるだろう、という期待が地域の人たちにあって、二世議員を作っているのではないだろうか。それは、国会議員の選び方として、ちょっと違うような気がする。
（注3）

（注1）先天的：生まれたときから持っている

（注2）〜に向いている：〜に合っている

（注3）力を尽くす：精一杯努力する

[69] ＡとＢの文章は、どのような職業選択について述べているか。

1 ＡもＢも、ともに自分の興味のあることを優先させた選択

2 ＡもＢも、ともに周囲の期待に応えようとした選択

3 Ａは親とは違う道を目指した選択、Ｂは地域に支えられた選択

4 Ａは自分の力を活かした選択、Ｂは他に影響された選択

[70] 親と同じ職業についている人について、ＡとＢの筆者はどのように考えているか。

1 ＡもＢも、ともに肯定的である。

2 ＡもＢも、ともに否定的である。

3 Ａは肯定的であるが、Ｂは否定的である。

4 Ａは否定的であるが、Ｂは肯定的である。

問題13　次の文章を読んで、後の問いに対する答えとして最もよいものを、1・2・3・4から一つ選びなさい。

　このところ日本の若者が内向きになってきている、つまり、自分の家庭や国の外に出たがらない、という話を見聞きすることが多い。事実、海外旅行などへの関心も薄れ、また、家の外に出てスポーツなどをするよりも家でゲームをして過ごす若者が多くなっていると聞く。

　大学進学にしても安全第一、親の家から通える大学を選ぶ者が多くなっているし、就職に際しても自分の住んでいる地方の公務員や企業に就職する者が多いということだ。

　これは海外留学を目指す若者についても例外ではない。例えば2008、9年を見ると、アメリカへ留学する学生の数は中国の3分の1、韓国の半分の3万人に過ぎず、その差は近年ますます大きくなっている。世界に出て活躍しようという夢があれば、たとえ家庭に経済的余裕がなくても何とかして自分の力で留学できるはずだが、そんな意欲的な若者が少なくなってきている。こんなことでは日本の将来が心配だ。日本の将来は、若者の肩にかかっているのだから。

　いったい、若者はなぜ内向きになったのか。

　日本の社会は、今、確かに少子化や不況など数多くの問題に直面しているが、私はこれらの原因のほかに、パソコンやスマートフォンなどの電子機器の普及も原因の一つではないかと思っている。

　これらの機器があれば、外に出かけて自分の体を動かして遊ぶより、家でゲームをやるほうが手軽だし、楽である。学校で研究課題を与えられても、自分で調べることをせず、インターネットからコピーして効率よく作成してしまう。つまり、電子機器の普及によって、自分の体、特に頭を使うこと(注1)が少なくなったのだ。何か問題があっても、自分の頭で考え、解決しようとせず、パソコンやスマホで答えを出すことに慣らされてしまっている。それで何の不自由もないし、第一、楽なのだ。

　このことは、物事を自分で追及したり判断したりせず、最後は誰かに頼ればいいという安易な考えにつながる、つまり物事に対し＿＿＿＿＿な受け身の姿勢になってしまうことを意味する。中にいれば誰かが面倒を見てくれるし、まるで、暖かい日なたにいるように心地よい。なにもわざわざ外に出て困難に立ち向かう必要はな(注2)

い、若者たちはそう思うようになるのではないだろうか。こんな傾向が、若者を内向きにしている原因の一つではないかと思う。

　では、この状況を切り開く方法、つまり、若者をもっと前向きに元気にするにはどうすればいいのか。

　若者の一人一人が安易に機器などに頼らず、自分で考え、自分の力で問題を解決するように努力することだ。そのためには、社会や大人たちが<u>若者の現状</u>をもっと真剣に受け止めることから始めるべきではないだろうか。

（注1）効率：使った労力に対する、得られた成果の割合

（注2）日なた：日光の当たっている場所

71 <u>日本の若者が内向きになってきている</u>とあるが、この例ではないものを次から選べ。

1　家の外で運動などをしたがらない。

2　安全な企業に就職する若者が多くなった。

3　大学や就職先も自分の住む地方で選ぶことが多い。

4　外国に旅行したり留学したりする若者が少なくなった。

72 ［　　　　　　］に入る言葉として最も適したものを選べ。

1　経済的

2　意欲的

3　消極的

4　積極的

73 この文章で筆者が問題にしている<u>若者の現状</u>とはどのようなことか。

1　家の中に閉じこもりがちで、外でスポーツなどをしなくなったこと。

2　経済的な不況の影響を受けて、海外に出ていけなくなったこと。

3　日本の将来を託すのが心配な若者が増えたこと。

4　電子機器に頼りがちで、その悪影響が出てきていること。

問題14　次のページは、図書館のホームページである。下の問いに対する答えと
　　　　して最もよいものを1・2・3・4から一つ選びなさい。

74　山本さんは、初めてインターネットで図書館の本を予約する。まず初めにし
　　なければならないことは何か。なお、図書館の利用者カードは持っているし、
　　仮パスワードも登録してある。

　1　図書館でインターネット予約のための図書館カードを申し込み、その時に受
　　　付でパスワードを登録する。

　2　図書館のパソコンで、図書館カードを申し込んだときの仮パスワードを、自
　　　分の好きなパスワードに変更する。

　3　図書館のカウンターで、図書館カードを申し込んだ時の仮パスワードを、自
　　　分の好きなパスワードに変更してもらう。

　4　パソコンか携帯電話で、図書館カードを申し込んだときの仮パスワードを、
　　　自分の好きなパスワードに変更する。

75　予約した本を受け取るには、どうすればいいか。

　1　ホームページにある「利用照会」で、受け取れる場所を確認し、本を受け取
　　　りに行く。

　2　図書館からの連絡を待つ。

　3　予約をした日に、図書館のカウンターに行く。

　4　予約をした翌日以降に、図書館カウンターに電話をする。

address:　www2.hoshikawa.jp

星川町図書館 HOME PAGE

星川町図書館へようこそ

インターネット予約の事前準

インターネットで予約を行うには、利用者カードの番号とパスワード登録が必要です。

1.利用者カードをお持ちの人

利用者カードをお持ちの人は、受付時に仮登録している仮パスワードをお好みのパスワードに変更してください。

2.利用者カードをお持ちでない人

利用者カードをお持ちでない人は、図書館で利用者カードの申込書に記入して申し込んでください。
その受付時に仮パスワードを仮登録して、利用者カードを発行します。

仮パスワードから本パスワードへの変更

仮パスワードから本パスワードへの変更は、利用者のパソコン・携帯電話で行っていただきます。
パソコン・携帯電話からのパスワードの変更及びパスワードを必要とするサービスをご利用いただけるのは、図書館で仮パスワードを発行した日の翌日からです。

> パソコンで行う場合 →こちらをクリック
> 携帯電話で行う場合　http://www2.hoshikawa.jp/xxxv.html#yoyakub
> 携帯電話ウェブサイトにアクセス後、利用者登録情報変更ボタンをクリックして案内に従ってください。

★使用できる文字は、半角で、数字・アルファベット大文字・小文字の４〜８桁です。
　記号は使用することはできません。

インターネット予約の手順

① 蔵書検索から予約したい資料を検索します。

② 検索結果一覧から書名をクリックし"予約カートへ入れる"をクリックします。

③ 利用者カードの番号と本パスワードを入力し、利用者認証ボタンをクリックします。

④ 受取場所・ご連絡方法を指定し、"予約を申し込みます"のボタンをクリックの上、"予約申し込みをお受けしました"の表示が出たら、予約完了です。

⑤ なお、インターネット予約には、若干時間がかかりますので、あらかじめご了承ください。

⑥ 予約された資料の貸出準備が整いましたら、図書館から連絡します。

インターネット予約の取消しと変更の手順　　　貸出・予約状況の照会の方法

パスワードを忘れたら

★利用者カードと本人確認ができるものを受付カウンターに提示してください。新たにパスワードをお知らせしますので、改めて本パスワードに変更してください。パスワードの管理は自分で行ってください。

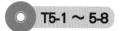

もんだい
問題 1

　問題１では、まず質問を聞いてください。それから話を聞いて、問題用紙の１から４の中から、最もよいものを一つ選んでください。

れい
例

1　コート

2　傘

3　ドライヤー

4　タオル

1番

1 本社にFAXを送る。

2 本社にFAXを送ってもらう。

3 山口さんにFAXが届いていないことを説明する。

4 福田さんに今日の宴会の場所と時間を聞く。

2番

1 店の外の掃除

2 店の床の掃除

3 棚の整理

4 トイレの掃除

Check □1 □2 □3

3 番
ばん

1 電車が動くのを待っている

2 タクシーで行く

3 バスで行く

4 近くの別の電車の駅まで歩く

4 番
ばん

1 夕飯を食べる

2 勉強をする

3 お風呂に入る

4 野球の練習をする

5番

1　新しいパソコンを買う

2　自分でパソコンを直す

3　パソコンを分解して調べてもらう

4　パソコンの修理を頼む

もんだい
問題 2

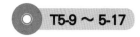 T5-9 ～ 5-17

　問題 2 では、まず質問を聞いてください。そのあと、問題用紙のせんたくしを読んでください。読む時間があります。それから話を聞いて、問題用紙の 1 から 4 の中から最もよいものを一つ選んでください。

れい
例

1　残業があるから
2　中国語の勉強をしなくてはいけないから
3　会議で失敗したから
4　社長に叱られたから

1番

1 会議の準備をしていなかったから

2 お客さんに失礼なことを言ったから

3 女性社員に相談しないで仕事を引き受けたから

4 仕事を手伝わなかったから

2番

1 買った品物の値段が間違っていたから

2 買った品物をもらわなかったから

3 買い忘れたものがあったから

4 他の人のレシートをもらっていたから

Check □1 □2 □3

3番

1 疲れたから

2 誰かに噂をされたから

3 仕事をし過ぎて睡眠不足だから

4 サッカーの試合を観ていて睡眠不足になったから

4番

1 自宅に泥棒が入ったから

2 泥棒とまちがえられたから

3 コンビニでパンを盗んだから

4 夜遅い時間に一人で歩いていたから

5番

1 クリスマス

2 父の日

3 母の日

4 子どもの日

6番

1 会社の仕事が終わっていないから

2 会社に書類を取りに行くから

3 会社に誰も来ていないから

4 会社に警備員が来たから

もんだい
問題3

　問題3では、問題用紙に何もいんさつされていません。この問題は、全体としてどんな内容かを聞く問題です。話の前に質問はありません。まず話を聞いてください。それから、質問とせんたくしを聞いて、1から4の中から、最もよいものを一つ選んでください。

－メモ－

もんだい
問題 4

　問題 4 では、問題用紙に何もいんさつされていません。まず文を聞いてください。それから、それに対する返事を聞いて、1 から 3 の中から、最もよいものを一つ選んでください。

ーメモー

Check □1 □2 □3

もんだい
問題 5

問題 5 では、長めの話を聞きます。この問題には練習がありません。

メモをとってもかまいません。

1 番、2 番

問題用紙に何もいんさつされていません。まず話を聞いてください。それから、質問とせんたくしを聞いて、1 から 4 の中から、最もよいものを一つ選んでください。

ーメモー

3番

まず話を聞いてください。それから、二つの質問を聞いて、それぞれ問題用紙の1から4の中から、最もよいものを一つ選んでください。

質問1

1 泣いている人の映画を見せて、ストレス解消をさせるビジネス。
2 感動的な話や映画をみせて病気を治すビジネス。
3 イベントや出張サービスで涙を流させるビジネス。
4 悲しいことがあった人の会社に行って、涙をふくビジネス。

質問2

1 男の人も女の人も、必要がないと思っている。
2 男の人はこのサービスに興味がないが、女の人は興味がある。
3 男の人も女の人もこのサービスに興味がある。
4 男の人はこのサービスに興味があるが、女の人は興味がない。

Check □1 □2 □3

MEMO

第六回

言語知識（文字、語彙）

問題1 ＿＿の言葉の読み方として最もよいものを、1・2・3・4から一つ一選びな
さい。

1 円と直線を使って、図形を書く。
1 とがた　　　2 ずがた　　　　3 とけい　　　　4 ずけい

2 遊園地で、迷子になった。
1 まいご　　　2 まいこ　　　　3 めいご　　　　4 めいこ

3 下りのエスカレーターはどこにありますか。
1 おり　　　　2 したり　　　　3 さがり　　　　4 くだり

4 封筒に切手をはって出す。
1 ふうと　　　2 ふうとう　　　3 ふとう　　　　4 ふと

5 この道は一方通行です。
1 いちほう　　2 いっぽう　　　3 いっぽう　　　4 いちぼう

問題2 ＿＿の言葉を漢字で書くとき、最もよいものを、1・2・3・4から一つ選びなさい。

6 北海道を一周した。いどう距離は、2000 kmにもなった。

1 移動　　　　2 移働　　　　3 違動　　　　4 違働

7 いのるような気持ちで、夫の帰りを待ちました。

1 税る　　　　2 祈る　　　　3 怒る　　　　4 祝る

8 踏切(ふみきり)のじこで、電車が止まっている。

1 事庫　　　　2 事誤　　　　3 事枯　　　　4 事故

9 いつもおごってもらうから、今日はわたしにはらわせて。

1 払わせて　　2 技わせて　　3 抱わせて　　4 仏わせて

10 商品の販売方法について、部長にていあんしてみた。

1 程案　　　　2 丁案　　　　3 提案　　　　4 停案

問題3 （　　）に入れるのに最もよいものを、1・2・3・4から一つ選びなさい。

11 運転免許（　　）を拝見します。

　1 状　　　　　　2 証　　　　　　3 書　　　　　　4 紙

12 バイト（　　）をためて、旅行に行きたい。

　1 代　　　　　　2 金　　　　　　3 費　　　　　　4 賃

13 面接を始めます。あいうえお（　　）にお呼びします。では、赤井さんから
　どうぞ。

　1 式　　　　　　2 法　　　　　　3 的　　　　　　4 順

14 （　　）大型の台風が、日本列島に接近しています。

　1 特　　　　　　2 別　　　　　　3 超　　　　　　4 真

15 しっかりやれ！と励ましたつもりだったが、彼には（　　）効果だったようだ。

　1 悪　　　　　　2 逆　　　　　　3 不　　　　　　4 反

問題 4 （　　）に入れるのに最もよいものを、1・2・3・4から一つ選びなさい。

16 あなたのストレス（　　）の方法を教えてください。

1 修正　　　　　　2 削除　　　　　　3 消去　　　　　　4 解消

17 京都の祇園祭りは、1000 年以上の歴史を持つ（　　）的な祭りです。

1 観光　　　　　　2 永遠　　　　　　3 伝統　　　　　　4 行事

18 どんな一流の選手も、数えきれないほどの困難を（　　）来たのだ。

1 打ち消して　　　2 乗り越えて　　　3 飛び出して　　　4 突っ込んで

19 その場に（　　）服装をすることは、大切なマナーだ。

1 豪華な　　　　　2 ふさわしい　　　3 みっともない　　4 上品な

20 まだ席があるかどうか、電話で（　　）をした。

1 問い合わせ　　　2 問いかけ　　　　3 聞き出し　　　　4 打ち合わせ

21 会社の経営方針については、改めて（　　）話し合いましょう。

1 きっぱり　　　　2 すっかり　　　　3 どっさり　　　　4 じっくり

22 この本には、命を大切にしてほしいという子どもたちへの（　　）が詰まっている。

1 インタビュー　　2 モニター　　　　3 ミーティング　　4 メッセージ

問題5 ＿＿の言葉に意味が最も近いものを、1・2・3・4から一つ選びなさい。

23 君の考え方は、世間では通用しないよ。

1 会社 　　　　2 社会 　　　　3 政府 　　　　4 海外

24 彼の強気な態度が、周囲に敵を作っているようだ。

1 派手な 　　　2 乱暴な 　　　3 ユーモアがある 　4 自信がある

25 農薬を使わずに栽培したものを販売しています。

1 育てた 　　　2 生まれた 　　　3 取った 　　　4 成長した

26 今月は残業が多くて、もうくたくただ。

1 くよくよ 　　2 のろのろ 　　　3 ひやひや 　　　4 へとへと

27 このような事件に対する人々の反応には、大きく分けて3つのパターンがある。

1 場 　　　　　2 型 　　　　　3 点 　　　　　4 題

問題6　次の言葉の使い方として最もよいものを、1・2・3・4から一つ選びなさい。

回數
1
2
3
4
5
6

28 リサイクル

1　環境のために、資源のリサイクルを徹底すべきだ。

2　ペットボトルのふたも、大切なリサイクルです。

3　天気のいい日は、妻と郊外までリサイクルするのが楽しみだ。

4　人間は、少しリサイクルした状態のほうが、いい考えが浮かぶそうだ。

29 検索

1　工場の機械が故障して、検索作業に半日かかった。

2　このテキストは、後ろに、あいうえお順の検索がついていて便利だ。

3　行方不明の子どもの検索は、明け方まで続けられた。

4　わからないことばは、インターネットで検索して調べている。

30 あいまい

1　事件の夜、黒い服のあいまいな男が駅の方に走って逃げるのを見ました。

2　首相のあいまいな発言に、国民は失望した。

3　今日は、一日中、あいまいな天気が続くでしょう。

4　Ａ社は、海外のあいまいな会社と取引をしていたそうだ。

31 震える

1　台風が近づいているのか、木の枝が左右に震えている。

2　公園で、子猫が雨に濡れて、震えていた。

3　昨夜の地震で、震えたビルの窓ガラスが割れて、通行人がけがをした。

4　コンサート会場には、美しいバイオリンの音が震えていた。

32 気が小さい

1　兄は気が小さい。道が渋滞すると、すぐに怒り出す。

2　つき合い始めて、まだ一カ月なのに、もう結婚の話をするなんて、気が小さいのね。

3　迷惑をかけた上司に謝りに行くのは、本当に気が小さいことだ。

4　私は気が小さいので、社長に反対意見を言うなんて、とても無理だ。

問題7　（　　）に入れるのに最もよいものを、1・2・3・4から一つ選びなさい。

33 彼は（　　）ばかりか、自分の失敗を人のせいにする。

1　失敗したことがない　　　　　　　2　めったに失敗しない

3　失敗してもいい　　　　　　　　　4　失敗しても謝らない

34 このアパートは、建物が古いの（　　　）、明け方から踏切の音がうるさくて、がまんできない。

1　を問わず　　　2　にわたって　　　3　はともかく　　　4　といっても

35 姉はアニメのこととなると、（　　）。

1　食事も忘れてしまう　　　　　　　2　何でも知っている

3　絵もうまい　　　　　　　　　　　4　同じ趣味の友達がたくさんいる

36 先進国では、少子化（　　）労働人口が減少している。

1　について　　　2　によって　　　3　にとって　　　4　において

37 このワイン、（　　）にしてはおいしいね。

1　値段　　　　　2　高い　　　　　3　安い　　　　　4　半額

38 渋滞しているね。これじゃ、午後の会議に（　　）かねないな。

1　遅れ　　　　　2　早く着き　　　3　間に合い　　　4　間に合わない

39 あなたが謝る（　　）ですよ。ちゃんと前を見ていなかった彼が悪いんですから。

1　ものがない　　2　ことがない　　3　ものはない　　4　ことはない

40 彼女は、家にある材料だけで、びっくりするほどおいしい料理を（　　）んです。

1　作ることができる

2　作り得る

3　作るにすぎない

4　作りかねない

41 あなたはたしか、調理師の免許を（　　）。

1　持っていたよ

2　持っていたね

3　持っているんだ

4　持っていますか

42 男は、最愛の妻（　　）、生きる希望を失った。

1　が死なれて　　　2　が死なせて　　　3　に死なれて　　　4　に死なせて

43 あなたにはきっと幸せになって（　　）と思っております。

1　あげたい　　　　2　いただきたい　　　3　くださりたい　　　4　さしあげたい

44 先輩の結婚式に（　　）ので、来週、休ませていただけませんか。

1　出席したい

2　ご出席したい

3　出席されたい

4　ご出席になりたい

問題8　次の文の＿＿★＿＿に入る最もよいものを、1・2・3・4から一つ選びなさい。

（問題例）

　　あそこで　＿＿＿＿　＿＿＿＿　＿★＿＿　＿＿＿＿　は山田さんです。

　　1　テレビ　　　2　見ている　　　3　を　　　4　人

（回答のしかた）

1．正しい文はこうです。

> あそこで　＿＿＿＿　＿＿＿＿　＿★＿＿　＿＿＿＿　は山田さんです。
>
> 1　テレビ　　　　3　を　　　　2　見ている　　　　4　人

2．＿＿★＿＿に入る番号を解答用紙にマークします。

　　　　　　（解答用紙）　　（例）　　① ● ③ ④

45　人生は長い。＿＿＿＿　＿＿＿＿　＿★＿＿　＿＿＿＿　よ。

　　1　からといって　　　　　　　　2　わけではない

　　3　君の人生が終わった　　　　　4　女の子にふられた

46　＿＿＿＿　＿＿＿＿　＿★＿＿　＿＿＿＿、とうとう競技場が完成した。

　　1　3年　　　　　2　建設工事　　　3　にわたる　　　4　の末

47　ここから先は、車で行けない以上、＿＿＿＿　＿＿＿＿　＿★＿＿　＿＿＿＿。

　　1　より　　　　2　ほかない　　　3　歩く　　　　4　荷物を持って

48　＿＿＿＿　＿＿＿＿　＿★＿＿　＿＿＿＿　が守れないとはどういうことだ。

　　1　大人　　　　　　　　　　　　2　ルールを守っているのに

　　3　小さな子供　　　　　　　　　4　でさえ

49　「君が入社したの ＿＿＿＿ ＿＿＿＿ ＿★＿ ＿＿＿。」
　　「去年の９月です。」

　　1　だった　　　　　2　いつ　　　　　　3　っけ　　　　　4　って

問題9　次の文章を読んで、文章全体の内容を考えて、 50 から 54 の中に入る最もよいものを、1・2・3・4の中から一つ選びなさい。

「自販機大国日本」

　お金を入れるとタバコや飲み物が出てくる機械を自動販売機、略して自販機というが、日本はその普及率が世界一と言われる 50 、自販機大国だそうである。外国人はその数の多さに驚くとともに、自販機の機械そのものが珍しいらしく、写真に撮っている人もいるらしい。

　それを見た渋谷のある商店の店主が面白い自販機を考えついた。 51 、日本土産が購入できる自販機である。その店主は、タバコや飲み物の自動販売機に、自分で手を加えて作ったそうである。

　その自販機では、手ぬぐいやアクセサリーなど、日本の伝統的な品物や日本らしい絵が描かれた小物を販売している。値段は 1,000 円前後で、店が閉まった深夜でも利用できるそうである。利用者はほとんど外国人で、「治安の良い日本ならでは」、「これぞジャパンテクノロジーだ」などと、評判も上々のようである。

　商店が閉まった夜中でも買えるという点では、たしかに便利だ。 52 、買い忘れた人へのお土産を簡単に買うことができる点でもありがたいにちがいない。しかし、一言の言葉 53 物が売られたり買われたりすることにはどうも抵抗がある。特に日本の伝統的な物を外国の人に売る場合はなおのことである。例えば手ぬぐいなら、それは顔や体を拭くものであることを言葉で説明し、 54 、「ありがとう」と心を込めてお礼を言う。それが買ってくれた人への礼儀ではないかと思うからだ。

（注1）渋谷：東京の地名

（注2）手ぬぐい：日本式のタオル

（注3）テクノロジー：技術

50

　　1　ほどの　　　　　2　だけの　　　　　3　からには　　　　4　ものなら

51

　　1　さらに　　　　　2　やはり　　　　　3　なんと　　　　　4　というと

52

　　1　つまり　　　　　2　それに　　　　　3　それに対して　　4　なぜなら

53

　　1　もなしに　　　　2　だけに　　　　　3　もかまわず　　　4　を抜きにしては

54

　　1　買えたら　　　　　　　　　　　　　　2　買ってあげたら

　　3　買ってもらえたら　　　　　　　　　4　買ってあげられたら

読解

問題10　次の (1) から (5) の文章を読んで、後の問いに対する答えとして最もよい
　　　　ものを、1・2・3・4から一つ選びなさい。

(1)

　日本には、「大和言葉」という、昔から日本にあった言葉がある。例えば、「た
そがれ」などという言葉もその一つである。辺りが薄暗くなって、人の見分けが
つかない夕方のころを指す。もともと、「たそ（＝誰だろう）、かれ（＝彼は）」
からできた言葉である。「たそがれどき、川のほとりを散歩した。」というよう
に使う。「夕方薄暗くなって人の姿もよくわからないころに…」と言うより、日
本語としての美しさもあり、ぐっと趣がある。周りの景色まで浮かんでくる感じ
がする。新しい言葉を取り入れることも大事だが、一方、昔からある言葉を守り、
子孫に伝えていくことも大切である。

　(注)　趣：あじわい。おもしろみ。

55　筆者はなぜ、昔からある言葉を守り、子孫に伝えていくべきだと考えているか。
　1　昔からある言葉には、多くの意味があるから。
　2　昔からある言葉のほうが、日本語として味わいがあるから。
　3　昔からある言葉は、新しい言葉より簡単で使いやすいから。
　4　新しい言葉を使うと、相手に失礼な印象を与えてしまうことがあるから。

(2)

　アメリカの海洋大気局の調べによると、2015 年、地球の 1 ～ 7 月の平均気温が
14.65 度と、1880 年以降で最も高かったということである。この夏、日本でも厳し
い暑さが続いたが、地球全体でも気温が高くなる地球温暖化が進んでいるのであ
る。

　南アメリカのペルー沖で、海面の温度が高くなるエルニーニョ現象が続いてい
るので、大気の流れや気圧に変化が出て、世界的に高温になったのが原因だとみら
れる。このため、エジプトでは 8 月中に 100 人の人が暑さのために死亡したほか、
インドやパキスタンでも 3,000 人以上の人が亡くなった。また、アルプスの山では、
氷河が異常な速さで溶けていると言われている。

（注）海洋大気局：世界各地の気候のデータを集めている組織

56 2015 年、1 ～ 7 月の地球の平均気温について、正しくないものを選べ。

1 アメリカの海洋大気局が調べた記録である。

2 7 月の平均気温が 14.65 度で、最も高かった。

3 1 ～ 7 月の平均気温が 1880 年以来最も高かった。

4 世界的に高温になった原因は、南米ペルー沖でのエルニーニョ現象だと考え
　られる。

(3)

　ある新聞に、英国人は屋外が好きだという記事があった。そして、その理由として、タバコが挙げられていた。日本には建物の中にも喫煙室というものがあるが、英国では、室内は完全禁煙だそうである。したがって、愛煙家は戸外に出るほかはないのだ。<u>道路をタバコを吸いながら歩く人をよく見かける</u>そうで、見ていると、吸い殻はそのまま道路にポイと投げ捨てているということだ。この行為はもちろん英国でも違法なのだが、なんと、吸い殻集めを仕事にしている人がいて、吸い殻だらけのきたない道路は、いつの間にかきれいになるそうである。

（注1）ポイと：吸殻を投げ捨てる様子

（注2）違法：法律に違反すること

57 英国では、<u>道路をタバコを吸いながら歩く人をよく見かける</u>とあるが、なぜか。

1　英国人は屋外が好きだから

2　英国には屋内にタバコを吸う場所がないから

3　英国では、道路にタバコを投げ捨ててもいいから

4　吸い殻集めを仕事にしている人がいるから

(4)

　電子書籍が登場してから、紙に印刷された出版物との共存が模索されている。[^注1]
紙派・電子派とも、それぞれ主張はあるようだ。

　紙の本にはその本独特の個性がある。使われている紙の質や文字の種類・大きさ、
ページをめくる時の手触りなど、紙でなければ味わえない魅力は多い。[^注2]しかし、電
子書籍の便利さも見逃せない。旅先で読書をしたり調べ物をしたりしたい時など、
紙の本を何冊も持っていくことはできないが、電子書籍なら機器を一つ持ってい
けばよい。それに、画面が明るいので、暗いところでも読みやすいし、文字の拡大
が簡単にできるのは、目が悪い人や高齢者には助かる機能だ。このように、それぞ
れの長所を理解して臨機応変に使うことこそ、今、必要とされているのであろう。[^注3]

（注1）共存を模索する：共に存在する方法を探す

（注2）めくる：次のページにする

（注3）臨機応変（りんきおうへん）：変化に応じてその時々に合うように

58　電子書籍と紙の本について、筆者はどう考えているか。

　1　紙の本にも長所はあるが、便利さの点で、これからは電子書籍の時代になる
　　　だろう

　2　電子書籍には多くの長所もあるが、短所もあるので、やはり紙の本の方が使
　　　いやすい

　3　特徴をよく知ったうえで、それぞれを使い分けることが求められている

　4　どちらにも長所、短所があり、今後の進歩が期待される

　舞台の演出家が言っていた。演技上、俳優の意外な一面を期待する場合でも、その人の普段まったくもっていない部分は、たとえそれが演技の上でもうまく出てこないそうだ。普段が面白くない人は舞台でも面白くなれないし、いい意味で裏がある人は、そういう役もうまく演じられるのだ。どんなに立派な俳優でも、その人の中にその部分がほんの少しもなければ、やはり演じることは難しい。同時に、いろいろな役を見事にこなす演技派と呼ばれる俳優は、それだけ人間のいろいろな面を自身の中に持っているということになるのだろう。

（注1）演出家：演技や装置など、全体を考えてまとめる役割の人

（注2）裏がある：表面には出ない性格や特徴がある

（注3）演技派：演技がうまいと言われている人たち

59 演技派と呼ばれる俳優とはどんな人のことだと筆者は考えているか。

1　演出家の期待以上の演技ができる人

2　面白い役を、面白く演じることができる人

3　自分の中にいろいろな部分を持っている人

4　いろいろな人とうまく付き合える人

問題11　次の (1) から (3) の文章を読んで、後の問いに対する答えとして最もよい
　　　　ものを、1・2・3・4から一つ選びなさい。

(1)

　あるイギリスの電気製品メーカーの社長が言っていた。「日本の消費者は世界
一厳しいので、日本人の意見を取り入れて開発しておけば、どの国でも通用する」
と。しかしこれは、日本の消費者を褒めているだけではなく、そこには [　　] も
こめられているように思う。

　例えば、掃除機について考えてみる。日本人の多くは、使うときにコードを引
っ張り出し、使い終わったらコードは本体内にしまうタイプに慣れているだろう。
しかし海外製品では、コードを収納する機能がないものが多い。使う時にはまた
出すのだから、出しっぱなしでいい、という考えなのだ。メーカー側にとっても、
コードを収納する機能をつけるとなると、それだけスペースや部品が必要となり、
本体が大きくなったり重くなったりするため、そこまで重要とは考えていない。
しかし、コード収納がない製品は日本ではとても不人気だったとのこと。掃除機
を収納する時には、コードが出ていないすっきりした状態でしまいたいのが日本
人なのだ。

　また掃除機とは、ゴミを吸い取って本体の中の一か所にまとめて入れる機械だ
が、そのゴミスペースへのこだわりに、国民性ともいえる違いがあって興味深い。
日本人は、そこさえも、洗えたり掃除できたりすることを重要視する人が多いそ
うだ。ゴミをためる場所であるから、よごれるのが当たり前で、洗ってもまたす
ぐによごれるのだから、それほどきれいにしておく必要はない。きれいにするの
は掃除をする場所であって、掃除機そのものではない。性能に違いがないのなら、
そのままでいいではないか、というのが海外メーカーの発想である。

　この違いはどこから来るのだろうか？日本人が必要以上に完璧主義なのか、細
かいことにうるさいだけなのか、気になるところである。

（注1）コード：電気器具をコンセントにつなぐ線

（注2）出しっぱなし：出したまま

（注3）こだわり：小さいことを気にすること　強く思って譲らないこと

（注4）完璧主義：完全でないと許せない主義

60 文章中の ☐☐☐ に入る言葉を次から選べ。

1　冗談

2　感想

3　親切

4　皮肉

61 <u>コード収納がない製品は日本ではとても不人気だった</u>のはなぜか。

1　日本人は、コード収納部分がよごれるのをいやがるから。

2　日本人は、コードを掃除機の中に入れてすっきりとしまいたがるから。

3　日本人は、コードを掃除機本体の中にしまうのを面倒だと思うから。

4　日本人は、コード収納がない掃除機を使い慣れているから。

62 <u>この違い</u>とは、何か。

1　日本人のこだわりと海外メーカーの発想の違い。

2　日本人のこだわりと外国人のこだわりの違い。

3　日本人の好みと海外メーカーの経済事情。

4　掃除機に対する日本人の潔癖性と、海外メーカーの言い訳。

(2)

　電車に乗って外出した時のことである。たまたま一つ空いていた優先席に座っていた私の前に、駅で乗り込んできた高齢の女性が立った。日本に留学して２年目で、優先席のことを知っていたので、立ってその女性に席を譲ろうとした。すると、その人は、小さな声で「次の駅で降りるので大丈夫」と言ったのだ。それで、それ以上はすすめず、私はそのまま座席に座っていた。しかし、その後、次の駅でその人が降りるまで、とても困ってしまった。優先席に座っている自分の前に高齢の女性が立っている。席を譲ろうとしたけれど断られたのだから、私は責められる立場ではない。しかし、周りの乗客の手前、なんとも居心地が悪い。みんなに_(注1)非難されているような感じがするのだ。「あの女の子、お年寄りに席も譲らない_(注1)で、…外国人は何にも知らないのねぇ」という声が聞こえるような気がするのだ。どうしようもなく、私は読んでいる本に視線を落として、周りの人達も彼女の方も見ないようにしていた。

　さて、次の駅にそろそろ着く頃、このまま下を向いていようかどうしようか、私は、また悩んでしまった。すると、降りる時にその女性がポンと軽く私の肩に触れて言ったのだ。周りの人達にも聞こえるような声で、「ありがとね」と。

　このひとことで、私はすっきりと救われた気がした。「いいえ、どういたしまして」と答えて、私たちは気持ちよく電車の外と内の人となった。

　実際には席に座らなくても、席を譲ろうとしたことに対してお礼が言える人。簡単なひとことを言えるかどうかで、相手も自分もほっとする。周りの空気も変わる。たったこれだけのことなのに、その日は一日なんだか気分がよかった。

（注1）居心地：その場所にいて感じる気持ち

（注2）非難：責めること。

63 居心地が悪いのは、なぜか。

1 席を譲ろうとしたのに、高齢の女性に断られたから。

2 高齢の女性に席を譲ったほうがいいかどうか、迷っていたから。

3 高齢の女性と目を合わせるのがためらわれたから。

4 優先席で席を譲らないことを、乗客に責められているように感じたから。

64 高齢の女性は、どんなことに対してお礼を言ったのか。

1 筆者が席を譲ってくれたこと。

2 筆者が席を譲ろうとしたこと。

3 筆者が知らない自分としゃべってくれたこと。

4 筆者が次の駅まで本を読んでいてくれたこと。

65 簡単なひとこととは、ここではどの言葉か。

1 「どうぞ。」

2 「次の駅で降りるので大丈夫。」

3 「ありがとね。」

4 「いいえ、どういたしまして。」

(3)

　日本では、旅行に行くと、近所の人や友人、会社の同僚などにおみやげを買っ
てくることが多い。

　「みやげ」は「土産」と書くことからわかるように、もともと「その土地の産
物」という意味である。昔は、交通機関も少なく、遠い所に行くこと自体が珍しく、
また、困難なことも多かったので、遠くへ行った人は、その土地の珍しい産物を「み
やげ」として持ち帰っていた。しかし、今は、誰でも気軽に旅行をするし、どこ
の土地にどんな産物があるかという情報もみんな知っている。したがって、どこ
に行っても珍しいものはない。

　にも関わらず、おみやげの習慣はなくならない。それどころか、今では、当た
り前の決まりのようになっている。おみやげをもらった人は、自分が旅行に行っ
た時もおみやげを買わなければと思い込む。そして、義務としてのおみやげ選び
のために思いのほか時間をとられることになる。せっかく行った旅先で、おみや
げ選びに貴重な時間を使うのは、もったいないし、ひどく面倒だ。そのうえ、海
外だと帰りの荷物が多くなるのも心配だ。

　この面倒をなくすために、日本の旅行会社では、うまいことを考え出した。そ
れは、旅行者が海外に行く前に、日本にいながらにしてパンフレットで外国のお
土産を選んでもらい、帰国する頃、それをその人の自宅に送り届けるのである。

　確かに、これを利用すればおみやげに関する悩みは解決する。しかし、こんな
ことまでして、おみやげって必要なのだろうか。その辺を考え直してみるべきで
はないだろうか。

　旅行に行ったら、何よりもいろいろな経験をして見聞を広めることに時間を使
いたい。自分のために好きなものや記念の品を買うのはいいが、義務や習慣とし
て人のためにおみやげを買う習慣そのものを、そろそろやめてもいいのではない
かと思う。

（注）見聞：見たり聞いたりして得る知識

66 「おみやげ」とは、もともとどんな物だったか。

1 お世話になった近所の人に配る物

2 その土地でしか買えない高価な物

3 どこの土地に行っても買える物

4 旅行をした土地の珍しい産物

67 <u>うまいこと</u>について、筆者はどのように考えているか。

1 貴重なこと

2 意味のある上手なこと

3 意味のない馬鹿げたこと

4 面倒なこと

68 筆者は、旅行で大切なのは何だと述べているか。

1 自分のために見聞を広めること

2 記念になるおみやげを買うこと

3 自分のために好きなものを買うこと

4 その土地にしかない食べ物を食べること

問題12　次のＡとＢはそれぞれ、子育てについて書かれた文章である。二つの文
　　　　章を読んで、後の問いに対する答えとして最もよいものを、1・2・3・4
　　　　から一つ選びなさい。

A

　　ファミリーレストランの中で、それぞれ5、6歳の幼児を連れた若いお母さんたちが食事をしていた。お母さんたちはおしゃべりに夢中。子供たちはというと、レストランの中を走り回ったり、大声を上げたり、我が物顔で暴れまわっていた。^(注1)

　　そのとき、一人で食事をしていた中年の女性がさっと立ち上がり、子供たちに向かって言った。「静かにしなさい。ここはみんながお食事をするところですよ。」それを聞いていた4人のお母さんたちは「すみません」の一言もなく、「さあ、帰りましょう。騒ぐとまたおばちゃんに怒られるわよ。」と言うと、子供たちの手を引き、中年の女性の顔をにらむようにして、レストランを出ていった。

　　少子化が問題になっている現代、子育て中の母親を、周囲は温かい目で見守らなければならないが、母親たちも社会人としてのマナーを守って子供を育てることが大切である。

B

　　若い母親が赤ちゃんを乗せたベビーカーを抱えてバスに乗ってきた。その日、バスは少し混んでいたので、乗客たちは、明らかに迷惑そうな顔をしながらも何も言わず、少しずつ詰め合ってベビーカーが入る場所を空けた。赤ちゃんのお母さんは、申しわけなさそうに小さくなって、ときどき、周囲の人たちに小声で「すみません」と謝っている。

　　その時、そばにいた女性が赤ちゃんを見て、「まあ、かわいい」と声を上げた。周りにいた人達も思わず赤ちゃんを見た。赤ちゃんは、周りの人達を見上げてにこにこ笑っている。とたんに、険悪だったバスの中の空気が穏やかなものに変わったような気がした。赤ちゃんのお母さんも、ホッとしたような顔をしている。

　　少子化が問題になっている現代において最も大切なことは、子供を育てているお母さんたちを、周囲が温かい目で見守ることではないだろうか。

（注1）我が物顔：自分のものだというような遠慮のない様子

（注2）険悪：人の気持ちなどが険しく悪いこと

69 ＡとＢのどちらの文章でも問題にしているのは、どんなことか。

1 子供を育てる上で大切なのはどんなことか。

2 少子化問題を解決するにあたり、大切なことは何か。

3 小さい子供をどのように叱ったらよいか。

4 社会の中で子供を育てることの難しさ。

70 ＡとＢの筆者は、若い母親や周囲の人に対して、どう感じているか。

1 ＡもＢも、若い母親に問題があると感じている。

2 ＡもＢも、周囲の人に問題があると感じている。

3 Ａは若い母親と周囲の人の両方に問題があると感じており、Ｂはどちらにも問題はないと感じている。

4 Ａは若い母親に問題があると感じており、Ｂは母親と子供を温かい目で見ることの大切さを感じている。

問題 13　次の文章を読んで、後の問いに対する答えとして最もよいものを、1・2・3・4から一つ選びなさい。

　最近、電車やバスの中で携帯電話やスマートフォンに夢中な人が多い。それも眼の前の2、3人ではない。ひどい時は一車両内の半分以上の人が、周りのことなど関係ないかのように画面をじっと見ている。

　先日の夕方のことである。その日、私は都心まで出かけ、駅のホームで帰りの電車を待っていた。私の右隣りの列には、学校帰りの鞄(かばん)を抱えた3、4人の高校生が大声で話しながら並んでいた。しばらくして電車が来た。私はこんなうるさい学生達と一緒に乗るのはいやだなと思ったが、次の電車までは時間があるので待つのも面倒だと思い電車に乗り込んだ。

　車内は結構混んでいた。席はないかと探したが空いておらず、私はしょうがなく立つことになった。改めて車内を見渡すと、先ほどの学生達はいつの間にか皆しっかりと座席を確保しているではないか。

　彼等は席に座るとすぐに一斉にスマートフォンをポケットから取り出し、操作を始めた。お互いにしゃべるでもなく指を動かし、画面を見ている。真剣そのものだ。

　周りを見ると若者だけではない。車内の多くの人がスマートフォンを動かしている。どの人も他人のことなど気にもせず、ただ自分だけの世界に入ってしまっているようだ。聞こえてくるのは、ただガタン，ゴトンという電車の音だけ。以前は、車内は色々な人の話し声で賑やかだったのに、全く様子が変わってしまった。どうしたというのだ。これが今の若者なのか。これは駄目だ、日本の将来が心配になった。

　ガタンと音がして電車が止まった。停車駅だ。ドアが開くと何人かの乗客が勢いよく乗り込んできた。そしてその人達の最後に、重そうな荷物を抱えた白髪(しらが)頭の老人がいた。老人は少しふらふらしながらなんとかつり革(注)につかまろうとしたが、うまくいかない。すると少し離れた席にいたあの学生たちが一斉に立ちあがったのだ。そしてその老人に「こちらの席にどうぞ」と言うではないか。私は驚いた。先ほどまで他人のことなど全く関心がないように見えた学生達がそんな行動を取るなんて。

老人は何度も「ありがとう。」と礼を言いながら、ほっとした様子で席に座った。席を譲った学生達は互いに顔を見合わせにこりとしたが、立ったまま、またすぐに自分のスマートフォンに眼を向けた。

私はこれを見て、少しほっとした。これなら日本の若者達にも、まだまだ期待が持てそうだと思うと、うれしくなった。そして相変わらずスマートフォンに夢中の学生達が、なんだか素敵に見えて来たのだった。

（注）つり革：電車で立つときに、転ばないためにつかまる道具

71 筆者が日本の将来が心配になったのは、どんな様子を見たからか。

1 半数以上の乗客が携帯やスマートフォンを使っている様子。

2 高校生が大声でおしゃべりをしている様子。

3 全ての乗客が無言で自分の世界に入り込んでいる様子。

4 いち早く座席を確保し、スマートフォンに夢中になっている若者の様子。

72 「日本の将来が心配になった」気持ちは、後にどのように変わったか。

1 日本は将来おおいに発展するに違いない。

2 日本を背負う若者たちに望みをかけてもよさそうだ。

3 将来、スマートフォンなど不要になりそうだ。

4 日本の将来は若者たちに任せる必要はなさそうだ。

73 スマートフォンに夢中の学生達が、なんだか素敵に見えて来たのはなぜか。

1 スマートフォンに夢中でも、きちんと挨拶することができるから。

2 スマートフォンに代わる便利な機器を発明することができそうだから。

3 やるべき時にはきちんとやれることがわかったから。

4 何事にも夢中になれることがわかったから。

問題14　右のページは、宅配便会社のホームページである。下の問いに対する答えとして最もよいものを1・2・3・4から一つ選びなさい。

74 ジェンさんは、友達に荷物を送りたいが、車も自転車もないし、重いので一人で持つこともできない。どんな方法で送ればいいか。

1　近くのコンビニに運ぶ。

2　取扱店に持って行く。

3　集荷サービスを利用する。

4　近くのコンビニエンスストアの店員に来てもらう。

75 横山さんは、なるべく安く荷物を送りたいと思っている。送料1,200円の物を送る場合、一番安くなる方法はどれか。

1　近くの営業所に自分で荷物を持って行って現金で払う。

2　近くのコンビニエンスストアに持って行ってクレジットカードで払う。

3　ペンギンメンバーズ電子マネーカードにチャージし、荷物を家に取りに来てもらって電子マネーで払う。

4　ペンギンメンバーズ電子マネーカードにチャージして、近くのコンビニか営業所に持って行き、電子マネーで払う。

ペンギン運輸
宅配便の出し方

◉ **営業所へのお持ち込み**

お客様のご利用しやすい、最寄りの宅配便営業所よりお荷物を送ることができます。一部商品を除くペンギン運輸の全ての商品がご利用いただけます。お持ち込みいただきますと、お荷物1個につき100円を割引きさせていただきます。

➡ お近くの営業所は、**ドライバー・営業所検索へ**

◉ **取扱店・コンビニエンスストアへのお持ち込み**

お近くの取扱店とコンビニエンスストアよりお荷物を送ることができます。看板・旗のあるお店でご利用ください。お持ち込みいただきますと、お荷物1個につき100円を割引きさせていただきます。

※ 一部店舗では、このサービスのお取り扱いはしておりません。

※ コンビニエンスストアではクール宅配便^(注1)はご利用いただけません。
ご利用いただけるサービスは、宅配便発払い・着払い、ゴルフ・スキー宅配便、空港宅配便、往復宅配便、複数口宅配便、ペンギン便発払い・着払いです。（一部サービスのお取り扱いができない店がございます。）

➡ 宅配便をお取り扱いしている主なコンビニエンスストア様は、**こちら**

（注1）クール宅配便：生ものを送るための宅配便

◉ **集荷サービス**^(注2)

インターネットで、またはお電話でお申し込みいただければ、ご自宅まで担当セールスドライバーが、お荷物を受け取りにうかがいます。お気軽にご利用ください。

➡ インターネットでの集荷お申し込みは、**こちら**
➡ お電話での集荷お申し込みは、**こちら**

（注2）集荷：荷物を集めること

☞ **料金の精算方法**

運賃や料金のお支払いには、現金のほかにペンギンメンバー割引・電子マネー・回数券もご利用いただけます。

※クレジットカードでお支払いいただくことはできません

ペンギンメンバーズ会員（登録無料）のお客様は、ペンギンメンバーズ電子マネーカードにチャージしてご利用いただけるペンギン運輸の電子マネー「ペンギンメンバー割」が便利でオトクです。「ペンギンメンバー割」で宅配便運賃をお支払いいただくと、運賃が10%割引となります。

電子マネー ペンギンメンバーズ電子マネーカード以外にご利用可能な電子マネーは、**こちら**

回數

1

2

3

4

5

6

もんだい
問題 1

　問題 1 では、まず質問を聞いてください。それから話を聞いて、問題用紙の 1 から 4 の中から、最もよいものを一つ選んでください。

れい
例

1　コート

2　傘

3　ドライヤー

4　タオル

1番

1 熱いコーヒー

2 熱いお茶

3 ジュース

4 冷たいコーヒー

2番

1 工場で新製品を作っている

2 会議の資料を印刷している

3 写真をとっている

4 新製品発表の準備をしている

3番

1　ラーメン屋の列に並んで待つ
2　寿司屋を探す
3　寿司屋を見に行く
4　寿司屋に電話する

4番

1　報告書を日本語に翻訳する
2　中国語で報告書を書く
3　本社に連絡して正しい資料をもらう
4　計算をやり直す

　　　　　　　　　　　　　　　Check □1 □2 □3

5番

1 今

2 明日の午前中

3 今夜

4 明日の午後

聴解

問題 2

 T6-9 ～ 6-17

　問題 2 では、まず質問を聞いてください。そのあと、問題用紙のせんたくしを読んでください。読む時間があります。それから話を聞いて、問題用紙の 1 から 4 の中から最もよいものを一つ選んでください。

例

1　残業があるから

2　中国語の勉強をしなくてはいけないから

3　会議で失敗したから

4　社長に叱られたから

　Check □1 □2 □3

1 番

1 バスで田舎に行く

2 電車で田舎に行く

3 女の人の妹の車で帰る

4 ホテルに泊まる

2 番

1 土曜日に買い物に連れて行って欲しいと頼んだ。

2 土曜日に乃木山に連れて行って欲しいと頼んだ。

3 土曜日、一緒にキャンプをして欲しいと頼んだ。

4 土曜日に温泉に連れて行って欲しいと頼んだ。

Check ☐1 ☐2 ☐3

3番

1　ゼミの発表の準備をしていたから

2　隣の家でパーティをしていたから

3　隣の子の泣き声で朝早く起きたから

4　アルバイトに行っていたから

4番

1　花屋

2　本屋

3　文房具屋

4　時計屋

5番
<ruby>番<rt>ばん</rt></ruby>

1　<ruby>中学生<rt>ちゅうがくせい</rt></ruby>

2　<ruby>中学<rt>ちゅうがく</rt></ruby>の<ruby>先生<rt>せんせい</rt></ruby>

3　<ruby>会社員<rt>かいしゃいん</rt></ruby>

4　<ruby>中学生<rt>ちゅうがくせい</rt></ruby>の<ruby>親<rt>おや</rt></ruby>

6番
<ruby>番<rt>ばん</rt></ruby>

1　<ruby>晴<rt>は</rt></ruby>れ

2　<ruby>曇<rt>くも</rt></ruby>りときどき<ruby>晴<rt>は</rt></ruby>れ

3　<ruby>曇<rt>くも</rt></ruby>りときどき<ruby>雨<rt>あめ</rt></ruby>

4　<ruby>雨<rt>あめ</rt></ruby>

聴解

もんだい
問題 3

問題 3 では、問題用紙に何もいんさつされていません。この問題は、全体としてどんな内容かを聞く問題です。話の前に質問はありません。まず話を聞いてください。それから、質問とせんたくしを聞いて、1 から 4 の中から、最もよいものを一つ選んでください。

ーメモー

Check □1 □2 □3

もんだい
問題4

問題4では、問題用紙に何もいんさつされていません。まず文を聞いてください。それから、それに対する返事を聞いて、1から3の中から、最もよいものを一つ選んでください。

ーメモー

もんだい
問題 5

問題 5 では、長めの話を聞きます。この問題には練習がありません。

メモをとってもかまいません。

1番、2番

問題用紙に何もいんさつされていません。まず話を聞いてください。それから、質問とせんたくしを聞いて、1から4の中から、最もよいものを一つ選んでください。

ーメモー

Check □ 1 □ 2 □ 3

3番

まず話を聞いてください。それから、二つの質問を聞いて、それぞれ問題用紙の1から4の中から、最もよいものを一つ選んでください。

質問1

1 怒ることについて
2 管理について
3 忘れることについて
4 ストレスについて

質問2

1 怒った後はすっきりするので、必要はない
2 いつも冷静なので、あまり必要ではない
3 アンガーマネージメントをするとストレスが増える
4 アンガーマネージメントができればストレスが減る

JLPTN2

- 解答用紙（かいとうようし）
- 正答表（せいとうひょう）
- 聴解スクリプト（ちょうかい）

STS

日本語能力試驗 解答用紙

N2

言語知識(文字・語彙・文法)・讀解

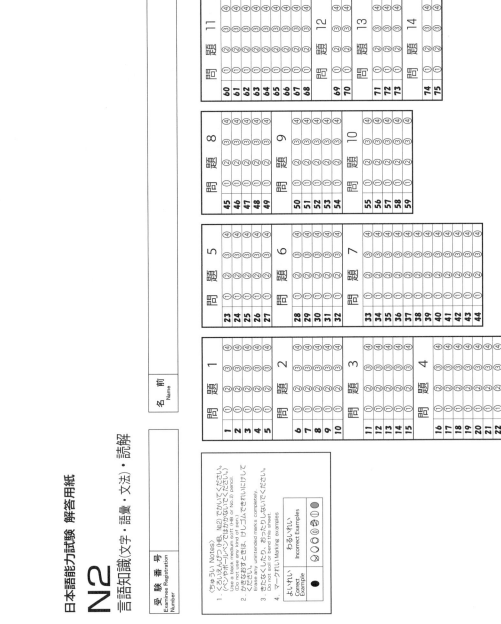

日本語能力試験 解答用紙

N2

聴解

受 験 番 号
Examinee Registration
Number

名 前
Name

〈ちゅうい Notes〉
1. くろいえんぴつ (HB、No.2) でかいてください。
   （ペンやボールペンではかかないでください。）
   Use a black medium soft (HB or No.2) pencil.
   (Do not use any kind of pen.)
2. かきなおすときは、けしゴムできれいにけして
   ください。
   Erase any unintended marks completely.
3. きたなくしたり、おったりしないでください。
   Do not soil or bend this sheet.
4. マークれい Marking examples

よいれい Correct Example	わるいれい Incorrect Examples
●	⊗◯◯◯◎●◑

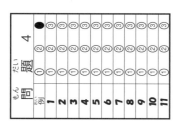

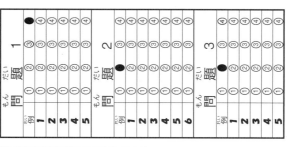

275

第1回 正答表

●言語知識（文字・語彙・文法）・読解

問題 1

1	2	3	4	5
2	3	1	4	2

問題 2

6	7	8	9	10
1	4	3	1	2

問題 3

11	12	13	14	15
2	4	2	1	3

問題 4

16	17	18	19	20	21	22
3	2	4	4	1	2	2

問題 5

23	24	25	26	27
2	2	4	1	3

問題 6

28	29	30	31	32
2	4	1	2	1

問題 7

33	34	35	36	37	38	39	40	41	42	43	44
2	3	3	1	4	2	1	3	3	4	2	2

問題 8

45	46	47	48	49
4	1	3	4	2

問題 9

50	51	52	53	54
2	2	2	3	1

問題 10

55	56	57	58	59
1	4	4	4	2

問題 11

60	61	62	63	64	65	66	67	68
2	3	3	4	1	2	2	4	1

問題12

69	70
1	2

問題13

71	72	73
3	4	1

問題14

74	75
3	4

●聴解

問題1

例	1	2	3	4	5
4	2	3	3	4	1

問題2

例	1	2	3	4	5	6
2	3	4	3	2	4	1

問題3

例	1	2	3	4	5
2	2	4	2	3	1

問題4

例	1	2	3	4	5	6	7	8	9	10	11
3	3	1	3	2	1	2	1	3	2	3	3

問題5

1	2	3	
		質問1	質問2
2	3	1	4

第 2 回 正答表

●言語知識（文字 ・ 語彙 ・ 文法）・ 読解

問題 1

1	2	3	4	5
4	2	1	2	2

問題 2

6	7	8	9	10
3	3	1	4	4

問題 3

11	12	13	14	15
3	3	1	4	2

問題 4

16	17	18	19	20	21	22
2	1	3	1	4	2	3

問題 5

23	24	25	26	27
1	3	3	1	4

問題 6

28	29	30	31	32
2	3	3	1	4

問題 7

33	34	35	36	37	38	39	40	41	42	43	44
3	1	2	2	4	2	1	3	2	1	3	4

問題 8

45	46	47	48	49
1	3	2	3	2

問題 9

50	51	52	53	54
3	1	4	2	4

問題 10

55	56	57	58	59
3	3	2	2	2

問題 11

60	61	62	63	64	65	66	67	68
1	2	4	3	2	4	3	1	2

問題 12

69	70
2	3

問題 13

71	72	73
1	3	4

問題 14

74	75
2	1

●聴解

問題 1

例	1	2	3	4	5
4	3	2	4	4	2

問題 2

例	1	2	3	4	5	6
2	3	1	2	3	4	2

問題 3

例	1	2	3	4	5
2	1	3	1	2	4

問題 4

例	1	2	3	4	5	6	7	8	9	10	11
3	2	2	2	1	1	2	1	2	1	2	1

問題 5

1	2	3	
		質問 1	質問 2
3	2	3	4

第3回 正答表

●言語知識（文字・語彙・文法）・読解

問題1

1	2	3	4	5
3	4	4	2	3

問題2

6	7	8	9	10
2	4	1	3	2

問題3

11	12	13	14	15
1	4	1	3	3

問題4

16	17	18	19	20	21	22
1	4	3	4	2	1	4

問題5

23	24	25	26	27
2	3	4	1	2

問題6

28	29	30	31	32
1	3	1	4	2

問題7

33	34	35	36	37	38	39	40	41	42	43	44
3	1	4	3	2	1	4	4	4	1	2	2

問題8

45	46	47	48	49
2	4	3	2	4

問題9

50	51	52	53	54
3	1	4	2	2

問題10

55	56	57	58	59
1	2	3	1	2

問題11

60	61	62	63	64	65	66	67	68
1	3	1	4	1	2	3	1	4

問題12

69	70
1	3

問題13

71	72	73
1	4	2

問題14

74	75
4	3

●聴解

問題1

例	1	2	3	4	5
4	2	1	4	4	4

問題2

例	1	2	3	4	5	6
2	4	1	4	3	1	3

問題3

例	1	2	3	4	5
2	1	3	1	4	1

問題4

例	1	2	3	4	5	6	7	8	9	10	11
3	1	2	1	1	3	1	2	3	1	2	1

問題5

1	2	3	
		質問1	質問2
2	3	1	1

第4回 正答表

●言語知識（文字・語彙・文法）・読解

問題1

1	2	3	4	5
2	3	1	4	2

問題2

6	7	8	9	10
2	1	2	1	4

問題3

11	12	13	14	15
4	3	2	3	1

問題4

16	17	18	19	20	21	22
2	4	1	1	3	3	3

問題5

23	24	25	26	27
4	3	1	3	1

問題6

28	29	30	31	32
3	3	4	2	2

問題7

33	34	35	36	37	38	39	40	41	42	43	44
1	3	2	3	4	1	3	3	2	1	4	2

問題8

45	46	47	48	49
1	4	2	1	3

問題9

50	51	52	53	54
3	1	4	4	3

問題10

55	56	57	58	59
3	3	1	4	3

問題11

60	61	62	63	64	65	66	67	68
2	3	4	3	3	2	1	2	4

問題12

69	70
3	4

問題13

71	72	73
3	4	2

問題14

74	75
3	4

●聴解

問題1

例	1	2	3	4	5
4	2	2	1	3	1

問題2

例	1	2	3	4	5	6
2	1	2	1	4	1	3

問題3

例	1	2	3	4	5
2	4	1	3	2	3

問題4

例	1	2	3	4	5	6	7	8	9	10	11
3	1	3	1	1	3	1	1	2	2	1	2

問題5

1	2	3	
		質問1	質問2
3	1	1	3

第 5 回 正答表

●言語知識（文字・語彙・文法）・読解

問題 1

1	2	3	4	5
2	3	3	1	4

問題 2

6	7	8	9	10
3	2	2	1	3

問題 3

11	12	13	14	15
1	2	1	4	4

問題 4

16	17	18	19	20	21	22
2	1	2	3	4	2	1

問題 5

23	24	25	26	27
1	4	2	2	3

問題 6

28	29	30	31	32
3	2	3	2	1

問題 7

33	34	35	36	37	38	39	40	41	42	43	44
4	2	1	3	2	4	1	3	2	4	2	3

問題 8

45	46	47	48	49
3	1	2	4	4

問題 9

50	51	52	53	54
4	3	3	1	2

問題 10

55	56	57	58	59
3	3	3	1	2

問題 11

60	61	62	63	64	65	66	67	68
1	3	2	3	3	2	1	3	3

問題12

69	70
4	3

問題13

71	72	73
2	3	4

問題14

74	75
4	2

●聴解

問題1

例	1	2	3	4	5
4	2	2	4	1	3

問題2

例	1	2	3	4	5	6
2	3	4	4	4	3	2

問題3

例	1	2	3	4	5
2	4	3	4	3	1

問題4

例	1	2	3	4	5	6	7	8	9	10	11
3	1	1	3	2	2	1	1	1	3	2	1

問題5

1	2	3	
		質問1	質問2
4	4	3	4

第6回 正答表

● 言語知識（文字 ・ 語彙 ・ 文法）・ 読解

問題 1

1	2	3	4	5
4	1	4	2	3

問題 2

6	7	8	9	10
1	2	4	1	3

問題 3

11	12	13	14	15
2	1	4	3	2

問題 4

16	17	18	19	20	21	22
4	3	2	2	1	4	4

問題 5

23	24	25	26	27
2	4	1	4	2

問題 6

28	29	30	31	32
1	4	2	2	4

問題 7

33	34	35	36	37	38	39	40	41	42	43	44
4	3	1	2	4	1	4	1	2	3	2	1

問題 8

45	46	47	48	49
3	2	1	2	1

問題 9

50	51	52	53	54
1	3	2	1	3

問題 10

55	56	57	58	59
2	2	2	3	3

問題 11

60	61	62	63	64	65	66	67	68
4	2	1	4	2	3	4	3	1

問題12

69	70
2	4

問題13

71	72	73
4	2	3

問題14

74	75
3	4

●聴解

問題1

例	1	2	3	4	5
4	2	4	3	3	1

問題2

例	1	2	3	4	5	6
2	4	2	3	4	1	1

問題3

例	1	2	3	4	5
2	2	3	3	4	4

問題4

例	1	2	3	4	5	6	7	8	9	10	11
3	1	2	3	1	1	2	1	2	1	3	2

問題5

1	2	3	
		質問1	質問2
4	3	1	4

聴解スクリプト

（M：男性　F：女性）

日本語能力試験聴解 N2　第一回

問題 1

例

レストランで店員と客が話しています。客は店員に何を借りますか。

M：コートは、こちらでお預かりします。こちらの番号札をお持ちになってください。

F：じゃあこのカバンもお願いします。ええと、傘は、ここに置いといてもいいですか。

M：はい、こちらでお預かりします。

F：だいぶ濡れてるんですけど、いいですか。

M：はい、そのままお預かりします。お客様、よろしければ、ドライヤーをお使いになりますか。

F：ハンカチじゃだめなので、何かふくものをお借りできれば…。ドライヤーはいいです。ふくだけでだいじょうぶです。

客は店員に何を借りますか。

1 番

教室で男の先生と学生が話しています。学生はこのあと何をしなければなりませんか。

M：田中さん、夏休みの宿題で海の絵を提出したでしょう。

F：ああ…はい。

M：あれ、上手く描けていたので、コンクールに出しました

F：ええっ。

M：で、あの絵について、短い作文を書いてくれませんか。

F：作文ですか。あの、どれぐらいの長さですか。

M：百字程度でいいです。用紙は後で渡しますから、今週中に出してください。

F：はい、わかりました。

学生はこのあと何をしなければなりませんか。

2番

会社で男の人と女の人が話しています。男の人は何時に会社を出ますか。

F：田中さん、出かけるの早いですね。まだ9時前なのに。会議は何時からですか。

M：10時からです。でも、あちらには電車とバスで40分くらいかかりますので、もう出ます。

F：そうですか。で、新製品の見本は。

M：山口さんが9時までに持って来てくれることになっているので、受け取ったら出ようかと。

F：山口さんならさっきエレベーターで会ったから、もうすぐ来ますよ。ああ…荷物、結構大きいから、車で行ったらどう。車なら10分で行けるし。

M：ああ、そうですね。じゃ、メールをチェックしてから行けるな。

F：でも会議の10分前に着けるようにね。

M：はい。そうします。

男の人は何時に会社を出ますか。

3番

郵便局の窓口で女の人が料金について聞いています。女の人は、全部でいくら払いますか。

F：速達で送りたいんですけど。

M：はい、時間を指定しない場合は…1通当たり372円ですね。

F：時間、指定できるんですか。それなら、そっちの方がいいです。

M：では、この紙にご記入ください。…ありがとうございます。そうしますと1通422円になります。

F：では3通で。全部、同じ料金ですね。

M：重さは…ええと…はい。全部同じです。

女の人は、全部でいくら払いますか。

4番

女の学生が男の学生に話しています。男の学生は明日、何を持って来なければなりませんか。

F：ジュンさん、明日のこと、ワンさんに聞いた？

M：いや、まだ聞いてない。校外学習だよね。何か持って行くものとか、ある？

F：ええっと、明日は9時に学校に集合。バスで海に行ってバーベキューだから、お昼ご飯は持ってこなくていいんだって。肉とか野菜も、全部準備されてるから。

M：お金_{かね}は？

M：お金は？

F：もう払ってあるから大丈夫。行きも帰りも観光バスだし。あとは…そうそう、自分の飲み物は
　　持って来てって。

M：ビールとか？

F：お酒はだめだって。…まあ、私は行けないけど、私の分まで楽しんできてね。

M：えっ、行けないの？残念だね。

男の学生は明日、何を持って来なければなりませんか。

5番

先生と学生が話しています。学生は次に何をしなければなりませんか。

M：先生、今度の見学会の申込書、作りました。それと、これがみんなの連絡先です。

F：ああ、ありがとう。全員のアドレスですね。住所はまあいいけど、電話番号はいりますよ。
　　今日の授業の後にでも聞いといてください。やっぱり緊急時にはないと困ることがあるので。

M：わかりました。あ、先生のも、うかがっていいですか。

F：そうね。じゃあ…メモしますね。携帯です。よろしく。あと、申込書は人数分コピーしておいてね。
　　あっ、でもほら、ここ、まちがってる。「お願いいたします」、が、「お願いたします」になってる。

M：あっ、すみません、帰ってから直します。

学生は次に何をしなければなりませんか。

問題2

例

男の人と女の人が話しています。男の人はどうして寝られないと言っていますか。

M：あーあ。今日も寝られないよ。

F：どうしたの。残業？

M：いや、中国語の勉強をしなくちゃいけないんだよ。おととい、部長に呼ばれたんだ。それで、
　　この前の会議の話をされてさ。

F：何か失敗しちゃったの？

M：いや、あの時、中国語の資料を使っただろう、って言われてさ。それなら、中国語は得意だろうから、
　　来月の社長の出張について行って、中国語の通訳をしてくれって頼まれちゃって。仕方がない

からすぐに本屋で買って来たんだ。このテキスト。

F：ああ、これで毎晩練習しているのね。でも、社長の通訳なんてすごいじゃない。がんばって。

男の人はどうして寝られないと言っていますか。

1番

大学で男の学生と女の学生が話しています。女の学生はどうして元気がないのですか。

F：ああ、今日は6時間目まで授業があるなあ。

M：そうだね。あれ、なんか元気ないね。熱でもあるんじゃない。

F：今はそういうわけじゃないんだけど、先週、風邪ひいて熱が出たせいか、治ったのに食欲がわかなくて。好きなもの食べられないから力が出ないのよね。おかゆばっかりなんだもん。

M：珍しいね。いつも食欲だけはだれにも負けないのに。

F：うん。咳とか鼻水とか他の症状が何もないのに食べられないって、いちばんくやしいよ。

女の学生はどうして元気がないのですか。

2番

女の店員と男の人がカバンについて話しています。男の人はどんなカバンがほしいと言っていますか。

F：どんなカバンをお探しでしょうか。

M：来週出張に行くので、そのときに使うカバンがほしいんですが。

F：1泊用ですとこちら、2,3泊用ですと、こちらになりますが…。

M：出張先で持って歩くカバンがほしいんです。

F：ああ、それなら、スーツケースに収まるタイプがよろしいですね。こちらは柔らかくて、このようにすればかなり小さくなります。

M：うーん、もっとしっかり堅い方がいいな。色は黒でいいんですけど。それと、肩に下げる時の紐がついていないのはありますか。

男の人はどんなカバンがほしいと言っていますか。

3番

電話で男の人と女の人が話しています。男の人が遅くなる理由は何ですか。

M：お世話になっております。田中です。

F：ああ、田中さん。山口です。こちらこそお世話になっております。

M：本当に申し訳ないんですが、今、横浜駅の近くにいて、そちらにうかがうのが予定よりもうちょっと遅くなりそうなんです。

F：ああ、それはいいですよ。今日はまだしばらく会社にいますから。ひどい雨だし、電車、遅れているみたいですね。

M：ああ、そうみたいですね。私は車なんですが、どうもさっき、踏切で事故があったようで、それでかなり道が渋滞しちゃってて。

F：それは大変ですね。うちは大丈夫ですよ。道がわからなかったら、またお電話くださいね。気をつけていらっしゃってください。

男の人が遅くなる理由は何ですか。

4番

女の店員と男の人が掃除機について話しています。女の人は掃除機が壊れた理由は何だと言っていますか。

F：ああ、こちらですね。

M：はい。ふつうに使っていたんですけどね。動かなくなったので、何か大きいものでも詰まったのかと思ったんですけど、何もつまってなくて。

F：そうですか…。ああ、ここ、へこんでますね。

M：ええ、半年ぐらい前に、階段から落としちゃって。でもその後もちゃんと使えてたんです。きのうは、吸い込む力が弱くなったから、中を見てみようと思って、このふたを開けたら、ここのスイッチのとこが割れちゃって。

F：ああ、そうでしたか。たぶん、ふたを開けて、中を触った時に壊れたんだと思いますよ。吸い込む力が弱くなったのは、故障じゃなくて、後ろの吹き出し口に埃がついていたからですね。この部分は取り外せるので、たまに洗っていただければ大丈夫です。ただ、スイッチの部分って壊れやすいので…。お預かりして調べてみないと修理代はわからないんですけど。

女の人は掃除機が壊れた理由は何だと言っていますか。

5番

<ruby>父親<rt>ちちおや</rt></ruby>と<ruby>女<rt>おんな</rt></ruby>の<ruby>子<rt>こ</rt></ruby>が<ruby>話<rt>はな</rt></ruby>しています。<ruby>女<rt>おんな</rt></ruby>の<ruby>子<rt>こ</rt></ruby>はどうしてプールに<ruby>行<rt>い</rt></ruby>きたくないのですか。

M：さあ、でかけるよ。<ruby>忘<rt>わす</rt></ruby>れ<ruby>物<rt>もの</rt></ruby>はないかたしかめて。

F：うん。でもさ、<ruby>今日<rt>きょう</rt></ruby>ちょっと<ruby>曇<rt>くも</rt></ruby>っているんじゃない。

M：いや、<ruby>雲<rt>くも</rt></ruby>なんか<ruby>全然<rt>ぜんぜん</rt></ruby>ないよ。あれ、はるなはプールに<ruby>行<rt>い</rt></ruby>きたくないのか。それじゃ、いつになっても<ruby>泳<rt>およ</rt></ruby>げるようにならないよ。

F：もうお<ruby>父<rt>とう</rt></ruby>さん、<ruby>私<rt>わたし</rt></ruby>、この<ruby>前<rt>まえ</rt></ruby>の 25 メートル、クラスで<ruby>一番<rt>いちばん</rt></ruby>だったよ。

M：ええっ、そうなのか。すごいな。じゃあなんで<ruby>行<rt>い</rt></ruby>きたくないんだ。

F：だって<ruby>今日<rt>きょう</rt></ruby>、6<ruby>時<rt>じ</rt></ruby>から…。

M：ああ、あの<ruby>歌手<rt>かしゅ</rt></ruby>の<ruby>出<rt>で</rt></ruby>るドラマだな。わかったよ。6<ruby>時前<rt>じまえ</rt></ruby>には<ruby>帰<rt>かえ</rt></ruby>るから。ほら、<ruby>行<rt>い</rt></ruby>こう。

<ruby>女<rt>おんな</rt></ruby>の<ruby>子<rt>こ</rt></ruby>はどうしてプールに<ruby>行<rt>い</rt></ruby>きたくないのですか。

6番

<ruby>男<rt>おとこ</rt></ruby>の<ruby>人<rt>ひと</rt></ruby>と<ruby>女<rt>おんな</rt></ruby>の<ruby>人<rt>ひと</rt></ruby>が<ruby>公園<rt>こうえん</rt></ruby>で<ruby>話<rt>はな</rt></ruby>しています。<ruby>女<rt>おんな</rt></ruby>の<ruby>人<rt>ひと</rt></ruby>がよくこの<ruby>公園<rt>こうえん</rt></ruby>に<ruby>来<rt>く</rt></ruby>る<ruby>理由<rt>りゆう</rt></ruby>はなんですか。

M：おはようございます。

F：ああ、おはようございます。<ruby>早<rt>はや</rt></ruby>いですね。

M：ええ、<ruby>犬<rt>いぬ</rt></ruby>がね、<ruby>早<rt>はや</rt></ruby>く<ruby>連<rt>つ</rt></ruby>れて<ruby>行<rt>い</rt></ruby>けってうるさくて。<ruby>散歩<rt>さんぽ</rt></ruby>は、<ruby>朝早<rt>あさはや</rt></ruby>い<ruby>方<rt>ほう</rt></ruby>が<ruby>涼<rt>すず</rt></ruby>しいですからね。

F：かわいいですね。<ruby>私<rt>わたし</rt></ruby>、<ruby>犬<rt>いぬ</rt></ruby>、<ruby>大好<rt>だいす</rt></ruby>きなんです。<ruby>触<rt>さわ</rt></ruby>ってもいいですか。

M：ええ、どうぞ。<ruby>最近毎日<rt>さいきんまいにち</rt></ruby>お<ruby>会<rt>あ</rt></ruby>いしますね。マラソン<ruby>大会<rt>たいかい</rt></ruby>の<ruby>練習<rt>れんしゅう</rt></ruby>ですか。

F：ああ、<ruby>実<rt>じつ</rt></ruby>は<ruby>先週<rt>せんしゅう</rt></ruby>まで<ruby>入院<rt>にゅういん</rt></ruby>をしていて、もうすぐ<ruby>仕事<rt>しごと</rt></ruby>にもどるので、<ruby>体力<rt>たいりょく</rt></ruby>をつけたくてちょっとずつ<ruby>走<rt>はし</rt></ruby>っているんです。<ruby>休<rt>やす</rt></ruby>んだり、<ruby>歩<rt>ある</rt></ruby>いたりしながらですけど。

M：ああ、そうでしたか。

<ruby>女<rt>おんな</rt></ruby>の<ruby>人<rt>ひと</rt></ruby>がよくこの<ruby>公園<rt>こうえん</rt></ruby>に<ruby>来<rt>く</rt></ruby>る<ruby>理由<rt>りゆう</rt></ruby>はなんですか。

聴解

例

テレビで俳優が、子どもたちに見せたい映画について話しています。

M：この映画では、僕はアメリカ人の兵士の役です。英語は学校時代、本当に苦手だったので、覚えるのも大変でしたし、発音は泣きたくなるぐらい何回も直されました。僕がやる兵士は、明治時代に日本からアメリカに行った人の孫で、アメリカ人として軍隊に入るっていう、その話が中心の映画なんですが、銃を持って、祖父の母国である日本の兵士を撃つ場面では、本当に複雑な辛い気持ちになりました。アメリカの女性と結婚して、年をとってから妻を連れて、日本に旅行に行くんですが、自分の祖父のふるさとをたずねた時、妻が一生懸命覚えた日本語を話すんです。流れる音楽もいいですし…とにかくとてもいい映画なので、ぜひ観てほしいと思います。

どんな内容の映画ですか。
1　昔の小説家についての映画
2　戦争についての映画
3　英語 教 育のための映画
4　日本の音楽についての映画

1番

男の人と女の人が会社の廊下で話しています。

F：ねえ、この貼り紙、見て。明日から一週間、食堂が休みだって。

M：うん。知ってるよ。あれ？知らなかった？

F：工事の事は聞いてたけど、食堂もなんて、知らなかった。どうしよう…。

M：まあ、たまにはコンビニもいいよ。屋上でのんびり食べても楽しいんじゃない？

F：うちの社員がみんなで行けば、お弁当、すぐ売り切れちゃうよ。しょうがない。朝、ごはん炊くのは面倒だけど、お弁当作って来るしかないかな。食べに行ったりする時間なんてないから。

M：そうだな。僕はがんばっておにぎりでも作ってみようかな。

F：今までやったことないんでしょ。できる？

食 堂が休みになることについて女の人はどう思っていますか。
1　怒っている
2　困っている

3 楽しいと思っている

4 よかったと思っている

2番

医者がコーヒーについて話しています。

M：朝、起きてすぐ一杯のコーヒーを飲むことが習慣になっている人は多いと思います。一日のうちに、3杯までのコーヒーなら問題はないといいますが、例えばお子さんなどには積極的に飲ませるべきではありません。大人でもたくさん飲めば、夜、眠れなくなったり、コーヒーを飲まない時に頭痛が起きたりします。また、コーヒーを飲むことによって、どんどんトイレに行く回数が増えるわけですから、飲まない時よりも多くの水分をとらなければならないわけです。夏の暑いときは、私はコーヒーを飲んでいるからだいじょうぶ、なんて思わないで、コーヒーを一杯飲んだら、必ずそれと同じ量の水を飲む、と決めておいた方がいいですね。

医者はコーヒーについてどう考えていますか。

1 コーヒーは健康にいい

2 こどもにもコーヒーを飲ませた方がいい

3 冬はコーヒーを飲まない方がいい

4 コーヒーを飲むには注意が必要だ

3番

交番で警官と女の人が話しています。

M：失くしたのはこの近くですか。

F：はい、たぶん、そうだと思います。家を出る時はつけていたのですが、電車に乗って気づいた時にはなかったので。

M：形とか、色とか、特徴を教えてください。

F：金色で、数字は12、3、6、9だけです。ベルトは茶色い革です。電池で動くタイプで、とても薄いです。ベルトが古くなって緩んでいたので、気づかないうちに落としたのかもしれません。あ、最後に見た時間は8時半でした。

M：そうですか。今のところ届いていませんが、こちらにご住所とお名前をお書きください。あと、電話番号もお願いします。

女の人は、何をなくしましたか。

1　ネックレス

2　腕時計

3　カバン

4　スマートフォン

4番

テレビで、レポーターがこれからの天気について話しています。

F：今現在降っているのは小雨ですが、夕方から夜にかけての帰宅時間には、台風15号の影響で、大雨になることが予想されます。明日の水曜日も、朝夕の、ちょうど通勤、通学の時間には激しい雨や雷雨となり、交通に影響が出る可能性があります。十分な雨対策をして、時間に余裕を持って出勤をしてください。日中は時々日が差すところもありますが、折り畳み傘が活躍します。あさって以降、天気は徐々に回復して青空が戻りますが、小型の台風16号も勢力を増しながら接近しており、海上では引き続き十分な警戒が必要です。

明日の天気はどうなると言っていますか。

1　朝は晴れるが、夕方から夜には雨が降る

2　朝は雨が降るが、夕方は晴れる

3　ときどき晴れるが、朝と夕方から夜にかけては雨が降る

4　晴れるが、台風が近づいて風が強くなる

5番

大学で、女の学生と男の学生が話しています。

M：発表、お疲れ様。

F：ありがと。

M：あれ、せっかく終わったのに、嬉しくないの。

F：うーん、初めての発表だったから、仕方がないとは思うんだけど。ほら、途中で資料について質問されたでしょう。

M：ああ、そうだったね。なぜ同じ調査を3回もしたのかって。

F：もちろん、たくさんのデータをとるためだったけど、それだけじゃないんだよね。

M：それはそうだけど、あまりいろいろ答えたら混乱しちゃうから、あれでよかったんじゃない。

F：ううん。ああいう質問が出ることは予想できたはずだから、始めから整理をしておけばもっと

いい説明ができたんじゃないかなって思って。

女の学生は今、どんな気持ちですか。
1 反省している
2 怒っている
3 迷っている
4 満足している

問題4

例
M：あのう、この席、よろしいですか。

F：1 ええ、まあまあです。

　　2 ええ、いいです。

　　3 ええ、どうぞ。

1番
M：もっと練習すればよかったのに。

F：1 はい、ありがとうございます。

　　2 いいえ、まだまだです。

　　3 すみません。次は、がんばります。

2番
M：田中君、あと30分もすれば来るはずだよ。

F：1 じゃあ、どこかでコーヒーでも飲んでこようか。

　　2 それなら、呼んでみよう。

　　3 きっと、もう来たよ。

3番
M：営業部の山本さん、たしか、あと1週間で退職するんだったよね。

F：1　ええ。久しぶりです。

　　2　ええ。懐かしいですね。

　　3　ええ。寂しくなりますね。

4番

M：できるだけのことはしたんですから、だめでもしかたないですよ。

F：1　そうですね。もっと調べておけばよかった。

　　2　そうかな。もっと他にできることは本当になかったのかな。

　　3　そんなに準備しなかったのに、運がいいですね。

5番

F：私がそちらへ参りましょうか

M：1　はい、お願いします。ここでお待ちしています。

　　2　はい、行きましょう。すぐに出ます。

　　3　はい、私も参ります。そちらから。

6番

M：さっさと帰れば間に合うのに。

F：1　本当によかった。

　　2　すぐには無理。

　　3　やっと間に合ったね。

7番

F：田中さんは、どちらにいらっしゃいますか。

M：1　田中は、あちらの会議室におります。

　　2　田中は、あちらの会議室にいらっしゃいます。

　　3　田中は、あちらの会議室にいってらっしゃいます。

8番

M：こんな絵が描けるなんて、留学しただけのことはあるね。

F：1　うん。あまり上手くないね。

　　2　うん。ひどいね。

　　3　うん。上手だね。

9番

F：私は説明したんですが、部長は怒る一方でした。

M：1　許してもらえたんですか。よかったですね。

　　2　許してもらえないんですか。困りましたね。

　　3　許してあげたんですか。よかったですね。

10番

M：この実験、こんどこそ成功させたいんだ。

F：1　うん。何回も成功したから、きっとだいじょうぶだよ。

　　2　うん。もう一回できるといいね。

　　3　うん。もう三回目だから、きっとできるよ。

11番

F：昨日のテスト、あまりの難しさに泣きたくなっちゃった。

M：1　うん。簡単でよかったね。

　　2　うん。あまり難しくなくてよかったね。

　　3　うん。僕もぜんぜんできなかった。

問題5

1番

電話で女の人と店員が話しています。

F：プリンターが急に印刷できなくなってしまったんです。いろいろやってみたんですけど。

M：そうですか。一回見てみないとなんとも言えないので、こちらに持ってきて頂くことはできますか。

F：持っていくのは難しいですね。大きいし重いので。修理に来ていただくか、取りに来てもらうことはできませんか。

M：はい、両方とも可能ですが、修理に伺う場合は、出張代が別に五千円かかります。ご依頼のあったお宅から順番に伺っていますので、数日お待ちいただきますが。

F：時間がかかるんですね。

M：宅配便で送られてはどうですか。宅配便も業者が家まで取りに来てくれますし、箱の用意もありますし。

F：うーん、でも、まあ、なんとか運びます。すぐに見てほしいので。

女の人は、どうすることにしましたか。
1 修理を頼まないことにした
2 店にプリンターを持っていく
3 家まで修理に来てもらう
4 宅急便で店にプリンターを送る

2番

学生3人が、夏休みの旅行について話しています。

M：せっかく車を借りられるんだったら、山でキャンプも楽しいと思うよ。朝早く行って、場所とって。

F1：いいね。山なら食事は川で魚を釣って焼くのはどう？

F2：楽しいと思うけど、いろいろ持っていくのは大変だよ。私は海の方がいいなあ。海岸でのんびりしたいから。

M：まあ、キャンプだとのんびりって感じじゃないね。じゃあ牧場なんてどうかな。

F2：私は、のんびりできればどこでもいいよ。でも、牧場で何をするの？

M：ちょっとまって。…ほら、これ、その牧場のホームページなんだけど、プールもあるんだ。馬に乗ったり、アイスクリームを作って食べたりもできるよ。羊やうさぎも。ほら。かわいいよ。

F1：うーん、私は動物がちょっと…。魚釣りは好きなんだけどね。

M：そうか。じゃみんな楽しめる所に行こう。僕も泳ぎたいし。

3人はどこへ行くことにしましたか。

1　山
2　川
3　海
4　牧場

3番

テレビで、ある調査の結果について話しています。

M：子どもたちの夢が変わってきています。「両親と同じ仕事をしたいと思うか」という質問に、多くの子どもが「どちらの親の仕事もしたくない」と答えました。「したい」という回答は3割でした。「親と異なる仕事に就きたい」と答えた子どもの理由で最も多かったのは「やりたい仕事がきまっているから」でしたが、他に、「忙しそうだから」や「お金が稼げなさそうだから」などという答えもありました。人気のある仕事は、男の子の1位がサッカー選手、女の子の1位はケーキ屋さんでした。

M1：僕も同じだ！おねえちゃんは歌手になりたいんだって。ねえ、お父さんはどうだった。

M2：子どもの頃はよくおじいちゃんの病院に行っていて、医者になりたいって思ったよ。忙しそうで、あんまり給料も高くなかったけどね。

M1：ふうん。お母さんはどうだった。

F：お母さんも歌手がいいと思ってたな。私はおばあちゃんと同じ仕事をしたいとは思わなかった。だっておばあちゃん、忙しそうだったから。

M1：ええっ！それなのに、なんで？

F：何でかなあ。まあ、かっこいいとは思ってたけどね。子どもも、教えることも好きだったから。

M2：僕は、建築の仕事は好きだけど夢をかなえられなかったことはやっぱりくやしいな。おまえは、絶対に夢をかなえろよ。

M1：うん！

質問1．息子は、どんな仕事がしたいと言っていますか。

質問2．母親はどんな仕事をしていますか。

聴
解

問題 1

例

レストランで店員と客が話しています。客は店員に何を借りますか。

M：コートは、こちらでお預かりします。こちらの番号札をお持ちになってください。

F：じゃあこのカバンもお願いします。ええと、傘は、ここに置いておいといてもいいですか。

M：はい、こちらでお預かりします。

F：だいぶ濡れてるんですけど、いいですか。

M：はい、そのままお預かりします。お客様、よろしければ、ドライヤーをお使いになりますか。

F：ハンカチじゃだめなので、何かふくものをお借りできれば…。ドライヤーはいいです。ふくだけでだいじょうぶです。

客は店員に何を借りますか。

1番

旅行ガイドが話をしています。この寺でしてはいけないことはなんですか。

M：このお寺は、今から 400 年前に建てられました。一般に見学ができるようになったのは、今世紀になってからで、それまでは年に数日しか見学できませんでした。中はもちろん禁煙で、飲食もできません。もし中に入る場合は、入口で靴を脱いで、ビニール袋に入れて入ってください。あと、写真ですが、中でも庭でも、混んだ場所で長い間止まって撮影するのはご遠慮ください。それでは、時間までどうぞごゆっくり見学なさってください。

この寺でしてはいけないことはなんですか。

2番

男の人と女の人が話しています。二人は、何時からの映画の席を予約しますか。

F：会社を出るのが 6 時だから、6 時半からだとちょっと間に合わないな。

M：そうか。僕は明日はけっこう早く帰れそうだから、6 時半でもいいんだけどね。

F：へえ。珍しい。じゃ、私もがんばって早めに仕事を終わらせて、なんとか間に合うようにするよ。

M：でもこれ、少しでも遅くなったら話がわからなくなるよ。7 時でいいよ。やっぱり映画は、絶対に最初から見ないとダメだ。

F：だいじょうぶよ。でも、あ、50分に始まるのもある。

M：そうなんだけどさ、こっちは全部売り切れだよ。席がない。

F：ああ、残念。じゃ、やっぱりがんばるから、先に行って座ってて。

M：そう？じゃ予約するよ。

二人は、何時からの映画の席を予約しますか。

3番

男の人が旅行会社に電話をして、バスのチケットを予約しています。男の人は料金をどうやって支払いますか。

F：京都まで、大人お一人様、11時ご出発のロイヤルシートですね。7,800円になります。お支払い方法はどうなさいますか。

M：ええと、銀行振り込みで。

F：申し訳ありません、こちら、あさってのご出発なので、直接こちらの窓口に来ていただくか、インターネットを使ってクレジットカードでお支払いいただく方法になってしまうんです。コンビニも、ちょっと間に合わないので。

M：チケットはどうなりますか。

F：はい、お支払いの確認後に、速達でお送りします。

M：受け取りに行くことはできるんですか。

F：はい。本日ですと8時まで開いております。お支払いが済めばその場でチケットもお渡しします。

M：じゃ、そうします。

男の人は料金をどうやって支払いますか。

4番

会社で、上司が部下に話をしています。部下はこれから何をしなければなりませんか。

M：今までかなり準備をしていたみたいだから、だいじょうぶだと思うけど、明日の資料の準備はできている？

F：はい。中国語の資料を準備しました。あと、通訳も9時に来ます。今回、英語の資料は準備していませんが…。

M：ああ、それはいいよ。会議室で使うマイクは？

F：はい、今朝、置いておきました。

M：あ、あれね、ちょっと調子が悪かったから、田中君に直してもらっているんだ。

F：田中さん、さっきでかけてしまって、今日は会社に戻らないと言っていましたが。

M：えっ、まずいな、彼は明日使うことは知らないはずだから。連絡とれるかどうか…。確かあれしかないと思うけど。

F：わかりました。すぐに新しいのを準備します。

部下はこれから何をしなければなりませんか。

5番

男の人と女の人が話しています。二人はまず何をしなければなりませんか。

M：ああ疲れた。

F：ほんと。でも、久しぶりに楽しかったね。やっぱり山はいいよ。さあ、シャワー浴びようっと。

（電話の着信音）

F：もしもし…あ、お母さん、こんにちは。…はい。えっ！？　はい…だいじょうぶです。じゃ、お待ちしています。…大変。今からお母さんが来るって。

M：えっ、今から？断ればよかったのに。

F：そんなの無理よ。掃除しないと。あっ、買い物。買い物が先。冷蔵庫の中、何にもないよ。これじゃ料理も何にもできないから。

M：でも、この洗濯物、どうするの。

F：そんなのあとでいいよ。

二人はまず何をしなければなりませんか。

問題2

例

男の人と女の人が話しています。男の人はどうして寝られないと言っていますか。

M：あーあ。今日も寝られないよ。

F：どうしたの。残業？

M：いや、中国語の勉強をしなくちゃいけないんだよ。おととい、部長に呼ばれたんだ。それで、この前の会議の話をされてさ。

F：何か失敗しちゃったの？

M：いや、あの時、中国語の資料を使っただろう、って言われてさ。それなら、中国語は得意だろうから、来月の社長の出張について行って、中国語の通訳をしてくれって頼まれちゃって。仕方がないからすぐに本屋で買って来たんだ。このテキスト。

F：ああ、これで毎晩練習しているのね。でも、社長の通訳なんてすごいじゃない。がんばって。

男の人はどうして寝られないと言っていますか。

1番

女の人と店員が話しています。店員はどうしてあやまっているのですか。

M：いらっしゃいませ。

F：あのう、さっきここで買ったんですけど、袋にちがう物が入っていて。

M：あ、これは…。大変失礼いたしました。

F：忙しそうだったんで、しょうがないとは思うんですけど。

M：少々お待ちください。…（間）…こちらの品物で間違いはないでしょうか。

F：そうそう。こっちのシャツです。

M：もう、本人が帰ってしまったのですが、よく注意します。わざわざ来ていただいて恐縮です。本当に申し訳ありません。もうこんなことがないように気をつけますので、どうかまたよろしくお願いいたします。

店員はどうしてあやまっているのですか。

2番

母親と父親が、子どものノートについて話しています。母親は、どんなノートの取り方がいいと言っていますか。

M：これ、さとしのノート？…なんだ、ちゃんと書いてないな。

F：ああ、そう思う？でもね、これ、結構ちゃんと書けてるほうみたいよ。この前、中学の先生がテレビで話してた。

M：ふうん。まあ、字は…汚くはないな。えんぴつもちゃんと削ってあるし。

F：そうよ。

M：でも、先生が黒板に書いてあったことしか書いてないよ。書かないのかな？例えば、先生の話のメモとかさ。

F：ああ、自分で疑問に思ったこととかね。まあ、それができるに越したことはないけど、中学生には無理だって。私も、欲張っていろいろ書いているうちに大切なことを聞き逃すより、中学の間は、先生が書いたことをきちんとした字で写すことが大事だと思う。あとで赤いペンで重要なとこに印をつければ十分よ。

母親は、どんなノートの取り方がいいと言っていますか。

3番

息子と母親が家で話しています。母親が忙しい理由は何ですか。

M：あれ、出かけるの。

F：そう。もう忙しくて目が回りそう。昨日も区役所やら郵便局やらで待たされて、今日は銀行。住所変更だけなんだけど、また待たされるかな。

M：住む所が変わるんだからしかたないよ。あーあ、明日からテスト。いやだなあ。食事はどうするの。

F：カレーを作っておいたから食べて。

M：うん。お母さんはどうするの。

F：帰って来てから食べるわ。午後は本を箱につめなきゃ。じゃ、行ってくるから、試験の勉強、がんばってよ。

母親が忙しい理由は何ですか。

4番

大学で、男の先生と女の先生が話しています。男の先生は、なぜ参加者が多かったと言っていますか。

F：研修旅行、お疲れ様でした。

M：手伝っていただいて、いろいろ助かりました。ホテルの食事もなかなかでしたよ。

F：たいして珍しいところでもないのに参加者が急に増えたのは驚きましたね。

M：今回は、申し込み締切日の直前に、現地で働いている人の講演がありましたよね。やはり、国際交流の現場を体験したいと思ったんでしょうね。

F：国際交流についてはこれからテキストで学ぶところですが、ちょうどいいきっかけになるんじゃないでしょうか。

M：今回の経験を通して、異文化を理解するには、思い切ってまず向こうの文化に飛び込んでみることも大切だと感じてくれているといいんですか。

男<ruby>男<rt>おとこ</rt></ruby>の<ruby>先生<rt>せんせい</rt></ruby>は、なぜ<ruby>参加者<rt>さんかしゃ</rt></ruby>が<ruby>多<rt>おお</rt></ruby>かったと<ruby>言<rt>い</rt></ruby>っていますか。

5番

<ruby>男<rt>おとこ</rt></ruby>の<ruby>人<rt>ひと</rt></ruby>が<ruby>近所<rt>きんじょ</rt></ruby>の<ruby>人<rt>ひと</rt></ruby>と<ruby>話<rt>はな</rt></ruby>しています。<ruby>男<rt>おとこ</rt></ruby>の<ruby>人<rt>ひと</rt></ruby>はこれからどうすると<ruby>言<rt>い</rt></ruby>っていますか。

F：<ruby>中野<rt>なかの</rt></ruby>さん、こんにちは。

M：ああ、どうも（<ruby>犬<rt>いぬ</rt></ruby>の<ruby>鳴<rt>な</rt></ruby>き<ruby>声<rt>ごえ</rt></ruby>）。

F：（<ruby>犬<rt>いぬ</rt></ruby>に）ジョン、<ruby>久<rt>ひさ</rt></ruby>しぶり。（<ruby>男<rt>おとこ</rt></ruby>の<ruby>人<rt>ひと</rt></ruby>に）ご<ruby>旅行<rt>りょこう</rt></ruby>でしたか。

M：しばらく、<ruby>息子<rt>むすこ</rt></ruby>の<ruby>家<rt>いえ</rt></ruby>に<ruby>行<rt>い</rt></ruby>っていたんですよ。そういえば、<ruby>近<rt>ちか</rt></ruby>くで<ruby>事件<rt>じけん</rt></ruby>があったようですね。そこにたくさん<ruby>警官<rt>けいかん</rt></ruby>がいましたよ。

F：あのマンションにどろぼうが<ruby>入<rt>はい</rt></ruby>ったみたいですよ。こわいですよね。

M：ああ、カギの<ruby>閉<rt>し</rt></ruby>め<ruby>忘<rt>わす</rt></ruby>れかな。

F：いえ、<ruby>空<rt>あ</rt></ruby>いてる<ruby>窓<rt>まど</rt></ruby>から<ruby>入<rt>はい</rt></ruby>ったみたいです。<ruby>誰<rt>だれ</rt></ruby>もいない<ruby>時間<rt>じかん</rt></ruby>を<ruby>狙<rt>ねら</rt></ruby>って。

M：そうか。ここらへんは<ruby>昼間<rt>ひるま</rt></ruby>も<ruby>人<rt>ひと</rt></ruby>が<ruby>少<rt>すく</rt></ruby>ないからなあ。よし。ご<ruby>近所<rt>きんじょ</rt></ruby>のために、こいつともっと<ruby>出<rt>で</rt></ruby><ruby>歩<rt>ある</rt></ruby>こう。

F：ああ、みなさんも、とても<ruby>助<rt>たす</rt></ruby>かりますよ。ジョン、よろしくね。

<ruby>男<rt>おとこ</rt></ruby>の<ruby>人<rt>ひと</rt></ruby>はこれからどうすると<ruby>言<rt>い</rt></ruby>っていますか。

6番

<ruby>会社<rt>かいしゃ</rt></ruby>で<ruby>男<rt>おとこ</rt></ruby>の<ruby>人<rt>ひと</rt></ruby>と<ruby>女<rt>おんな</rt></ruby>の<ruby>人<rt>ひと</rt></ruby>が<ruby>話<rt>はな</rt></ruby>しています。<ruby>女<rt>おんな</rt></ruby>の<ruby>人<rt>ひと</rt></ruby>は<ruby>男<rt>おとこ</rt></ruby>の<ruby>人<rt>ひと</rt></ruby>にいつ<ruby>書類<rt>しょるい</rt></ruby>を<ruby>渡<rt>わた</rt></ruby>しますか。

M：おはようございます。

F：おはようございます。<ruby>明日<rt>あした</rt></ruby>の<ruby>会議<rt>かいぎ</rt></ruby>の<ruby>資料<rt>しりょう</rt></ruby>、あと<ruby>一時間<rt>いちじかん</rt></ruby>ほどでできますがどうやってお<ruby>渡<rt>わた</rt></ruby>ししましょうか。

M：<ruby>今<rt>いま</rt></ruby>、<ruby>9時<rt>じ</rt></ruby>ですね。じゃ、カラーで<ruby>印刷<rt>いんさつ</rt></ruby>して<ruby>直接<rt>ちょくせつ</rt></ruby><ruby>僕<rt>ぼく</rt></ruby>にください。データは<ruby>保存<rt>ほぞん</rt></ruby>しておいてください。

F：わかりました。では、のちほどお<ruby>持<rt>も</rt></ruby>ちします。

M：<ruby>午前中<rt>ごぜんちゅう</rt></ruby>に<ruby>行<rt>い</rt></ruby>くところがあるので、<ruby>2時<rt>じ</rt></ruby>くらいでもいいですよ。

F：<ruby>何時<rt>なんじ</rt></ruby>に<ruby>出<rt>で</rt></ruby>ますか。

M：<ruby>11時<rt>じ</rt></ruby>には<ruby>出<rt>で</rt></ruby>ます。

F：わかりました。<ruby>私<rt>わたし</rt></ruby>は<ruby>午後<rt>ごご</rt></ruby>から<ruby>出<rt>で</rt></ruby>かけてしまうので、それまでにお<ruby>持<rt>も</rt></ruby>ちします。

<ruby>女<rt>おんな</rt></ruby>の<ruby>人<rt>ひと</rt></ruby>は<ruby>男<rt>おとこ</rt></ruby>の<ruby>人<rt>ひと</rt></ruby>にいつ<ruby>書類<rt>しょるい</rt></ruby>を<ruby>渡<rt>わた</rt></ruby>しますか。

聴解

例

テレビで俳優が、子どもたちに見せたい映画について話しています。

M：この映画では、僕はアメリカ人の兵士の役です。英語は学校時代、本当に苦手だったので、覚えるのも大変でしたし、発音は泣きたくなるぐらい何回も直されました。僕がやる兵士は、明治時代に日本からアメリカに行った人の孫で、アメリカ人として軍隊に入るっていう、その話が中心の映画なんですが、銃を持って、祖父の母国である日本の兵士を撃つ場面では、本当に複雑な辛い気持ちになりました。アメリカの女性と結婚して、年をとってから妻を連れて、日本に旅行に行くんですが、自分の祖父のふるさとをたずねた時、妻が一生懸命覚えた日本語を話すんです。流れる音楽もいいですし…とにかくとてもいい映画なので、ぜひ観てほしいと思います。

どんな内容の映画ですか。
1 昔の小説家についての映画
2 戦争についての映画
3 英語教育のための映画
4 日本の音楽についての映画

1番

コンサートが終わった後、男の人と女の人が演奏について話しています。

F：楽しかったね。今日は誘ってくれてありがとう。

M：気に入ってよかったよ。あんまり趣味じゃないかもって田中さんから聞いてたから心配だったんだ。

F：ああ、この前田中さんと行った時は知らない曲だったものだから、なんか退屈で。

M：まあ、今日のは有名な曲ばかりで、最近の映画に使われたのもあったね。

F：うん。マンガが映画になったんだよね。音楽大学のピアノ科の学生が、オーストリアに留学する…。

M：そうそう。でも、今日はバイオリンが上手だったな。

F：私は、楽器はよくわからないけど、感動した。

ふたり き おんがく
二人が聞いたのはどんな音楽のコンサートですか。

1 クラシック
にほん ふる みんよう
2 日本の古い民謡
えいが おんがく
3 映画音楽

4 ロック

2番
てつどう みりょく さっか はなし
鉄道の魅力について、作家が話をしています。

わたし
M：私はまだまだオタク、と言われるほどではないんですが、ここ数年、よく鉄道を使って旅行を
ちり まな れっしゃ はし おと
しています。地理を学ぶことができますし、列車が走っている音を聞きながらうとうとすると
しあわ きも にんき しんだいとっきゅう きっぷ けしき
幸せな気持ちになるんです。人気のある寝台特急は切符がとりにくいですが、すばらしい景色
しょくどうしゃ たの わたし いちばん たの ほか きゃく
と食堂車や、バーが楽しめます。私の一番の楽しみは、他のお客さんとのコミュニケーション
ひとり だれ じゃま ひと こしつ れっしゃ
です。もちろん、一人でゆっくり誰にも邪魔をされたくないという人には個室がある列車も
はし わたし れっしゃ であ ひと かんさつ たの おも はじ あ ひと
走っていますが、私は列車で出会う人を観察するのも楽しいと思うんです。初めて会った人の
いんしょう できごと とお れっしゃ の あいだ か ようす か せんじつはっぴょう
印象が、ある出来事を通して列車に乗っている間に変わって行く様子を書いたのが、先日発表
しょうせつ いま ちょうきょりれっしゃ つぎつぎ き しんだいしゃ たび おも
した小説です。今、長距離列車が次々に消えていますから、いつか寝台車で旅を、と思うなら
はや けいけん ほう
早めに経験した方がいいですよ。

さっか てつどう たび いちばん たの なん
この作家にとって、鉄道の旅の一番の楽しみは何ですか。
いねむ
1 居眠りをすること
ごうか しょくどうしゃ しょくじ
2 豪華な食堂車で食事をすること
ほか じょうきゃく
3 他の乗客とのコミュニケーション
だれ じゃま
4 誰にも邪魔をされないこと

3番
おんな ひと てんいん はなし
デパートで女の人が店員と話をしています。

さが
M：プレゼントをお探しですか。
けっこん いわ なが つか よさん まんえん
F：ええ、結婚のお祝いを。長く使えて…われものではなくて。予算は3万円ぐらいなんですけど。
なべ にんき
M：こちらの鍋やフライパンは、セットになっているもので、なかなか人気がありますよ。
りょうり す ひと ひととお おも
F：もともと料理が好きな人なので、そういうのは一通りあると思うんです。
こ ちょうせい
M：そうですか。では、こちらのコーヒーメーカーはいかがでしょう。お好きな濃さに調整できて、
いちど はい
一度に2杯いれられます。
す おも かのじょ こうちゃず
F：そうねえ、コーヒーが好きならうれしいと思うけど、彼女は紅茶好きなんです。

M：でしたら…こちら、紅茶ポットとカップなんですが…。今、人気のブランドの新製品で、お値段もほぼご予算通りかと。

F：ああ、素敵ですね。彼女の趣味にぴったり。でも…やっぱり…瀬戸物は…。もう少し考えてみます。

女の人は、なぜ店員が勧めた紅茶のポットとカップを買いませんでしたか。

1　ポットもカップもわれるものだから
2　贈る相手が持っているかもしれないから
3　贈る相手がコーヒー好きではないから
4　贈る相手の好きではないデザインだから

4番

ラジオで心理カウンセラーが夢について話しています。

F：いやな夢を見たときはとても気になりますね。例えば大事な人を失くしたり、誰かと別れたりする夢です。一つには、疲れているといやな夢を見やすくなるということもあるんですが、実はこれ、自分の心が、運動のようなことをして、心を鍛えているんです。例えば、いつかは大好きな、大事な誰かとわかれなければならないということは、誰もみんな同じです。その時を恐れるとともに、その時のために心の準備をしなければならないという気持ちがあって夢の中でその体験をしておくのです。ですから、嫌なことに備えて準備が整うまで、繰り返し同じ夢を見ることもあります。それが実現するかどうかと夢の内容は、まったく関係がないと言っていいでしょう。

心理カウンセラーは、嫌な夢を見るのはなぜだと言っていますか。
1　本当はそうなってほしいと願っているから
2　嫌なことに備えて心を鍛えているから
3　誰かが嫌いだという気持ちがあるから
4　大事な人と別れたから

5番

大学で男子学生と女子学生が話をしています。

M：あれ、今日は早いね。

F：うん。まだ宿題が終わってなかったから図書館でやってたの。やっと完成したよ。

M：あれ、この前出したんじゃなかったっけ。

F：もう少し調べたくて古い雑誌を読んでいたら、かえってわからないことが出てきて。

M：ああ、そう。大変だったね。

F：大変ていうか、意外なことがわかってきて、じっくり調べて良かったよ。内田君はもう出したの。

M：さっさと出したよ。3枚ぐらいかな。

F：ええっ、3枚で終わり？ろくに調べてないんでしょ。まあ出さないよりはいいと思うけど。

M：う、うん。

女子学生は、どんな気持ちですか。
1　男子学生は宿題を出すのが遅いと思っている
2　男子学生は宿題を出すのが早いと思っている
3　男子学生はレポートを書くのが上手いと思っている
4　男子学生のレポートは短いと思っている

問題4

例

M：あのう、この席、よろしいですか。

F：1　ええ、まあまあです。
　　2　ええ、いいです。
　　3　ええ、どうぞ。

1番

M：ちょっとお時間、よろしいですか。

F：1　はい、よろしいです。
　　2　ええ、どうぞ。
　　3　ええ、よろしく。

2番

F：あと一点だったのに。

M：1　うん。自分でもうれしいよ。

　　2　うん。自分でもくやしいよ。

　　3　うん。自分でも安心したよ。

3番

M：あれ、熱っぽい顔してるね。

F：1　いや、もう怒ってないよ。

　　2　うん、ちょっと風邪気味かも。

　　3　うん、興味があるからね。

4番

M：ああ、あの時カメラさえあればなあ。

F：1　そうですね。残念でしたね。

　　2　あってよかったですね。

　　3　なければよかったですね。

5番

F：田中さんにわかるわけないよ。

M：1　そう言わずに、一応きいてみたら？

　　2　そう言って、一応きいてみたら？

　　3　そう言わないなら、一応きいてみたら？

6番

M：今日はここまでにしましょう。

F：1　はい。始めましょう。

　　2　はい。お願いします。

　　3　はい。お疲れ様でした。

7番

F：コーヒーを召し上がりますか。

M：1　はい、いただきます。

　　2　はい、いただいております。

　　3　はい、召し上がっていらっしゃいます。

8番

M：彼が失敗するなんて、ありえないよ。

F：1　いや、それが、本当に失敗しなかったんだ。

　　2　いや、それが、本当に失敗たんだ。

　　3　いや、それが、本当に失敗しないんだ。

9番

F：彼の日本語は、留学しただけのことはありますね。

M：1　ええ。かなり上手ですね。

　　2　ええ。それだけですね。

　　3　ええ。ちゃんと勉強しなかったんですね。

10番

M：今日は引っ越しだから、テレビどころではないよ。

F：1　広いから、いろいろあるじゃない。

　　2　そうか。忙しそうだね。

　　3　また買えばいいよ。

11番

F：決めたからにはやりましょう。

M：1　うん、すぐ始めよう。

　　2　うん、決まったらやろう。

　　3　うん、もう決めよう。

問題5

1番

携帯電話の店で、販売員と学生が話しています。

M：いらっしゃいませ。

F：携帯電話の契約をしたいのですが、留学生はどんな手続きが必要ですか。

M：ありがとうございます。もうご住所は決まっていますか。

F：アパートは決まっています。ここのすぐ近くです。でも、まだ大学の学生証がありません。

M：パスポートと在留カードがあれば、他の書類は結構です。住所が決まっていて、在留カードが届いていれば大丈夫です。在留カードはお持ちですか。

F：実は、今日日本についたばかりで、まだアパートには行っていないんです。だから、だめですね。パスポートはあるんですが、まず在留カードを届けてもらわなければいけないわけですね。わかりました。

M：申し訳ありません。またお待ちしておりますので、ぜひよろしくお願いいたします。

留学生はこれからどうしますか。

1　大学に行って学生証をもらう

2　アパートをみつける

3　在留カードが届くのを待つ

4　すぐに携帯の申し込みをする

2番

バドミントン部の学生3人が話しています。

F1：体育館の工事中、練習はどうしようか。

M：2週間だよね。駅前の市立体育館を借りられるらしいんだけど、予約が今からだと、かなり日にちが限られそうだなあ。

F2：私、一応、月火木金を予約しておいたよ。ただ学生ホールが使えるから、そっちも使わせてもらおうよ。週の前半は市立体育館にして。

M：ああ、助かったよ。そうだね。毎回あの体育館まで行くのは時間がもったいない。

F2：じゃ、月火が体育館で、木金が学生ホールでいい？

M：いいんだけど、木曜はコーチが来るから、体育館の方がいいんじゃない。

F1：うん。そうしよう。火曜と木曜は逆にしよう。

F2：了解。じゃ、使わない曜日はキャンセルしとくね。

学校の体育館が工事の間、私立体育館を使うのは、何曜日と何曜日ですか。
1　月曜日と火曜日
2　月曜日と木曜日
3　火曜日と木曜日
4　火曜日と金曜日

3番

ラジオで、社会人の楽しみについて話しています。

M1：先日のアンケート調査によると、最近の20代男性にはお酒、タバコ、競馬などのギャンブルをしない人が増えてきているようです。30〜50代では「どれもやらない」と答えた人が24.6％だったのに対し、20代では44.3％でした。この結果に対して、「どれも、体に悪かったりやめられなくなったりするものだから、とてもいい変化だ」と言う声がある一方、「単に、お金がないからで、余裕がなくなっているからだ」という人もいるようです。また、その代わりにアニメ、インターネット、SNSといった楽しみに夢中になる人が増えてきています。

M2：会社の宴会でお酒が飲めないとけっこうつらいから、僕にとってはいいニュースだな。どれも体にも悪いし、家族を不幸にするし、減ってもいいんじゃない。

F：私は、ちょっと怖い気がするんだよね。たとえば、タバコを吸う人やお酒を飲む人が差別的な目で見られたりするようになるのかな、とか。タバコは嫌いだからいいけど、お酒は別にきらいじゃないし、飲む人が減っているというのは、余裕がなくなってきているようで喜んでばかりもいられない気がする。

M2：ふうん。僕は、どれも苦手だし、ネットさえあれば満足だからなあ。

F：ああ、それそれ。今増えている、新しい、やめられなくなる楽しみだよね。これもそのうちに、若い人たちの間では減って来た、と言われる時代が来るかもね。

M2：ううん、まあ、そうかもね。

質問1. この男の人の楽しみは何ですか。

質問2. この女の人の楽しみは何ですか。

聴
解

問題1

例

レストランで店員と客が話しています。客は店員に何を借りますか。

M：コートは、こちらでお預かりします。こちらの番号札をお持ちになってください。

F：じゃあこのカバンもお願いします。ええと、傘は、ここに置いておいといてもいいですか。

M：はい、こちらでお預かりします。

F：だいぶ濡れてるんですけど、いいですか。

M：はい、そのままお預かりします。お客様、よろしければ、ドライヤーをお使いになりますか。

F：ハンカチじゃだめなので、何かふくものをお借りできれば…。ドライヤーはいいです。ふくだけでだいじょうぶです。

客は店員に何を借りますか。

1番

大学生が新入生歓迎会の準備について話をしています。男の人はこのあと、何をしますか。

F：先輩、新入生、もう一人増えたそうですよ。だから、明日の歓迎会の席、一人増やさないと。

M：そうか。じゃ、全部で6人だね。あ、先生はいらっしゃるの。

F：わからないっておっしゃってたけど、やっぱり予約はしないと。私、しておきますね。

M：ありがと。でさ、歓迎の挨拶なんだけど、悪いけど、たのめないかな。俺、ゼミの発表があって少し遅くなりそうなんだ。先生への連絡は、すぐやっとくから。

F：わかりました。考えておきます。あ、先生がいらっしゃるかどうか、メールいただけますか。

M：うん、わかった。

男の人はこのあと、何をしますか。

2番

学生が図書館のカウンターで話をしています。学生は、車に何をとりに行きますか。

F：図書カード作成のお申込みですか。

M：はい。申し込み用紙はこれでいいでしょうか。

F：はい、ありがとうございます。…今日は、身分を証明するものはお持ちですか。

M：はい。あれ？…ああ、免許証は車の中なので、クレジットカードでもいいですか。

F：ええ、その場合、何かもう一つ、住所に届いたガスや電気代とかの請求書などはお持ちですか。

M：ええと…。持ってないですね。捨てちゃうから。

F：保険証でもいいんですが。

M：あるんですけど、まだ前の住所なんで…やっぱり、車からとってきます。

学生は、車に何をとりに行きますか。

3番

男の人と女の人が会社で話しています。男の人はこの後何をしますか。

F：さっきからずっとおなかを押さえているけど、どうかしたの。もう会議、始まるけど大丈夫？

M：うん、昨日、課長と飲みに行ったんだけど、ちょっと飲み過ぎたみたいでさ。

F：ええっ。痛いの？薬のんだ？

M：いや、酔っ払って、部長の家に泊まったんだよ。で、朝目が覚めたら、どっかでベルトをなくしちゃってて。で、部長のを借りようとしたんだけど、全然サイズが合わなくて。それで、ズボンが下がらないか気になっちゃって…。

F：最低。会議の時に下がってきたらどうするの？地下のカバン屋で売ってるから、さっさと買ってくれば？

M：えっ、あそこで売ってるの？じゃ、すぐ買ってくるよ。

F：急いでよ。もう。

男の人はこの後すぐに何をしますか。

4番

男の人と女の人が、引っ越しの準備をしています。女の人はこれから何をしますか。

M：だいぶ片付いてきたね。次はどうしよう。

F：時間がかかることからやっちゃわないとね。台所のレンジの掃除は大変そう。

M：うん。落ちにくい汚れがついた部分もあるだろうから、バラバラにして、洗剤につけておかないとね。あと、エアコンの掃除もあるし。

F：ああ、エアコンは、あっちに行ってから、取り付ける時に掃除してくれるって。

M：へえ。いいサービスだね。じゃ、押入れの中はいつやる？

F：私がそっちを始めてるから、レンジお願い。

女の人はこの後何をしますか。

5番

大学を受験する留学生と先生が、提出する書類を確認しています。留学生は、家に何をとりに帰り

ますか。

M：先生、今、大学に提出する書類のチェックをお願いできますか。

F：いいですよ。まず、卒業証明書と成績証明書。

M：はい。これです。

F：あれ？翻訳は？証明書の翻訳が必要ですよ。

M：全部ですか。

F：この大学はそうです。あと、領収書。お金は振り込みましたか。

M：ええ。お金はコンビニで払いました。振り込みの領収書も家にあります。

F：家ですか。それも、ここにほら、のりで貼らなければならないんですよ。

M：ああ、わかりました。締め切りはまだですけど、早く出したいので一度家に取りに戻ります。
　　翻訳はその後に用意します。

F：はい。じゃ、ぜんぶそろったらもう一度確認しましょう。

留学生は、何をとりに家に帰りますか。

問題2

例

男の人と女の人が話しています。男の人はどうして寝られないと言っていますか。

M：あーあ。今日も寝られないよ。

F：どうしたの。残業？

M：いや、中国語の勉強をしなくちゃいけないんだよ。おととい、部長に呼ばれたんだ。それで、
　　この前の会議の話をされてさ。

F：何か失敗しちゃったの？

M：いや、あの時、中国語の資料を使っただろう、って言われてさ。それなら、中国語は得意だろうから、

来月の社長の出張について行って、中国語の通訳をしてくれって頼まれちゃって。仕方がない

からすぐに本屋で買って来たんだ。このテキスト。

F：ああ、これで毎晩練習しているのね。でも、社長の通訳なんてすごいじゃない。がんばって。

男の人はどうして寝られないと言っていますか。

1番

女の人と警察官が話しています。女の人はどうして困っているのですか。

F：あのう、すみません。

M：はい、どうなさいましたか。

F：ああ、この近くにMKビルというビルはないでしょうか。

M：MKビルですか。ここから500メートルほど行ったところにあったんですが、数か月前になくなっ
　　て、今はマンションの工事中です。

F：ああ、やっぱり。その中の写真屋さんに行きたくて、確かこの辺だったと思ったんですが、い
　　くら探してもないので…。他に写真屋さんってないですか。

M：この駅の近くにもありますよ。電話してみましょう。

F：ありがとうございます。明日までに証明写真がいるのに近所は全部お休みで…。

M：……誰も出ませんね。やっぱりやってないのか…。

F：ああ、困ったなあ。

女の人はどうして困っているのですか。

2番

男の人と女の人が会社で話しています。女の人はなぜコーヒーを飲まないのですか。

M：ああ、ちょっと休憩しよう。コーヒーでもいれようか？

F：ありがとう。でも、私はいい。

M：へえ。珍しいね。胃の調子でも悪いの。

F：この前行った喫茶店で、すごくおいしいコーヒーを飲んだの。で、コーヒー豆も買ってきたら、
　　あまりのおいしさにたくさん飲むようになって。会社にも持って来ているんだけど、今日はも
　　う3杯飲んだから、さすがに飲み過ぎかな、って。

M：確かに。夜、眠れなくなるよ。

F：ああ、中西君、これ飲む？

M：いや、僕は遠慮するよ。高くておいしいコーヒーの味を知って、会社のが飲めなくなったら困

　　るから。

女の人はなぜコーヒーを飲まないのですか。

3番

会議室で社員が二人で話しています。女の人はどうして明日会社へ来ないのですか。

F：申し訳ありませんが、明日の新製品の発表、よろしくお願いします。

M：まあ、ここまで準備ができてれば大丈夫だろう。

F：自分で話したかったんですけど、近所の内科でおどかされてしまって。ふだんはなんともない

　　んですが。

M：健康第一だよ。医者から言われたんだから、今は何もないにせよ行って来た方がいい。しっか

　　り調べて、何でもなければすっきりするんだし。

F：はい。ありがとうございます。では、よろしくお願いします。

女の人はどうして明日会社へ来ないのですか。

4番

スーパーで店長とアルバイト店員が話をしています。卵はなぜたくさん売れたと言っていますか。

F：卵、全部売り切れちゃいましたね。

M：ああ、追加で注文したのにね。安売りだったし、たなに並べるか並べないかのうちに売れていっ

　　たよ。

F：うちの母も、美容にいいとか、健康にいいとか、簡単でおいしいとかってことばに弱くて、特

　　にあの番組で料理の紹介すると、すぐ買ってきますから。

M：まあ、僕もニュースは毎朝チェックしているけど、こんなにすごいとはね。

F：あの番組、見ている人が多いですから。

卵は今日、なぜたくさん売れたと言っていますか。

5番

先生が話をしています。来週のテストを受けなければならないのはどんな学生ですか。

F：えー、来週のテストは、前回のテストを欠席した人はもちろん、不合格だった人は全員受けてください。また、9月の新学期から日本語3の授業を受ける人は、作文も提出しなければなりません。作文は家で書いて来てもいいです。テストの日の持ち物は、えんぴつと消しゴムだけです。今日はこれから研修旅行の説明があるので、留学生は全員聞いてから帰ってください。

来週のテストを受けなければならないのは、どんな学生ですか。

6番

男の人と女の人が電話で話しています。女の人はなぜ剣道を始めたいのですか。

M：はい、中川です。

F：私、市川と申します。あのう、ホームページで見たんですが、剣道の練習を見学したいと思って…。

M：そうですか。もちろん、歓迎します。剣道は初めてですか。

F：いえ、実は子どもの時、少しやっていて、体力以外に得るものがとても多かったんです。引っ越したのでやめてしまったのですが、社会人になっていつも仕事ばかりなので、仕事以外に夢中になれるものがほしくて。

M：そうですか。ルールや、形が一通り入っているのなら、ぜひ始めた方がいいですよ。毎週土曜日、場所や時間はおわかりですね。

F：はい。よろしくお願いいたします。

女の人はなぜ剣道を始めたいのですか。

問題3

例

テレビで俳優が、子どもたちに見せたい映画について話しています。

M：この映画では、僕はアメリカ人の兵士の役です。英語は学校時代、本当に苦手だったので、覚えるのも大変でしたし、発音は泣きたくなるぐらい何回も直されました。僕がやる兵士は、明治時代に日本からアメリカに行った人の孫で、アメリカ人として軍隊に入るっていう、その話が中心の映画なんですが、銃を持って、祖父の母国である日本の兵士を撃つ場面では、本当に

複雑な辛い気持ちになりました。アメリカの女性と結婚して、年をとってから妻を連れて、日本に旅行に行くんですが、自分の祖父のふるさとをたずねた時、妻が一生懸命覚えた日本語を話すんです。流れる音楽もいいですし…とにかくとてもいい映画なので、ぜひ観てほしいと思います。

どんな内容の映画ですか。
1 昔の小説家についての映画
2 戦争についての映画
3 英語教育のための映画
4 日本の音楽についての映画

1番

テレビでアナウンサーが話しています。

F:最近増えているのは、携帯電話で留守かどうかを確認したあとで、実際に家のベルを鳴らしてみて、いなければ中に入って盗むという方法だそうです。また、実際に通帳を盗むのではなく、カメラで通帳の番号やハンコを撮影して出て行って、そのデータを使ってハンコを作り、銀行で引き出す、といった事件もありました。生活に便利ないろいろな道具は、こんな時にも使われてしまうわけです。昔なら考えられなかったようなことですね。

何についての話ですか。
1 どろぼうの手段が変わったこと
2 携帯電話の技術が進んだこと
3 日本の家の形が変わったこと
4 ハンコが使われなくなったこと

2番

学校で、先生が話しています。

M:以前は、台風や大雪などの時に学校が休みになると言う情報は、各ご家庭にある電話に届いていたと思いますが、今は学校からのメールや、学校のホームページでお伝えしています。朝は忙しくてインターネットやメールをチェックする暇がない、というご意見もありますが、それで、何人かのお子さんは、大雪の中を一生懸命登校して、なんだ、今日は休みだったのか、ということもありました。天気など、いつもと違う状況の時は、学校に電話をしていただいても

構わないですし、お子さんの安全のためにも、学校のホームページをご確認ください。よろしくお願いします。

この先生はどんな人たちに向かって話していますか
1 学校の近所の人
2 先生
3 生徒の親
4 生徒

3番

テレビで、俳優が話しています。

M：私は、財布を持たないんです。持たなければ、カバンの中からいちいち取り出したり、財布の中のお金を探したりしないで済むから、さっと買い物が済みます。それに、いつのまにか無駄なカードも減るんです。仕事場からジュースを買いに行く時も、必要な分だけポケットに入れて買いに行けばいい。余計な買い物をしなくて済むんですよ。ポケットはあまりたくさんいれるわけにはいかないから、なにしろ節約できるんです。ぜひいちどやって見てください。

財布についてなんと話していますか。
1 財布がないと、節約できる
2 財布があると、ゆっくり買い物ができる
3 財布がないと、カードを使う時に困る
4 財布があると、余計な買い物をしなくて済む

4番

テレビで心理学の先生が話をしています。

F：人は、自分に似た人と友達になりやすいと言われます。たとえば新しいクラスでまず最初に友達を作るのは、自分からどんどん積極的に友達を作っていく性格の学生です。話しかけたり、質問したり、行動的に自分と似ていると感じる相手に近づきます。おとなしい学生、無口な学生は、あえて自分から話しかけることは少ないのですが、先に積極的な性格の人たちどうしが友達になるので、まだ友達のいない、静かでおとなしい人どうしが近づきやすくなって、友達関係ができる、ということが多いようです。

新しいクラスの友達関係は、どう作られると言っていますか

1　みんな、自分に似ている人を探して話しかける

2　積極的に話しかける人が一番たくさん友達ができる

3　おとなしい無口な学生は友達ができない

4　自分と似たような人と友達になる学生が多い

5番

駅のホームで、男の人と女の人が話しています。

M：おはよう。

F：あれ、おはようございます。めずらしい。今日は電車ですか。

M：うん。帰る時間、雨が降りそうだから、やむを得ず、苦手な電車に乗ることにしたんだ。

F：山崎さん、電車苦手なんですか。健康のために自転車通勤をしているのだと思っていました。

M：ああ、そう見える？疲れた時なんかは、電車で座って帰りたい、と思う時もあるけど、ラッシュ

　　アワーは嫌だし、自転車は電車の時間を気にしなくていいから、楽なんだよ。

F：私は、よく歩いちゃいますよ。今の季節は台風さえ来てなければ、暑くもなく寒くもなく気持

　　ちがいいですから。

男の人は、今日、なぜ電車に乗りますか。

1　雨が降りそうだから

2　今日はラッシュアワーがないから

3　疲れて、座りたいから

4　電車の時間がちょうどよかったから

問題4

例

M：あのう、この席、よろしいですか。

F：1　ええ、まあまあです。

　　2　ええ、いいです。

　　3　ええ、どうぞ。

1番

M：先週からろくに寝てないんだ。

F：1　そんなに忙しいの。

　　2　はやくなおるといいね。

　　3　7時でも大丈夫だと思うよ。

2番

F：この書類、日本語で書いても差し支えないですか。

M：1　はい。使えます。

　　2　はい。かまいません。

　　3　はい。英語で書いてください。

3番

M：風邪をひいた時は早く寝るに越したことはないよ。

F：1　うん。心配してくれて、ありがとう。

　　2　ううん。そんなに寝てないよ。

　　3　うん。もっとがんばるよ。

4番

M：子どものくせに文句を言うな。

F：1　ひどい。私、もう高校生なのに。

　　2　ありがとう。でも、まだまだだよ。

　　3　だいじょうぶ。もうすぐ言えるよ。

5番

F：よっぽどおいしかったんですね。

M：1　ええ。あんまり。

　　2　ええ。よっぽど。

　　3　ええ。とっても。

6番

M：この仕事はぜんぶお任せします。

F：1　わかりました。がんばります。

　　2　お疲れ様でした。

　　3　お世話になっています。

7番

F：もう少し時間があったらいいのに。

M：1　うん。ぎりぎりだったね。

　　2　うん。とにかく急ごう。

　　3　うん。たっぷり時間があって助かったよ。

8番

M：ああ、やっとテストが終わった。もう勉強しないで済むんだ。

F：1　そうだね。がんばって。

　　2　がっかりしないで。

　　3　お疲れ様。

9番

F：せっかく夕ご飯作ったのに。

M：1　ごめん。食べてきたんだ。

　　2　うん。急いで作って。

　　3　もっとたくさん作って。

10番

M：あれ、教室の電気、いつのまにか消えてる。

F：1　すみません、すぐ消します。
　　2　さっき、私が消しました。
　　3　あとで、消します。

11番

M：明日はいよいよ合格発表ですね。

F：1　はい。どきどきします。
　　2　はい。10時です。
　　3　はい。いいです。

問題5

1番

電気店で、販売員と男の人が話しています。

F：どんなテレビをお探しでしょうか。

M：あまり大きいのでなくて、薄型のがいいんです。録画ができた方がいいです。

F：そうしますと、こちらの1番と2番のタイプですね。1番のタイプは録画はもちろん、インター
　　ネット機能がついています。2番のテレビは録画はできるんですが、ゲームやインターネット
　　はできません。その分、お安くなっています。

M：インターネットが使えたら便利だなあ。だけど、高いし、ちょっと画面が…2番の方が見やすいね。

F：はい。このもう一回り小さいのが3番なんですが、これはテレビでの録画はできないんですが、
　　パソコンにつなげばできるようになっています。

M：それだとパソコンを近くに持って来ないといけないし…4番もできないんですか？これは大き
　　さがちょうどいいんだけど。

F：こちらも、パソコンにつなげる形ですね。

M：そうか。じゃ、やっぱり他のことはできなくてもいいけど、ビデオがついているのがいいから…。
　　これにします。

男の人はどのテレビを買いますか。

1 1番のテレビ

2 2番のテレビ

3 3番のテレビ

4 4番のテレビ

2番

会社のスポーツ大会について社員が相談しています。

F1：スポーツならなんでもいいんですよね。だったら、テニス大会はどうですか。チームに分れて。

M1：個人的には賛成なんだけど、できない人や、やったことのない人もいるから、なるべくみんなが参加できるのがいいよ。

F2：じゃあ、バレーとか、バスケット？

M1：そうだね。あと、バドミントンとかね。

F1：いいけど、すごく上手な人と、苦手な人と一緒にやるとなると、危なくないですか。新人社員は結構熱くなりそうだし。

M1：そうだなあ…じゃ、野球は？

F1：ああ、人数はそれがちょうどいいかも。ただ、道具はどうしますか？

F2：そうですよね。ボールとか、あと靴もけっこう大事ですよ。

M1：それは僕にまかせてよ。スポーツ用品を借りられるところなら心当たりがあるんだ。

F1：あとは、場所ですね。

M1：うん、そっちもさがしてみるよ。

どんなスポーツをすることになりましたか。

1 テニス

2 バレー

3 野球

4 バドミントン

3番

テレビで、ある会社の社長がスピーチをしています。

M1：大切なことを四つお話しします。まず一番目に、忙しい人ほど毎日、予定を立てる時間をしっかりとるべきです。会社員だけでなく、学生にも、主婦にもこれは言えることかもしれません。

朝起きた時に、その日1日にすることが決まっていれば、まず迷う時間を減らせます。二番目に、忙しい人ほどすべきなのがしっかり食事をする、ということです。食べれば元気にもなりますし、この時間を利用して今日はまだこれができていないから、このあとはこんなふうにしよう、と予定を修正するわけです。三番目に、たくさん仕事がある時は、特に締め切りがないなら、時間のかかる方ではなく、さっと終わる方から片づけます。その方が、自分でも満足感がありますし、評価も感謝もされます。ただ、もちろん、全部やらないといけませんよ。そして最後、四番目に、捨てる、ということです。この仕事は必要がない、と早めに判断する。もしかしたらこれが最もむずかしいことかもしれませんね。

M2：なるほどね。会社ではその日あったことを報告しているけれど、翌日の予定はそんなに丁寧には立ててないね。

F：私は、いつも決まったことしかしないからなあ。明日も、朝ごはんを作って、掃除して、洗濯して、パートに行って、買い物して、夕ご飯を作るだけだし。

M1：だけどさ、もし、例えばちょっと珍しい料理をする場合は、いつもと違う店に行くわけでしょう。その近くにある店に用事があれば、その準備をするよね。

F：そうね。お菓子の材料を買いに行くついでに不用品をリサイクルショップに持って行ったり。そうそう、あなたの机にもいらないものがいろいろ入ってるみたいだし、明日持って行こうか？

M1：いや、お菓子だけでいいよ。明日はまず、お菓子を作ってよ。

F：はいはい、わかった。とにかく、私も予定を立ててみる。

質問1．スピーチのテーマは次のうちのどれですか。

質問2．男の人と女の人は、スピーチの、何番目の話題について話をしていますか。

日本語能力試験聴解 N2　第四回

問題1

例

レストランで店員と客が話しています。客は店員に何を借りますか。

M：コートは、こちらでお預かりします。こちらの番号札をお持ちになってください。

F：じゃあこのカバンもお願いします。ええと、傘は、ここに置いといてもいいですか。

M：はい、こちらでお預かりします。

F：だいぶ濡れてるんですけど、いいですか。

M：はい、そのままお預かりします。お客様、よろしければ、ドライヤーをお使いになりますか。

F：ハンカチじゃだめなので、何かふくものをお借りできれば…。ドライヤーはいいです。ふくだ
　　けでだいじょうぶです。

客は店員に何を借りますか。

1番

保健センターの職員と男の人が話しています。男の人はこの後何をしますか。

M：こんにちは。今日予約していた三浦と申しますが…。

F：こんにちは。健康診断のご予約の方ですね。まず、こちらの用紙に必要なことを書いてお待ち
　　ください。

M：これは家に届いていたので、記入して来ました。

F：ありがとうございます。では、体重や身長などを計りますので、その前に着替えをお願いします。
　　それが済んだらレントゲン検査になります。

M：はい、わかりました。

F：用意ができましたらお呼びしますので、着替えをされたらあちらのソファーでお待ちください。

男の人はこの後何をしますか。

2番

会社で女の人と男の人が話をしています。男の人はこの後、まず何をしなければなりませんか。

F：明日の予約、だいじょうぶ。

M：はい。7時から全部で6人、日本料理の店を予約してあります。

F：明日は雨になるかもしれないって天気予報で言っていたけれど、会社の車を使うわけにはいか
　　ないからタクシーも予約をしておいてね。

M：はい。タクシーは2台ですね。6人だと。

F：ああ、私は行けないので、代わりに部長が行きます。部長は別の場所から行くかも。明日の予
　　定、聞いてみて。そうすると会社から行くのは4人ね。あ、部長が一人で行くようなら、店の
　　名前と場所をちゃんと伝えておいてね。

M：わかりました。

男の人はこの後まず、何をしなければなりませんか。

3番

交番で警察官と女の人が話しています。警察官はこの後、何をしますか。

F：あのう、この近くに高橋さんというお宅はないでしょうか。

M：高橋さん。下のお名前か、住所はお分かりですか。

F：住所は…ちょっと…わからないんですけど、高橋はなさんです。大きい犬がいるんですけど。

M：大きい犬ですか…。この辺だと…どこかなあ。もうじき、もう一人の警官がパトロールから
　戻って来るので聞いてみますよ。待ってる間、ちょっと電話帳、見てみましょう。

F：すみませんねえ。

M：いいですよ。で、わからなかったら…うーん、そこのペットショップの人が知ってるかもしれ
　ませんね。いっしょに行きましょう。

警察官はこの後、何をしますか。

4番

男の人と女の人がキャンプの準備をしています。女の人はこれから何をしますか。

M：着るものは足りるかな。子どもたち、川で遊ぶから絶対びしょびしょになるよ。シャツもっと
　買っとく？

F：うーん、まあ、乾かせばいいよ。わざわざ新しい服を買うこともないでしょう。夏だし、一泊
　だけだし。

M：じゃ、あとは料理の道具か。

F：うん。そっちの準備はお願い。今から郵便局のついでに、車にガソリンをいれてくるから。

M：ちょっと待ってよ。今日の夕飯はどうするの。もうすぐ子どもたち、帰って来るよ。

F：だいじょうぶ。もう作ってあるから。ああ、私が帰って来るまでにお風呂に入れといて。

女の人はこの後何をしますか。

5番

男の人が郵便局で荷物を出そうとしています。男の人はいくら払いますか。

M：この荷物、お願いします。

F：はい、一つ 1,130 円なので、三つで 3,390 円ですね。

M：これだけ手作りのケーキなんで、冷やして送りたいんですけど。

F：ああ、冷蔵ですと、一つ 1,790 円ですので、合計で 4,050 円になります。

M：いつ届きますか。

F：今からですと、明後日になりますね。

M：ああ、それじゃちょっと遅いな…。ケーキはやっぱりいいです。

F：承知しました。

男の人はいくら払いますか。

問題2

例

男の人と女の人が話しています。男の人はどうして寝られないと言っていますか。

M：あーあ。今日も寝られないよ。

F：どうしたの。残業？

M：いや、中国語の勉強をしなくちゃいけないんだよ。おととい、部長に呼ばれたんだ。それで、この前の会議の話をされてさ。

F：何か失敗しちゃったの？

M：いや、あの時、中国語の資料を使っただろう、って言われてさ。それなら、中国語は得意だろうから、来月の社長の出張について行って、中国語の通訳をしてくれって頼まれちゃって。仕方がないからすぐに本屋で買って来たんだ。このテキスト。

F：ああ、これで毎晩練習しているのね。でも、社長の通訳なんてすごいじゃない。がんばって。

男の人はどうして寝られないと言っていますか。

1番

先生と学生が話しています。学生はどうして謝っているのですか。

F：推薦状は、いつまでに書かなければならないんですか。

M：あの、締め切りは金曜日なので、あさってにでもいただければだいじょうぶです。

F：あさって？私は、明日の夜から出張ですよ。そうすると、明日までということですね。困ったわね…。
　　今日はこれから会議だし…。

M：先生、内容は、このまま書いていただければ。

F：ちょっと見せて。…ああ、少し直さなければダメですね。

M：すみません。

F：直すことはすぐできます。だけど、何でも、もっと余裕をもって動かないとダメですよ。

M：はい。今度から気をつけます。

学生はどうして謝っているのですか。

2番

タクシーの運転手と乗客が話をしています。

M：このあたりですね。

F：ええ。確か、そこの信号を曲がって…はい、そうそう。このビルの隣です。上富士っていうおいしい和菓子屋さんなんですけど。…あれ？

M：ああ、店はなくなったみたいですね。確かに、建物がとても古くなってたからなあ。

F：そうですか…。

M：戻りましょうか？…ああ、お客さん、引っ越し先のポスターが貼ってありますよ。

F：ああ、お店はやってるのね。よかった。でも、西町…というと、ここからどれぐらいでしょう。

M：30分ぐらいはかかりますね。

F：もう6時だから、行ってもやってないかしら…。まあいいわ。またにするわ。でも、ありがとう。駅まで戻ってください。

女の人は、どうして運転手にお礼を言ったのですか。

3番

大学で男子学生と女子学生が話しています。女の学生は明日の朝、どうして学校に来ないのですか。

F：今日の授業、難しかったなあ。

M：そう？ぼくは昨日、がんばって先週のノートを整理したんだ。そのせいか、今日の授業ははわ

　　かりやすくておもしろかったよ。

F：私は明日の朝、うちで復習する。難しくなる一方だから。

M：へえ。明日って、午前中は授業ないの？

F：明日はもともと5時間あるはずなんだけど、午前中の授業が休講で午後からになったの。

M：そうか。いいなあ。

F：私は、午前中より5時間目が休講になってほしかったよ。ドイツ語も難しいんだもん。

女の学生は明日の朝、どうして学校に来ないのですか。

4番

コンサート会場の受付で、女の人と係員が話をしています。女の人は何を持っていましたか。

M：申し訳ありませんが、お荷物のチェックをさせていただいています。

F：ああ、はい。

M：こちらのデジタルカメラは、会場に持ち込めません。こちらでお預かりするかロッカーに入れ

　　ていただくことになります。あと、飲み物はペットボトルの水は持ちこめるのですが、他の食

　　べ物や飲み物は…。

F：これはカメラじゃなくて自転車のライトです。

M：失礼しました。それでしたらだいじょうぶです。

F：じゃ、このクッキーとかガム、どうすればいいんでしょうか。

M：こちらでお預かりさせていただくか、あちらのロッカーに入れていただくかになります。

F：ああそうですか…。ガムもだめなんですね。

M：はい。すいませんが…。

女の人は何を持っていましたか。

5番

テレビで、アナウンサーが話しています。明日の朝は何に注意が必要ですか。

M：これから降る雪は、電車やバス、飛行機などすべての交通機関に影響を与えるおそれがあります。市内は、多い所で20cmから30cmほど積もるところもあるでしょう。じゅうぶんに警戒してください。現在、雪は降っていないか降り始めたばかりのところも多いようです。しかし、昼過ぎまでには風が強まるとともに大雪になり、深夜まで降り続きます。明日は晴れますが、気温が低いために道路が凍って、滑りやすくなる恐れがありますので、お出かけの際には滑らないよう、じゅうぶんご注意ください。

明日の朝は何に注意が必要ですか。

6番

男の人と女の人が話しています。女の人は今日どうして早く会社を出ますか。

F：お先に失礼します。

M：あれ、今日は早いね。出張？

F：今日は久しぶりに友達に会う約束をしてて。デパートの前で待ち合わせなんです。

M：へえ。いいんじゃない。たまにはおいしいものを食べて仕事のことを忘れた方がいいよ。映画もいろいろおもしろそうなのやってるし。

F：でも、友達といっしょに、大学に授業を聞きに行くんですよ。「映画で学ぶフランス語」っていう社会人のための授業。大学の頃はさぼってばかりいたのに、会社に入ったらまた勉強したくなっちゃって。最近、学生の頃に観に行った映画をテレビで観てなつかしくなったせいかもしれないけど。

M：そうか。まじめだな。いってらっしゃい。

女の人は今日どうして早く会社を出ますか。

例

テレビで俳優が、子どもたちに見せたい映画について話しています。

M：この映画では、僕はアメリカ人の兵士の役です。英語は学校時代、本当に苦手だったので、覚えるのも大変でしたし、発音は泣きたくなるぐらい何回も直されました。僕がやる兵士は、明治時代に日本からアメリカに行った人の孫で、アメリカ人として軍隊に入るっていう、その話が中心の映画なんですが、銃を持って、祖父の母国である日本の兵士を撃つ場面では、本当に複雑な辛い気持ちになりました。アメリカの女性と結婚して、年をとってから妻を連れて、日本に旅行に行くんですが、自分の祖父のふるさとをたずねた時、妻が一生懸命覚えた日本語を話すんです。流れる音楽もいいですし…とにかくとてもいい映画なので、ぜひ観てほしいと思います。

どんな内容の映画ですか。
1 昔の小説家についての映画
2 戦争についての映画
3 英語教育のための映画
4 日本の音楽についての映画

1番

テレビで女優が話しています。

F：朝、起きてまず体操をしていたこともあったんです。子どもの頃からラジオを聞きながら、一、二、三、って。だけど今はまず外に行くんです。小さい犬がいるんですけど、いっしょに。で、ゆっくり歩いたり、ちょっと走ったり。体を動かすだけでなく、朝の新鮮な空気を吸って、朝の太陽の光を浴びる。これ、とってもいいことなんですよ。おかげで、長時間の仕事や、暑さや寒さも、かなり我慢できます。何と言っても、朝ごはんがおいしいんです。走るのもいいかもしれませんが、少し疲れている時はどうかなって思いますよね。

何についての話ですか。
1 体操の楽しさ
2 子どもの頃の思い出
3 ペットの話
4 散歩について

3　ペットの話
4　散歩について

2番

男の人が話をしています。

M：みなさん、今日はおめでとうございます。新しい場所、新しい環境、新しい出会い。大勢の中から選ばれ、またわが社を選んでくれたみなさんとの出会いに、私も心から感謝しています。これからみなさんはいろいろな人に出会って、いやだな、と思うこともあるでしょう。なぜこんながまんをしなければならないのかと思うことも必ずあります。そんな時は、ぜひ、もし自分が相手の立場だったら？と考えてください。また、仕事とは、一人でできるものではありません。みなさんがすることになる一つ一つの仕事には、たくさんの人が関わっているのです。

この人はどんな人たちに向かって話していますか
1　新入社員
2　新入生
3　退職をする社員
4　卒業生

3番

大学の授業で先生が話しています。

M：そこで買い物をする人もしない人も、日本で生活する上で、利用しないわけにはいかないのがコンビニエンスストアです。買い物をするだけでなく、ガス代や水道代を払ったり、荷物を送ったり、貯金をおろしたりするためにも使われています。コンビニは海外にも様々な国でみかけますが、文化によってコンビニの役割はちがいます。ただ、コンビニはできた当初から今のようにいろいろなことができる場所だったわけではありません。この先もコンビニの進化は続きそうです。コンビニの進出によって日本の産業の形が大きく変わったことも忘れてはなりません。コンビニに注目する事によって、これからの日本の経済だけでなく、社会の変化も予測を立てることができそうですね。

コンビニについてなんと話していますか。
1　昔のコンビニは小さくて買い物だけしかできなかった
2　日本のコンビニが便利なことは海外でも有名だ
3　コンビニの変化で経済や社会がどう変わるか考えることができる

4　コンビニができたことによって、危険な社会になった

4番

女の人がラジオで家族について話しています。

F：母はいろんなことを遊びに換えてしまうんです。たとえば、食器洗い5点、玄関の掃除10点、ぞうきんがけ5点とか、点数をつけて、一週間で一番たくさん集めた人が日曜日の夕飯に食べる料理を決めるとか。兄弟が3人いたので、みんな結構本気でがんばっていましたね。たまに父も入るんですけど、一つのことを一生懸命になる性格なので、なかなか点数がたまらないんです。ちょっと気の毒でしたね。日曜日なのに。

この人の両親はどんな人ですか

1　まじめな母親と、気が弱い父親
2　楽しい母親と、まじめな父親
3　まじめな母親と、厳しい父親
4　楽しい母親と、勉強嫌いの父親

5番

男の人と女の人が電話で話しています。

M：さっき、城山さんから電話があったんだけど、送った書類が足りなかったって。
F：えっ、何度も確認したから間違いないはずだけど。
M：それが、こちらから送る直前に追加があって、それを知らせるためのメールがこちらに届いていなかったらしい。去年の資料だからすぐに送れるけど、やっぱり君が確認してからの方がいいと思ったから。
F：ううん。大丈夫。送ってくれる？私から城山さんに電話をするから。
M：そうか。わかった。

男の人は、これから何をしますか。

1　城山さんに電話をする
2　書類をさがす
3　城山さんに書類を送る

4 城山さんに文句を言う

問題4

例

M：あのう、この席、よろしいですか。

F：1　ええ、まあまあです。

　　2　ええ、いいです。

　　3　ええ、どうぞ。

1番

M：昨日はさすがにのみすぎたよ。

F：1　だいじょうぶ？

　　2　お酒、あまりたくさんなかったからね。

　　3　へえ、さすがだね。

2番

F：明日からやっと部長の顔を見ないで済む！

M：1　うん。さびしいね。

　　2　うん。楽しみにしててね。

　　3　うん。でも、それは言い過ぎだよ。

3番

M：あ、荷物がいつのまにかなくなってる。

F：1　ああ、さっき運んでおいたよ。

　　2　一時間かかるよ。

　　3　田中さんが持ってくるよ。

4番

M：かなりお疲れのようですから、ここでいったん休みましょうか。

F：1　そうですね。コーヒーでも飲みましょう。

　　2　そうですね。それで行ったんですね。

　　3　そうですね。ではいつ休みますか。

5番

F：その本、返すのは今度でいいですよ。

M：1　いいえ。お返ししました。

　　2　はい。お返ししました。

　　3　ありがとうございます。助かります。

6番

M：なかなか思うように書けないな。

F：1　少し休んでみたら？

　　2　うん、なんとか書けそうだね。

　　3　大丈夫、わたしもそう思うよ。

7番

F：これぐらいできないと困りますよ。

M：1　はい。なんとかがんばります。

　　2　いいえ。これだけですよ。

　　3　はい。すぐできました。

8番

M：山口さんって、女らしいんだね。

F：1　そうですよ。女性です。

　　2　そんなことないですよ、家事は苦手です。

　　3　そうです。ハンサムでやさしい人です。

9番

F：川口君、確か、今日、誕生日だったよね。

M：1　うん。これからだよ。

　　2　うん、そうだよ。覚えててくれてありがとう。

　　3　うん。もう終わったけどね。

10番

M：ああ、あと一点取れれば合格だったのに。

F：1　惜しかったね。

　　2　おめでとう。ぎりぎりで合格だね。

　　3　まだまだだったね。

11番

M：あれ？今日はこの店、休みみたいだ。

F：1　うん。すいてるね。

　　2　本当だ。シャッターが閉まってる。

　　3　きっと、毎日忙しいんだね。

問題5

1番

電気店で男の人と販売員が話しています。

F：どんな機能が付いているものをお探しですか。

M：暗い所でもきれいに撮れるのがほしいんです。花火や、星を撮影したいんで。

F：夜景ですね。そうすると、1番から4番のタイプですね。1番のタイプは、遠くからきれいに撮る
　　ためのレンズが別についています。2番のものは、遠くを写すためのレンズはついていないのです
　　が、動くものがきれいに撮れます。

M：ビデオというか、その、動画はとれますか。

F：はい。ビデオカメラのように細かい調節はできませんが、どれもとれます。音もいいですよ。

M：じゃあ、あとは…値段ですね。

男の人が買いたいものは何ですか。

1　テレビ

2　ビデオ

3　カメラ

4　ステレオ

2番

旅行について家族で話しています。

F1：飛行機で5時間ぐらいなら、飲み物や食べ物のサービスはいらないよね。それより、安い方が

　　　いいでしょう？

M1：そうかな。僕は、いくらチケットが安くても、食べ物や飲み物をがまんするのはいやだし、後

　　　で追加するのはめんどうだよ。

F2：私も座りにくかったり、眠りにくかったりするのはともかく、飲み物のがまんはちょっとね。

M1：僕もそうだな。

F1：じゃあ、現地で泊るホテルの値段を下げるしかないよ。そうすれば、夕方 出発が予約できるけど。

M1：夕方は夜中の出発よりいいよ。だけど、部屋もなるべくちゃんと掃除がしてあってきれいな方

　　　がいいいなあ。

F1：ええー。…きれいだったら、窓から海が見えなくてもいい？

F2：私は別にいいよ。だって、ホテルなんて寝るだけだもん。

M1：ううん。まあしかたないか。何か我慢しないとね。

どんな飛行機やホテルを選ぶことになりましたか。

1　食事や飲み物のサービスがある飛行機と、景色はよくないけれど清潔なホテル

2　食事や飲み物のサービスがある飛行機と、景色のいい清潔なホテル

3　食事や飲み物のサービスがない飛行機と、景色はよくないけれど清潔なホテル

4　食事や飲み物のサービスがない飛行機と、景色のいい清潔なホテル

3番

テレビでアナウンサーが話しています。

F1：最近、インターネットで結婚相手を見つける人が増えています。アメリカでは何と、三分の一

の夫婦がインターネットを通じて知り合っているそうです。また、この方法で知り合った夫婦は、そうでない方法、つまり、学校や職場、友人の紹介や、あるいはナンパするなどして知り合った二人よりも、実は離婚率が低いということもわかりました。ただしこれは、アメリカの話で、日本では同様の調査が行われていないので、実態はわからないそうです。

M2：へえ。そういう人の数がどんどん増えているんだな。

F2：私たちは、アメリカでは別に珍しい方じゃないのね。三分の一なんて、びっくり。

M：だけどインターネットを通じて知り合った、って、ちょっと言いにくいな。

F2：そう？　私は別に恥ずかしくないよ。この方法であなたと会えて良かったし、これよりいい方法はなかったと思ってるけど。

M：うん。僕もこの話を聞いて、今ははっきりそう思う。離婚率も低いなんて嬉しいし。

F2：そうね。何でだろう。私たちは会う前に何度もメールをしたからお互いの考え方を知っていたでしょう、それが大事なのかもね。

質問1．アナウンサーの話の内容は次のうちのどれですか。

質問2．男の人と女の人は、ネットを通じて結婚相手と出会うことについてどう言っていますか。

日本語能力試験聴解 N2　第五回

問題1

例

レストランで店員と客が話しています。客は店員に何を借りますか。

M：コートは、こちらでお預かりします。こちらの番号札をお持ちになってください。

F：じゃあこのカバンもお願いします。ええと、傘は、ここに置いといてもいいですか。

M：はい、こちらでお預かりします。

F：だいぶ濡れてるんですけど、いいですか。

M：はい、そのままお預かりします。お客様、よろしければ、ドライヤーをお使いになりますか。

F：ハンカチじゃだめなので、何かふくものをお借りできれば…。ドライヤーはいいです。ふくだけでだいじょうぶです。

客は店員に何を借りますか。

1番

会社で男の人と女の人が話をしています。女の人はこの後何をしますか。

M：これから出かけるので、あとはよろしく。

F：はい。わかりました。

M：本社からのFAXは届いた？

F：まだです。もう一度連絡しましょうか。

M：うん。あれがないと、夕方の宴会で山口さんに会った時に説明ができないから、すぐ送ってくれって言っておいて。

F：はい。宴会は会社に戻ってからいらっしゃいますか。もしそれなら、車を用意しておきますが。

M：いや、それじゃ間に合わないから直接行く。時間と場所はあとで福田君に確認して、携帯に連絡をいれておいて。

F：わかりました。

女の人はこの後何をしますか。

2番

スーパーで、二人の店員が話をしています。男の人は、これから何をしますか。

F：掃除は店の中をする前に外です。店の外からやってください。今日は私がやったので、明日からお願いします。今日は店の中からです。いいですか。よく覚えてくださいよ。

M：はい。

F：外の掃除はだいたい一日に３回ぐらい、ゴミやタバコの吸い殻が落ちてないか見て、ほうきではけばいいんですが、お店の中は、３時間に一回床をふいてください。それが終わったら棚の整理です。棚の奥に入ってしまって見えない商品は、いつも手前に引き出して、きれいに並べておいてくださいね。

M：はい。アイスとか、お酒とかも、全部ですか。

F：ええ、もちろんそうですよ。それから、トイレの掃除です。じゃ、こっちに来てください。

M：はい。

男の人はこの後、まず何をしなければなりませんか。

3番

電車の中で男の学生と女の学生が話をしています。二人はこの後、どうしますか。

M：電車動かないね。

F：うん。もう10分以上止まったまま。どうしよう。今日、試験なのに。

M：待っててもしょうがないね。タクシーは高いし。よし、バスで行こう。

F：ああ、でも、ちょっと待って。スマホで調べてみると…ほらこの地図、見て。

M：えっ、この駅、ここから歩いて行けるんだ。

F：うん。ここまで行けば、こっちの電車で行けるんじゃない？

M：バスとどっちが早いかな。

F：わかんないけど、バスはすごく混んでると思う。

M：そうだね。よし、そうしよう。

二人はこの後、どうしますか。

4番

母親と息子が話しています。息子はこれから何をしますか。

M：ああ疲れた。ただいま。

F：お帰りなさい。ああ、ずいぶん汚れたわね。ちょっと、ここでシャツを脱がないでよ。先にお風呂に入ったら？ところで、野球の試合、勝ったの？

M：うん。5対3でね。だから、明日もまた試合だよ。今日は試合の後、さっきまで練習だった。

F：大変ねえ。でも、いつ勉強するのよ。テストだって近いのに。

M：だから、やるよ。夕飯食べてから。わあ、今日はカレーか。おなかぺこぺこだよ。

F：しょうがないわね。

息子はこの後何をしますか。

5番

男の人が店員とパソコンの修理について話しています。

M：パソコンの調子が悪いのですが、みてもらえますか。

F：はい、どういった具合でしょうか。

M：ちょっと前から、動き方がとても遅くなって変な音がするんです。画面も暗くて。調整してる
　んですけどね。まあ、新しいのを買った方がいいんでしょうけど、もう少し使いたくて。

F：何年ぐらいお使いになっていますか。

M：ええと、6年、いや、7年かな。自分で直せるなら方法を知りたくて。

F：修理できるかどうかとか、修理の値段は、メーカーの工場で中をみて調べてみないとわからな
　いんですが、こちらでお預かりしてもいいですか。調べる料金は5,000円かかってしまうんで
　すが…。

M：ああ、そんなにかかるんですね。まあ、しょうがないですね。お願いします。

男の人はこれから何をしますか。

問題2

例

男の人と女の人が話しています。男の人はどうして寝られないと言っていますか。

M：あーあ。今日も寝られないよ。

F：どうしたの。残業？

M：いや、中国語の勉強をしなくちゃいけないんだよ。おととい、部長に呼ばれたんだ。それで、
　この前の会議の話をされてさ。

F：何か失敗しちゃったの？

M：いや、あの時、中国語の資料を使っただろう、って言われてさ。それなら、中国語は得意だろうから、
　来月の社長の出張について行って、中国語の通訳をしてくれって頼まれちゃって。仕方がない
　からすぐに本屋で買って来たんだ。このテキスト。

F：ああ、これで毎晩練習しているのね。でも、社長の通訳なんてすごいじゃない。がんばって。

男の人はどうして寝られないと言っていますか。

1番

会社で二人の社員が話しています。男性社員はどうして謝っているのですか。

F：明日は会議もあるし、中田産業に行く用事もあるのに。

M：えっ？ そうだったの？

F：もう、しょうがないなあ。お客さんに、明日中にやるって言っちゃったんでしょ？ この仕事は私しか研修をうけてないから他の人には頼めないし、最低でも3時間はかかるよ。

M：そうか…。ごめん。聞けばよかったね。僕も手伝うよ。

F：いいよ。その代わり、会議の資料を作って。

M：うん。わかった。本当にごめん。

男性社員はどうして謝っているのですか。

2番

コンビニで、店員と女の人が話しています。女の人はどうして店に来たのですか。

M：いらっしゃいませ。

F：あの、さっきここで買い物をしたんですが、私はノートとボールペンを買ったのに、このレシートをもらったんです。

M：はい。ええと…あ、これ、ちがってますね。申し訳ありません。

F：で、お金は1,000円札を出して、620円おつりをもらったから、合ってると思うんですけど。

M：はい、…少々お待ちください。ええと、…あ、ありました。レシート、これですね。失礼しました

F：ああ、これです。どうも。

女の人はどうして店に来たのですか。

3番

男の人と女の人が話しています。女の人は、どうして風邪をひいたと言っていますか。

M：ああ、今日は疲れたなあ。

F：ハクション。ハクション。

M：あれ？ 2回くしゃみが出る時は、誰かに噂されてるって言うよ。

F：それは迷信だよ。なんかさっきから寒くて、喉も痛くなってきた。風邪引いたみたい。

M：ああ、仕事のしすぎで、寝不足なんじゃないの。

F：うん、確かに寝不足。でも仕事っていうか、朝までサッカーの試合を観てたからなんだけどね。

M：なんだ。

女の人は、どうして風邪をひいたと言っていますか。

4番

警察官が女の人と話をしています。女の人はなぜ警察官に呼び止められましたか。

M：こんばんは。

F：ああ、はい。

M：ご自宅はこの近くですか。

F：はい。

M：今からお帰りですか。

F：いえ、ちょっとコンビニにパンを買いに行くんですけど、何か。

M：この近くで、強盗事件があって、まだ犯人が捕まっていないんです。女の方が一人で歩いていらっ
しゃるのは、大変危険です。

F：えっ。

M：こんな時間ですし、一人歩きは避けて頂いた方がいいですね。気をつけて帰ってください。

F：はい。じゃ、買い物はやめておきます。

女の人はなぜ警察官に呼び止められましたか。

5番

ラジオでアナウンサーが話しています。明日は何の日ですか。

M：最近ではネットで注文して贈る人も増えているようですが、今日は一日前なのでデパートも混雑
　　しています。傘や、エプロン、ハンドバッグなどが人気ですが、食べ物もよく売れているようで
　　す。そのほか、ケーキに感謝のことばを書いたものや、ワインなども人気があるようです。そして、
　　何と言っても、このカーネーション。赤だけでなく、いろいろな色を、お母さんの好みに合わせ
　　て選んだものを送る方が多いようです。私は子どもの頃はよく絵を描いて手紙と一緒に渡してい
　　ましたが、大人になってからは買って渡していますね。

明日は何の日ですか。

6番

男の人と女の人が話しています。女の人はどうして急いでいますか。

F：ああ、早くいかなきゃ。

M：そんなに急がなくても大丈夫だって。8時までに駅に着けばいいんだから、ゆっくり行ってもだい
　　じょうぶだよ。

F：ここからなら1時間で行けるんだけど、会社に寄ってから行くの。

M：仕事なら、出張から帰って来てからやればいいのに。

F：ちがうの。持ってく書類、忘れて来ちゃって。

M：えっ、どこに。

F：机の引き出し。

M：うわあ。でも、今日は日曜日だから会社には誰もいないんじゃない。

F：警備会社の人に頼んで開けてもらうの。

M：そうか…。

女の人はどうして急いでいますか。

聴解

例

テレビで俳優が、子どもたちに見せたい映画について話しています。

M：この映画では、僕はアメリカ人の兵士の役です。英語は学校時代、本当に苦手だったので、覚えるのも大変でしたし、発音は泣きたくなるぐらい何回も直されました。僕がやる兵士は、明治時代に日本からアメリカに行った人の孫で、アメリカ人として軍隊に入るっていう、その話が中心の映画なんですが、銃を持って、祖父の母国である日本の兵士を撃つ場面では、本当に複雑な辛い気持ちになりました。アメリカの女性と結婚して、年をとってから妻を連れて、日本に旅行に行くんですが、自分の祖父のふるさとをたずねた時、妻が一生懸命覚えた日本語を話すんです。流れる音楽もいいですし…とにかくとてもいい映画なので、ぜひ観てほしいと思います。

どんな内容の映画ですか。
1　昔の小説家についての映画
2　戦争についての映画
3　英語教育のための映画
4　日本の音楽についての映画

1番

テレビでアナウンサーが話しています。

F：この店は、地元はもちろん、遠くからもたくさんのお客さんが集まります。ここで評判なのは、新鮮な魚介類のおいしい料理だけでなく、働いている人たちの笑顔です。みなさん何も言われなくても当たり前のように協力し合って仕事をしているので、仕事がスムーズに進んでいるようです。その理由をうかがったところ、ここで働く皆さんは、以前みんな海の上、つまり船で仕事をしていたんだそうです。お互いの協力がなければ命も危うくなるような環境で、自然に助け合うことになる。そして、大変なこともみんなで笑って乗り越える。そんな経験があるからかもしれない、とおっしゃっていました。本当に、みなさん、ニコニコしていらっしゃいますね。

店で仕事をしている人はどんな様子だと言っていますか。

1 言われたことを守って働いている

2 まじめにだまって働いている

3 どんなことでも我慢して働いている

4 笑顔で助け合って働いている

2番

車の中で、運転手と乗客が話をしています。

F：あのう、この近くにおいしい店はありますか。

M：ええ。けっこうありますよ。ここから10分ぐらいのところにある古い定食屋。たまに私たちも行くんですけど、おばちゃんたちが作ってる料理が最高。あとは、ええと、そうだなあ。寿司屋。この近くでとれた魚ばっかりで、都会で食べれば結構高いのが安くてうまいって。まあ、こっちは、20分ぐらいかかりますけど。

F：へえ。いいですね。その定食屋に行ってみます。そこに行く前に、友達を駅に迎えに行かなきゃいけないんで、寄ってもらえますか。

M：はいはい。通り道ですから、大丈夫ですよ。

F：それと、コンビニも。

M：えっ、コンビニですか。20分ぐらいかかりますけどいいですか。ここら辺は田舎だからね。でも、こっちはさっき話した寿司屋の近くですけどね。

F：うーん、でも、やっぱりごはんは定食屋がいいな。コンビニは後でもいいし。

M：ハハハ、そうですか。了解。

女の人はこれからどこへ行きますか。

1 定食屋

2 寿司屋

3 駅

4 コンビニ

3番

健康に関するテレビ番組で、医者が話しています。

M：よく、羊を数えると眠れる、と言われます。頭の中で一匹、二匹、と数えるのですが、逆に、数を数えるという作業をすることによって、眠れなくなってしまう人もいます。しかし、何も考えない、というのも難しいものです。そんな時、お勧したいのは、体のどこか、例えば腕や足に力を入れて、10秒ほどたったら力を抜く、ということを繰り返す方法です。これが不思議なほど効きます。そのほか、午前中に十分太陽の光を浴びる、寝る3時間前には夕食を終わらせる、などがありますが、一番いいのは、眠れなくても気にしないことかもしれません。

どんな人のための話ですか。

1　数を数えるのが苦手な人
2　考えすぎる人
3　とても忙しい人
4　よく眠れない人

4番

女の人がペットについて話しています。

F：私は小さい頃は鳥とウサギを飼ってました。鳥はオウム。おもしろいですよ。家族全員の名前を言えるの。おはよう、とか、こんにちは、とかね。ウサギはずいぶん長生きしました。でも犬はきらいだったんです。かまれそうで。それがなぜ好きになったかと言うと、親せきの家に行った時に、犬とネコがいたんですね。その犬がお利口だったんです。そこに食べ物があっても、絶対に自分からは食べないの。飼い主が、よし、と言わなければ、口のそばに持って行っても食べない。それに、ネコにいくらいたずらされても、知らん顔。これは頭がいいんだなって思って、好きになって…。今は家に二匹もいるんですよ。

この人は今、どんなペットを飼っていますか。

1　鳥

2　ウサギ

3　犬

4　ネコ

5番

男の人と女の人が、空港への行き方について話しています。

M：明日は、空港までどうやって行く？

F：5時には出ないと間に合わないよね。でも、車は駐車場代がかかるからなあ。

M：だけど、タクシー代はもっとかかるんじゃない。ここからだと。

F：じゃあ、途中までタクシーで行って、始発が出たら、電車に乗り換える？

M：それじゃ、めんどうだしかえっておそくなるよ。インターネットでチェックインしておけば、ちょっとぐらい遅れても平気だと思うから、電車で行こうよ。

F：それは心配だよ。いいよ。駐車場代の分、帰ってから節約しよう。

二人は明日、どうやって空港まで行きますか。

1　自動車で行く

2　タクシーで行く

3　途中までタクシーで行って電車に乗る

4　電車で行く

問題4

例

M：あのう、この席、よろしいですか。

F：1　ええ、まあまあです。

　　2　ええ、いいです。

　　3　ええ、どうぞ。

1番

M：今日は会議がないこと、教えてくれればよかったのに。

F：1　ごめん、知ってると思って。

　　2　そうだよ。早く帰っていいよ。

　　3　うん。準備をしなくていいよ。

2番
F：仕事、やめることにした。

M：1　そうか。決めたんだね。

　　2　そうか。決まったんだね。

　　3　そうか。今日やめたんだね。

3番
M：早く雨がやめばいいのに。

F：1　うん。すぐやんでよかったね。

　　2　うん。意外にすぐやんだね。

　　3　うん。なかなかやまないね。

4番
M：別に、お金がないと言うわけじゃないんだけど。

F：1　すごくお金持ちなんですね。

　　2　無理に払わなくていいですよ。

　　3　じゃあ、買ってもらいましょうよ。

5番
F：今度そんなこと言ったら、許さないよ。

M：1　うん。早く言うよ。

　　2　ごめん。二度といわないよ。

　　3　わかった。もう一度言うよ。

6番
M：やっぱり山本さん、まだ来てないね。

F：1　ええ。さっき電話したらまだ家にいましたから。

　　2　ええ。先に来る予定でしたから。

　　3　ええ。もう帰りましたから。

7番

F：万が一間違いがあっては大変なので、よろしくおねがいします。

M：1　はい。しっかり確認します。

　　2　はい。すみませんでした。

　　3　はい。間違いを減らします。

8番

M：学校を休んだくせにアルバイトに行ったの。

F：1　まさか。そんなことしないよ。

　　2　うん。がんばったよ。

　　3　うん。どういたしまして。

9番

F：そんな恰好をしていたら、かぜをひきかねないよ。

M：1　うん。あたたかいよ。

　　2　うん。だんだん治って来たよ。

　　3　いや、丈夫だから平気だよ。

10番

M：いよいよ君のスピーチだね。

F：1　うん、いいよ。

　　2　うん。緊張するよ。

　　3　うん。緊張したよ。

11番

M：ここで中止するわけにはいかないよ。

F：1　そうだね。みんな楽しみにしているからね。

　　2　そうだね。早くやめよう。

　　3　そうだね。もう終わったから。

1番

薬屋で、店員と男性客が話をしています。

F：風邪薬をお探しですか。

M：はい。

F：どれがよろしいでしょうか。熱がある場合はこちら、1日3回飲むタイプがいいです。ただ、お仕事をされていると、どうしても忘れてしまったり、忙しくて飲めなかったりしますよね。そんな場合はこの朝晩2回飲むタイプが便利かと思います。こちらは眠くなりません。

M：熱はないんですけど、のどが痛くて。

F：のどですか。他に症状はありますか。

M：他は、鼻水も出ないし、咳も出ないです。ビタミン剤とかでもいいのかな。

F：ええ。ビタミンはたくさんとってください。それが大切です。それで、もし他に症状がなくて喉だけなら、こちらの痛み止めの方がいいかもしれません。これで喉の痛みは治まると思います。

M：胃が弱いんですけど、大丈夫でしょうか。

F：これは胃に優しいお薬ですし、もしご心配でしたら、この胃薬と一緒に飲んでいただければ安心です。

M：ああ、じゃあ、この痛み止めを。こっちは、家に同じのがあるからいいです。

F：ビタミン剤はよろしいですか。

M：ええ。それじゃないけど、家にあるので。

F：承知しました。

男の人が買ったのはどんな薬ですか。
1　1日3回飲む風邪薬
2　ビタミン剤と痛み止め
3　胃薬と痛み止め
4　痛み止め

2番

会社の社員が今日の昼食について話しています。

F1：午前中、忙しかったね。

M：うん。そろそろ昼休みだね。ああ、腹減った。今日は時間があるから外に行こうか。焼肉でも食べにいかない？

F1：豪華ねえ。私はお弁当を作って来たけど。最近、駅前にできたおそば屋さん、おいしいらしいよ。

M：そばか。そばはちょっとなあ。そばだけじゃ足りないから他のものも頼んじゃって、結局高くなるんだよね。車もほしいし、旅行も行きたいからな。あ、早坂さんは。

F2：私はダイエット中なので。

M：えっ、食べないの？

F2：まさか。そうだ山下君、いいものあげる。これコンビニ弁当の割引券。うどんも焼肉もありますよ。

M：そうだね。よし。コンビニ、行ってくる。

男の社員は、どうしてコンビニに行くことにしましたか。

1　時間があるから
2　ダイエットのため
3　そばが苦手だから
4　節約のため

3番

テレビでアナウンサーが話しています。

F1：涙を流すことは、ストレス解消になるだけでなく、健康にもいいそうです。今は、大勢の人を集めて感動的な話を聞かせて涙を流させるイベントが流行しているそうです。また、会社で働いている女性に、感動的な映画を見せたり、心に響く話を聞かせて徹底的に涙を流させ、最後には涙をふいてくれる男性を出張させるビジネスもあるそうです。この出張サービスをする男性は、全員が「涙を流させるプロ」です。このビジネスは個人ではなく、会社との契約で行われていて、利用する会社は少しずつ増えているとのことです。

F2：わざわざ泣かなくても、笑っていればストレス解消になるんじゃない。

M：うん。ただ、考えて見ると、相手が笑っているとおかしくもないのに気をつかって笑うようなことがあって、そういう愛想笑いをした後って、なんか疲れたって感じることもあるよ。だけど、子どもの頃、ケンカしたり叱られたりして泣いた後って、なんかすっきりしていたもん。

F2：たしかにそうね。愛想笑い、っていうことばはあるけど、愛想泣きって聞いたことないもんね。だけど、わざわざ泣くためにお金を払わなくてもいいんじゃない。いらないなあ。私には。

M：まあ、君はドラマを見ては泣くし、かわいそうな人の話を聞いてはもらい泣きをするし、そんなサービスいらないね。

F2：それ、ほめてるの。それともバカにしているの。

M：もちろん、ほめてるんだよ。僕はそういうイベントがあったらちょっと行ってみたい気がする。泣いた後って、すっきりするしね。だけど、男に涙を拭いてもらうのはイヤだな。

質問1．アナウンサーが紹介したビジネスはどれですか。

質問2．このビジネスについて、男の人と女の人の意見はどうですか。

日本語能力試験聴解 N2　第六回

問題1

例

レストランで店員と客が話しています。客は店員に何を借りますか。

M：コートは、こちらでお預かりします。こちらの番号札をお持ちになってください。

F：じゃあこのカバンもお願いします。ええと、傘は、ここに置いといてもいいですか。

M：はい、こちらでお預かりします。

F：だいぶ濡れてるんですけど、いいですか。

M：はい、そのままお預かりします。お客様、よろしければ、ドライヤーをお使いになりますか。

F：ハンカチじゃだめなので、何かふくものをお借りできれば…。ドライヤーはいいです。ふくだけでだいじょうぶです。

客は店員に何を借りますか。

1番

会社で男の人と女の人が話をしています。女の人はこの後何を飲みますか。

M：暑いね。何か飲まない。

F：うん。だいぶ片付いたから、休憩しようか。

M：俺、買ってくるよ。コーヒーでも。何がいい？コンビニはちょっと遠いから、そこの自動販売機だけど。

F：私はお茶がいいな。あったかいの。最近出た、濃いめの緑茶、っていうのが飲みたいな。

M：夏だから、あったかいお茶はないよ。ジュースか、コーヒーは。

F：ああ、そっか。じゃ、コーヒーにしようかな。ミルクも砂糖も入ってないヤツ。

M：ブラックだね。OK。あ、ちょっと待って。この荷物宅配便で送るんだよね。じゃ、やっぱコンビニまで行かなきゃ。

F：よかった。じゃついでにさっき頼んだやつお願い。熱いのね。

女の人はこの後何を飲みますか。

2番

会社で、上司と部下が話をしています。二人は今、何をしていますか。

M：月曜日の準備はできてる？

F：ええ、発表会場の準備はできています。マイクやスピーカーも大丈夫です。あとはみなさんにお配りする資料ですが、そこに載せる写真の整理が終われば、印刷できます。

M：そうか。それがいちばん時間かかるな。もう少し写真の量を減らした方がいいね。全体で2時間しかないんだから。

F：あと、これなんですが…。

M：これが新しい商品か。これは人数分あるんだね。

F：それが、工場から10個以上用意するのは、難しいと連絡があって。

M：せっかく新しい商品を詳しく見てもらえる機会なのに、困ったな。

F：やはり写真を減らさないで、みなさんに細かく見ていただいた方がいいんじゃないでしょうか。

二人は今、何をしていますか。

3番

ラーメン屋の前で、男の人と女の人が話しています。男の人はこれから何をしますか。

M：今日こそ、食べたいな。

F：うん。ずっと楽しみにしてたんだからがんばろう。でも長い列。20人は並んでるんじゃない。

M：しょうがないよ。この店この前テレビに出ちゃったし。

F：そういえば、あの店もテレビに出てたよね。ほら、すごく大きいお寿司の店。

M：ああ、あそこか。すぐそこだよ。

F：そっちの方がすいてるかな。

M：寿司もいいな。ちょっと様子見てくるよ。並んでて。

F：うん。もしこっちより空いてたら電話して。

M：よし、そうしよう。

男の人はこの後、どうしますか。

4番

会社で社員が話しています。男の社員はこれから何をしますか。

F：田口君、ちょっと。さっきくれたこの書類だけど。

M：はい、何か問題がありましたでしょうか。

F：報告書の3ページめなんだけど、私が頼んだのは中国の資料で、日本のではないですよ。

M：えっ、あ、申し訳ありません。

F：しっかりしてよ。それと、報告書の部数だけど、この工場の200人だけじゃなくて2000人全員
　　分が必要なの。本社にちゃんとした資料を送ってもらって作り直してね。

M：はい、すぐにやります。

男の社員はこれからまず何をしますか。

5番

男の人が病院の受付で話しています。男の人はいつ診察を受けますか。

M：おはようございます。関口ですけど、検査って時間かかりますか。

F：いいえ、30分もかかりません。今日は検査だけですので。

M：はい。あ、薬も頂けますか。

F：まだ痛みはありますか。

M：だいじょうぶな時もあるんですけど、ときどき痛みます。

F：そうですか…では、今日は診察も受けた方がいいですね。

M：ええと、今日はこれから会社なので時間がなくて。検査は受けますけど。

F：検査だけだと、お薬が出せないんですよね。先生の診察を受けていただかないと。

M：ああ、でも、明日は土曜日だから午前だけですよね？

F：はい…午後は…。

M：しょうがない。やっぱり、診てもらった方がよさそうだから、また夜に来ます。

F：わかりました。では、そちらでお待ちください。

男の人はいつ検査を受けますか。

問題2

例

男の人と女の人が話しています。男の人はどうして寝られないと言っていますか。

M：あーあ。今日も寝られないよ。

F：どうしたの。残業？

M：いや、中国語の勉強をしなくちゃいけないんだよ。おととい、部長に呼ばれたんだ。それで、この前の会議の話をされてさ。

F：何か失敗しちゃったの？

M：いや、あの時、中国語の資料を使っただろう、って言われてさ。それなら、中国語は得意だろうから、来月の社長の出張について行って、中国語の通訳をしてくれって頼まれちゃって。仕方がないからすぐに本屋で買って来たんだ。このテキスト。

F：ああ、これで毎晩練習しているのね。でも、社長の通訳なんてすごいじゃない。がんばって。

男の人はどうして寝られないと言っていますか。

1番

飛行機の中で男の人と女の人が話しています。男の人はこれからどうしますか。

F：出発が遅れたから、着くのは11時ですね。

M：うん。空港からのバスに間に合うかな。

F：ああ、荷物があるからバスじゃないと大変ですよね。

M：いや、それよりうちは田舎だから、電車がなくなっちゃうんだよ。

F：私、妹に迎えに来てもらうことになってるんでお送りしましょうか。

M：それは助かる、と言いたいところだけど、明日は朝一番で会議だからすぐ準備をしないとまずいんだ。いいよ。空港の近くに一泊する。シャワーさえあればいいんだから、どこかあるだろう。

F：わかりました。じゃ、荷物、私が預かります。明日会社に持って行きますよ。

M：悪いね。頼むよ。

男の人はこれからどうしますか。

2番

家の中で娘と父親が話しています。娘は父親に、何を頼みましたか。

F：お父さん、今度の土曜日なんだけど、仕事、休みだよね。どこかに出かける？

M：まあ仕事は休みだよ。出かけるって言っても、お母さんとスーパーへ買い物に行くぐらいかな。

F：私、遥たちと出かけたいんだけど…。

M：うん、どこに行くんだい？

F：乃木山。

M：へえ。何人で？

F：4人。で、キャンプをするの。だから、お父さん、お願いします。

M：え一っ…。片道2時間はかかるぞ。で、帰りはどうする？

F：遥のお父さんが迎えに来てくれるって。

M：しょうがないなあ。でもまあ、このごろ走ってないし。じゃあお母さんも誘って、帰りは二人で温泉でも寄って帰るか。

F：いいね。きっと喜ぶよ。

娘は父親に、何を頼みましたか。

3番

男の人と女の人が話しています。女の人は、どうして眠いと言っていますか。

M：おはよう。あれ、なんか今日、眠そうだね。ゼミ、発表だっけ？

F：ううん。それは先週。昨日はけっこう早めに寝たんだけどね。

M：そう。あ、また隣の家のパーティ？

F：パーティじゃなくて、隣のうちの女の子が5時頃、玄関のドアを開けて大声で泣いているの。びっ

くりしちゃった。

M：ええっ、で、どうしたの。

F：目が覚めたらお母さんがいないって。かわいそうだからしばらくいっしょにいたら、お母さん、

すぐ帰って来たんだけど、子どもが寝ている間にアルバイトに行ってたんだって。大変だなあ、

と思っちゃった。

M：そうか…。どんな家にも、いろんな事情があるよね。

女の人は、どうして眠いと言っていますか。

4番

男の人と女の人がデパートで話しています。二人はこれからどの売場へ行きますか。

M：花束もだよね。やっぱり、スピーチをしてもらった後に渡さないと。

F：うん。それは一條さんが頼んであるって。今は、記念になるもの。むずかしいよね。何がいいかな。

川口さんの退職祝い。

M：うーん、川口さんって本好きだよな。でも、どんな本を持っているかわからないし。

F：じゃ、図書カードにする？ 好きな本が買えるように。

M：なんか学生みたいだよ。中学生とか大学生とか。まあ、新鮮な感じだけど。これから、第二の

青春を楽しんでください、って。

F：学生って言えば腕時計か万年筆だよね。置時計。確かこの前、電波時計の話してたら、興味が

あるみたいだったよ。

M：電波時計？ ああ、世界中どこでも電波を受信して、正確な時間がわかるやつね。それ、いいね。

問題は、値段が予算内で収まるかどうかだ。

F：だいじょうぶよ。今はいろいろ出ているから。

M：よし、それを買いに行こう。

二人はこれからどの売場へ行きますか。

5番

市民センターで男の人が話しています。男の人はどんな人たちについて話していますか。

M：親が仕事をしている場合もですが、入学してすぐクラブに入ったり、塾に行ったりすることによって、学校から帰る時間が遅くなり始めるのがこの年齢です。そうすると食事の時間が遅くなりがちで、寝る時間が深夜になってしまう場合もあります。絶対に何時間寝なければダメだということではないにせよ、睡眠時間が短くなると、朝起きるのが辛くなったり、元気が出なかったりして、友達といても生き生きと過ごせず、体育の時間も思いっきり体を動かせない。イライラしたりぼーっとして、ケガをしやすくなってしまう。大人になってからも、この生活習慣はずっと影響します。大事なのは一に睡眠。次に食事です。ご家庭でも学校でも、ぜひこのことを意識して様子を観察してほしいと思います。

男の人はどんな人たちについて話していますか。

6番

天気予報で女の人が話しています。今日の昼の天気はどうなると言っていますか。

F：朝晩、冷え込む季節になってきました。昨夜寝る時に毛布を出された方も多かったのではないでしょうか。今は、朝から美しい秋空が広がっていますが、ここでこうして立っていても、寒く感じます。今日も湿度が低く、すっきりした天気になるでしょう。出かける時は、厚めの上着があったほうがいいかもしれません。日中はこのまま晴れますが、夕方から気圧の影響で、雨の降る地域もあります。折り畳み傘を持って出かけてください。夜は晴れて美しい星空が見えるでしょう。

今日の昼の天気はどうなると言っていますか。

例

テレビで俳優が、子どもたちに見せたい映画について話しています。

M：この映画では、僕はアメリカ人の兵士の役です。英語は学校時代、本当に苦手だったので、覚える
　　のも大変でしたし、発音は泣きたくなるぐらい何回も直されました。僕がやる兵士は、明治時代
　　に日本からアメリカに行った人の孫で、アメリカ人として軍隊に入るっていう、その話が中心の
　　映画なんですが、銃を持って、祖父の母国である日本の兵士を撃つ場面では、本当に複雑な辛い
　　気持ちになりました。アメリカの女性と結婚して、年をとってから妻を連れて、日本に旅行に行
　　くんですが、自分の祖父のふるさとをたずねた時、妻が一生懸命覚えた日本語を話すんです。流
　　れる音楽もいいですし…とにかくとてもいい映画なので、ぜひ観てほしいと思います。

どんな内容の映画ですか。
1　昔の小説家についての映画
2　戦争についての映画
3　英語教育のための映画
4　日本の音楽についての映画

1番

夫婦が話をしています。

M：いよいよ来週だね。この家と別れるの。

F：うん。引っ越したばっかりの時は、都心の家は狭いとか、日当たりが悪いとかいろいろ言ってたけど、
　　いざ離れるとなるとちょっとさびしいね。

M：まあ、次の所もきっと好きになるよ。それに緑が多くて空気もいいんだし。

F：そうね。子どもたちにはいい環境だと思う。でも近くに駅があって、目の前にコンビニがあるのは
　　便利だったな。

M：確かに。でも新しいとこも自転車ならすぐだよ。通勤時間だって20分も変わらないし。

F：自転車か。うん。でも、駅まで毎日歩けば、ダイエットになっていいかも。

この夫婦はどこからどこに引っ越ししますか。

1　郊外から都心

2　都心から郊外

3　田舎から都会

4　都会から田舎

2番

男性社員と女性社員が話しています。

F：なかなか決まりませんね。

M：うん。でも、毎年そうだよ。でも、今の男性はなかなかよかったね。うちの商品のこともよく研
究していたし、やりたいことが商品開発、とはっきりしていた。筆記テストもよくできていたみ
たいだよ。

F：ええ。はっきりしているのはいいんですが、もし他の部署になった時にやっていけるかどうか。た
とえば営業や販売のような仕事が続けられるか気になります。その点、最初に面接した女性は、
おとなしい印象でしたが、好奇心が旺盛で、何でもやってみたい、という気持ちが伝わってきま
した。

M：実は、それも注意が必要なんだよ。せっかくうちの社に入ったとしても、すぐ他の仕事がしたくなっ
て転職してしまったり、仕事に集中しなかったり。

F：むずかしいですね。二人とも、コミュニケーション能力は低くないようでしたが。

M：とにかく今の二人については、次のグループ面接での様子を見てみよう。

二人は何について話していますか。

1　開発中の新製品について

2　新発売する商品について

3　新入社員について

4　就職試験の受験者について

3番

男の人がテレビで話をしています。

M：　私は以前、仕事人間でした。仕事に集中できる自分は能力がある。なかなか仕事を覚えない人や、
失敗をする人はダメだと思っていたのです。もちろん、どんどん給料も上がりました。しかし病
気になってからは、自分でできるはずだと思っていてもできないんですね。なぜこんなことがで

きないのか、もっとできるはずだ、と思っても、頭に体が追いつかないんです。周りはだれも文句をいわないし、怒る人もいないんですが、自分ではつらかったです。あの時、黙って仕事を手伝ってくれた同僚には、心から感謝しています。

　ひとつの仕事には、多くの人が関わっています。どんな人がその仕事に関わっているのかをメンバーが知っているかどうかで、仕事がうまくいくかどうかもちがいます。いつ病気になるかはわからないし、病気以外に仕事に集中できない状況が起きるかもしれないですからね。今では、周りの人の状況について関心をもち、お互いの力を合わせることが大事だと思い、ますます仕事が楽しくなりました。

この人の考え方は、どう変わりましたか。
1　以前は仕事が好きになれなかったが、今は病気が治ったので仕事に集中できるようになった。
2　以前は仕事第一だったか、今は家族が第一になった。
3　以前は自分の能力が高いので良い仕事ができると思っていたが、今は周囲との協力が大事だと思うようになった。
4　以前は仕事が嫌いだったが、今は周りの人と協力し合う楽しさを知って仕事が好きになった。

4番
女の人と男の人が、年をとってから住む場所について話しています。

F：私は、このまま都会で暮らしたいな。だって、年をとるとだんだん体が動かなくなるでしょう。不便な場所で暮らすのは大変だもん。

M：どこへ出かけるにしても都会は便利だからね。けど、お金がなかったら、都会にいてもつまらないよ。それに、年をとったらそんなに出かけたいと思うのかなあ。インターネットさえあれば僕はどこでも退屈しないから、どうせ暮らすなら緑に囲まれた自然がいっぱいの場所で生活したいな。

F：コンサートとか、美術館とか、たまに珍しい食べ物を買ったりするだけでもお金は使うね。ただ、人と会うのは都会の方が便利でしょう？私はずっとここで育ったから、友達や親戚と会えなくなるのはさびしいなあ。

M：結局、住みたい場所を選んでいると、自分にとって何が大事なのかってことがわかるね。

二人は年をとってから住む場所についてなんと言っていますか。
1　二人とも、どこかに出かけやすい便利な都会に住みたいと言っている。
2　二人とも、自然が豊かな場所に住みたいと言っている。
3　女の人は自然の豊かな所で男の人は、インターネットが使える便利な都会で暮らしたいと言っている。
4　女の人は親しい人の近くで、男の人は自然の豊かな場所で暮らしたいと言っている。

5番

料理研究家が、話しています。

F：最近、食料品の値段が上がっています。食費が上がって、家計が苦しくなりストレスが増えたという人が多いようです。ただ、日本という国は、世界でもっとも多くの食料を捨てている国の一つでもあることを、一度考えてください。ほしいものが買えないということも困ったことなのですが、まずは、必要なものが足りているか、今ほしいものはどのくらい必要なのかということを考えれば、ほしいものは多少我慢して食費も見直せるので、ストレスは減るかもしれません。必要なものとほしいものを区別して考えること。これは、食べ物に限ったことではないのかもしれませんね。

この人は、食費が高いことについてどうすればいいと言っていますか。

1 近い所でとれた野菜を買えばいいと言っている。
2 もっと我慢をするべきだと言っている。
3 必要なものと必要でないものを区別して買えばいいと言っている。
4 必要なものとほしいものを区別して買うべきだと言っている。

問題4

例

M：あのう、この席、よろしいですか。

F：1　ええ、まあまあです。

　　2　ええ、いいです。

　　3　ええ、どうぞ。

1番

M：今日はずいぶんおとなしいんだね。

F：1　え？　私ってそんなにいつもうるさい？

　　2　たぶんみんな帰っちゃったんでしょう。

　　3　すみません、気をつけます。

2番

F：うちの子は生意気で。

M：1 優しいんだね。

　　2 元気があっていいんじゃない？

　　3 親の言うことをちゃんと聞いているんだね。

3番

M：あんなに上手く日本語が話せて、うらやましいよ。

F：1 はい、がんばります。

　　2 ええ、本当です。

　　3 いいえ、まだまだです。

4番

M：おまちどおさま。

F：1 いや、そんなに待っていないよ。

　　2 いや、もうすぐだよ。

　　3 いや、まだまだだよ。

5番

F：わあ、かわいい子犬。パパ、ありがとう。

M：1 ずっとかわいがるんだよ。

　　2 ずっとかわいかったんだよ。

　　3 ずっとかわいそうなんだよ。

6番

M：悔やんだところで、しかたがないですよ。

F：1 そうですね、あきらめないでよかったです。

　　2 そうですね、残念ですが、あきらめます。

　　3 そうですね、がんばります。

7番

M：わっ!!

F：1　わっ、びっくりした。おどかさないでよ。

　　2　わっ、びっくりした。おどかしちゃった。

　　3　わっ、びっくりした、おどろかないでよ。

8番

M：いちいち僕にきかなくてもいいよ。

F：1　じゃあ、ひとつずつ質問します。

　　2　じゃあ、自分で決めてもいいんですね。

　　3　じゃあ、ぜんぶ質問します。

9番

M：そのワンピース、おしゃれだね。

F：1　そうかな。結構、古いんだけどね。

　　2　そうかな。じゃ、もっと安いのにするよ。

　　3　そうかな。新しいのに。

10番

M：今日はくたびれたよ。

F：1　よかったね。きっと課長も喜ぶね。

　　2　うまくいってよかった。心配したよ。

　　3　お疲れ様。ゆっくり休んでね。

11番

F：あれ？パソコンがひとりでに終了したよ。

M：1　えっ、早いね。

　　2　えっ、壊れたのかな。

　　3　えっ、すごいな。

問題5

1番

デパートで、店員と男性客が話をしています。

M：知り合いの息子さんにあげるちょっとしたプレゼントを探しているんですけど。

F：何歳ぐらいのお子さんですか。

M：中一なんで、あまり子どもっぽいものでもどうかと思うんですが、おもちゃか文房具がいいと思って。服や靴なんかはサイズがね。好きなブランドもわからないので。

F：おもちゃというと、ゲームでしょうか。それでしたら…。

M：いえ、体を動かすようなものがいいんです。いつもゲームばっかりだから。

F：中学生でしたら、図書券とかシャープペンシルも人気がございますね。

M：本は読まないみたいなんですよ。文房具だとシャープペンシルかなあ。

F：学校で使いますからね。あとペンケースも人気があるようです。

M：ああ、それがよさそうだな。

男の人は、どんな相手に送るプレゼントを探していますか。

1　活発な小学生

2　おとなしい小学生

3　運動好きな中学生

4　ゲーム好きな中学生

2番

家族で冬休みの予定について話しています。

M1：今年ももう12月だね。また忙しくなるなあ。

F1：お父さんは、お正月もずっと出勤？

M1：いや、来年は元旦と3日が休みだよ。

F2：じゃ、遠くに旅行ってわけにもいかないね。お母さんはどうするの。

F1：お母さんは、31日まで仕事だけど元旦は休み。

M1：じゃ、みんなで温泉でも行こうか。

F2：いいけど、私は来週から31日までアルバイト。3日からスキーに行くよ。

F1：今年はどこへも出かけられそうにないね。

M1：そんなことないよ。行こうよ。温泉。

F2：うん。そうだよ。行こうよ。

F1：そうね。じゃ、日帰りで、そうしようか。

3人は、いつ温泉に行きますか。
1　12月30日
2　12月31日
3　1月1日
4　1月2日

3番

ラジオで講師が話しています。

M1：アンガーマネージメントということばをご存知でしょうか。英語で、アンガー、つまり怒るという気持ちをマネージメント、管理する、という意味で、要するに心理教育の一つです。最近では日本でも社員の研修で取り入れる企業が増えています。アンガーマネージメントを学ぶということは、怒らないようにすることではありません。怒ることは、まったく自然な感情です。問題は、自分が怒っていると感じた時、それを関係のない誰かや何かのせいにして感情を爆発させてしまうことで、自分にとって適切な時に適切な怒り方ができるように、自分の感情を調整することは、

周囲との関係を良くするためにとても大事です。

F：怒った後ってイヤな気持ちになることが多いから、怒っちゃいけないって思っていた。

M2：そうだよな。だけど、子どもの頃、友達にされたことに怒ってケンカした後、すっきりしたこともあるなあ。

F：へえ。私は、怒るのも怒られるのも苦手。それに、怒られた経験は忘れないんだけど、なんで怒られたかは忘れてることも多いよ。

M2：そうかな。僕はたいてい自分がしたことも覚えてるよ。親に反抗したこととかね。

F：私の祖母はいつもニコニコしながらいろんなことを教えてくれた。それは、しっかり覚えてるんだよね。

M2：それ、よくわかるよ。逆に、急に殴られた時なんて、自分が相手に何をしたか考える余裕なんてなくなる。アンガーマネージメントができるってことは、精神的に大人になるってことなのかな。周りの人にも気持ちが伝わるとストレスも減るし。だから君のおばあちゃんはいつもニコニコしていられたんじゃない？

質問1．講師は、何について話していますか。

質問2．アンガーマネージメントについて、男の人はどう考えていますか。

合格全攻略！新日檢６回全真模擬試題Ｎ２
【讀解・聽力・言語知識〈文字・語彙・文法〉】
（16K ＋ 6 回聽解 MP3）

2016年3月　初版

發行人 ● 林德勝

作者 ● 山田社日檢題庫小組・吉松由美・田中陽子・西村惠子

出版發行 ● 山田社文化事業有限公司

106台北市大安區安和路一段112巷17號7樓

Tel：02-2755-7622

Fax：02-2700-1887

郵政劃撥 ● 19867160號　大原文化事業有限公司

總經銷 ● 聯合發行股份有限公司

新北市新店區寶橋路235巷6弄6號2樓

Tel：02-2917-8022

Fax：02-2915-6275

印刷 ● 上鎰數位科技印刷有限公司

法律顧問 ● 林長振法律事務所　林長振律師

定價 ● 新台幣340元

ISBN：978-986-246-438-0
© 2016, Shan Tian She Culture Co. , Ltd.

著作權所有・翻印必究
如有破損或缺頁，請寄回本公司更換

STS

STS